박주산채(薄酒山菜)에
고명으로 얹은…

아내와 여자

아내와 여자의 남자로 산다는 것이 얼마나 행복하면서도 힘든 일일까?

두 사이에서 줄타기 하며 용하게 살아온 사십 년 세월, 아직도 여자의

본성과 아내의 존재를 제대로 보듬지 못해 분란이 일 때면 마음공부가

턱없이 부족함을 실감한다

최병섭 에세이

청어

아내와 여자

최병섭 에세이

작가의 말

아내와 여자의 남자로 산다는 것이 얼마나 행복하면서도 힘든 일일
까? 두 사이에서 줄타기 하며 용하게 살아온 사십 년 세월, 아직도
여자의 본성과 아내의 존재를 제대로 보듬지 못해 분란이 일 때면 마
음공부가 턱없이 부족함을 실감한다.

첫 수필집 『소 찾아 걷는 산길』이 출간된 직후에, 어느 어른께서 축
하 전화를 하시어 과분한 칭찬과 덕담 끝에 "내가 자네 집안 어른들과
교분이 있어 하는 말이네만, 뒤에 적은 글들은 점잖지 못하니, 앞으로
는 그런 글은 쓰지 않은 것이 좋겠네."라는 뜻밖의 조언을 하셨다.

마흔 편의 순수수필 뒤에 신문에 쓴 칼럼 스무 편을 넣은 것을 두
고 하신 말씀이었다. 아마도 이런 글은 시류(時流)에 따른 세상사가 가

미되기 마련이라 편향된 단견(短見)과 설익은 필력으로 자칫 세인들의 구설에 휘말리거나, 훈육·계도 하려는 시건방진 모습으로 비춰질까 우려한 충고의 말씀이라 고맙게 받았다.

그 '점잖지 못한 글'을 십 년째 쓰고 있다. 처음 청탁을 받았을 때 많이 망설였는데, 다행히 아직까지 별다른 문제는 없는 것 같고, 거기다 애독자들이 보내주는 응원에 도취되어 비위까지 늘었다. 그럭저럭 쓰면서 내 마음 수행의 방편이 된다는 생각이 들어, 이 기회에 지면을 할애해 준 '서라벌 신문사'에 고마움을 표한다.

이번 수필집 『아내와 여자』에서는 육십여 편의 시론(時論)에다 순수 수필을 보탰다. 여자와 아내의 마음도 제대로 헤아리지 못하면서 신문 지면을 빌어 저잣거리 세상사를 논한다는 것이 얼마나 어리석은 일일까 마는, 나의 정서와 감성에 주관적 담론을 담아 적절히 간 맞춰 버무려 보았다.

간이 제대로 맞는지, 혹 씹힐 티 꺼리와 모난 돌은 섞여 있지 않은지, 송고(送稿) 전에 늘 맛을 보아주던 아내와 여자에게도 쑥스럽지만 이참에 고마운 마음을 전한다.

독자들의 입맛에는 어떨지 조심스레 궁금타.

차
례

작가의 말 / 5

1장. 시래기 삶는 냄새

내가 살던 고향은   12
두부김치와 시래기 된장찌개   15
따뜻한 밥 한 그릇   18
봄빛과 봄바람, 그리고 흙냄새   21
시래기 삶는 냄새   24
동지섣달 긴긴 밤에   28
시원한 등물 한 바가지   31
맨바닥에 엎드려 큰절 하는 새신랑   34
그냥 두고 본다   37

2장. 꽃을 싫어하는 남자

솔아 솔아 푸른 솔아! 42
거총, 발사, 약실 검사는 사격장에서만 45
가슴 떨리는 영이 전화 48
구리 알 같은 열아홉 개비 담배 51
오월에 생각해 본 '큰 나의 밝힘' 54
꽃을 싫어하는 남자 57
저잣거리가 된 산사(山寺)와 절간 같은 학교 61
악착동자와 노아의 방주 64
청정(淸淨)한 기운 담은 키워드(Key-Word) 67

3장. 노동의 새벽

살진 젖가슴과 비리묵은 개등더리 72
산 위에서 부는 바람 75
편백나무 숲길을 걸으며 78
오뉴월 염천(炎天) 큰 나무 그늘 아래에서 81
콩밭 매는 아낙네야 84
만국기 펄럭이는 가을 운동회 87
노동의 새벽 90
선풍기 바람에 5월은 날아가고 93
뒷물 마른 물꼬 싸움 96
농심(農心)! 그 거룩한 덕목 99

4장. 이름의 신선도와 유통기한

빈대도 잡고 초가삼간도 지켜야 하는데 104

어리석고 부끄러운 빗자루 질 107

감동의 씨앗 하나씩 110

호들갑이와 미련 곰탱이 113

이름의 신선도와 유통기한 116

맑고 밝은 기운 듬뿍 담아 120

초가을 달밤 KORAD 옥상에서 123

또도 아닌 것과 겅궁말 쓰는 고수 126

천박한 '니나돌이'와 아름다운 소통 129

세상살이 힘들어 감당키 어렵거든 132

5장. 학교 종이 땡! 땡! 땡!

애틋하고 지혜로운 밀땅 136

학교 종이 땡땡땡 139

외로운 섬들 143

뇌물과 선물 146

무등산(無等山)과 수능산(修能山) 149

설에 생각하는 어른의 존재 152

새댁이 돈을 모으려 작심한 이유 155

시견머리 틔우고 두량 넓히기 158

장군 부인이 무릎을 꿇은 사연 161

시월의 마지막 날 흘린 눈물 164

6장. 안다이 똥파리

생고기 배나 따서 먹고 사는 동네 168

유월의 짙은 숲길을 거닐며 171

치사한 유세 떨기 174

향기로운 말씀 종소리 울려 퍼지듯 178

안다이 똥파리 181

금기(禁忌)줄 184

당췌 무신 말인동 몰따 187

걸림 없는 비구니 190

간호사들의 아름다운 셀프(Self) 훈장 193

7장. 아내와 여자

아~들 갈무리는 다 했지러? 198

제사상에 밑에서 똥 싸는 놈도 있어야 201

헛기침과 말발 204

아내와 여자 207

어린 시절 만난 어떤 스승 210

동글이를 위한 기도 214

늦가을 황룡골 '왕의 길'을 걸으며 219

대물림 바톤 터치(Boton-Touch) 222

나는 언제쯤 산을 닮을 수 있을까? 226

8장. 바람과 빛 그리고 사랑

서출지의 전설은 지금도 이어지고   232

개토제(開土祭)와 평토제(平土祭)   235

느거 아부지 땜에 울 아부지가   238

한여름 밤, 황룡사지 별빛 아래에서   241

여수 밤바다와 신라의 달밤   244

나라를 잃었던 자들아, 그날을 기억하라!   247

남산 옥돌처럼 빛나는 경주 사투리   250

바람과 빛 그리고 사랑   253

고마 됐다   257

1장. 시래기 삶는 냄새

따뜻한 밥 한 그릇 속에 정, 사랑, 인심이 담겨 있고, 마주한 밥상에서 아름다운 교감과 소통이 있으며, 거룩한 법이 성스러운 밥에서 나온다 싶다.

따뜻한 밥 한 그릇 합시다!

내가 살던 고향은

나의 살던 고향은 꽃피는 산골/복숭아꽃 살구 꽃 아기 진달래/울긋불긋 꽃 대궐 차리-인 동네/그 속에서 놀던 때가 그립습니다.//꽃 동-네 새 동네 나의 옛 고향/파-란들 남쪽에서 바람이 불면/냇-가에 수양버들 춤추던 고향/그 속에서 놀던 때가 그립습니다.//

누구나 잘 알고 있고 즐겨 부르는 동요 〈고향의 봄〉이다. 눈 감고 2절까지 부르며 어린 시절 옛 고향마을을 떠올려 본다. 사람마다 나이와 태생지에 따라 느끼는 감정의 폭은 다르겠으나, 온 천지가 꽃동산인 이 계절에, 누구나 불러보고 싶은 고향의 봄이 한창이다.

눈으로 보는 봄도 찬란하지만, 맛으로 맞이하는 봄은 더욱 즐겁다. 언 땅이 풀리면 입맛을 돋우는 향긋한 냉이 무침으로 시작하여 된장찌개에 넣은 달래의 향기와 맛, 아싹한 식감이 그대로 살아있는 쑥국, 초장에 찍어 먹는 쌉쌀한 미감의 어린 두릅, 그리고 산에서 지천을 돋아나는 온갖 산나물들…

젊은 시절에는 친·외·처가의 정자나 산기슭에서 화전놀이와 봄나물 잔치를 하며 남녀노소 혈족끼리 정을 나누었는데, 지금은 급변하는 세태 속에 차츰 멀어져 가는 것 같다. 그래도 해마다 절기에 맞춰 이런 저런 인연의 정다운 이들과 봄의 맛을 나누고 함께 즐길 수 있다면 이 또한 소박한 삶의 재미라 하겠다.

지난 해 가을, 친구의 모친께서 잠시 다녀가라고 하셔서 찾아뵈었더니, 정성들여 농사지어 참기름 짰다며, 우리 내외와 아들과 딸의 집에 한 병 씩 각각의 몫으로 챙겨 주셨다. 올 봄에는 평소 존경하는 원로 여류 시낭송가께서 "뜰에 꽃이 만발하고 엉개나물 맛이 한창이니, 좋은 사람들과 식사나 함께 하자."시며 거듭 초대해 주셨으나, 응하지 못한 송구한 마음 빚은 아직도 남아 있다. 또, 양북이 고향인 후배는, 노모께서 손수 따서 짚으로 엮은 엉개(엄나무) 몇 두름을 보내왔는데, 그 모자분의 은근하고 깊은 정은 두고두고 잊을 수 없다.

직접 농사를 짓지 않더라도 아침 일찍 새벽시장에 가면 제철의 산해진미들을 만날 수 있다. 오늘은 아내와 함께 새벽시장에 가서 엉개 잎을 사와서 잘 데쳐내어 양손으로 둘둘 말아 초장과 된장에 번갈아 꾹꾹 찍어 먹었다. 쫀득쫀득 씹히는 엄나무 잎 그 특유의 식감과 향기를 즐기다가, 평소 필자와 살갑게 지내는 후배가 옛집 앞 '엄나무'를 소재로 쓴 시가 생각나서 읊조리며 옮겨본다.

'잘 있제/그거 좀 보내줘//선문답 같은 통화/봄 기척이 환하다.//아, 그래/무논의 개구리/만석하고도 남을//고향이 그리운 거지/엄마 젖 내음이/우리 엄마 치마폭이//어디서나 산나물이 지천인데/굳이,/아마도 꿈이 얕아진 거지/막된장에 꾹 찍어 먹던/옛집 앞/장승처럼 버티고 선/엉개 또는 엄나무//가지런한 가시들 참한//암곡, 불소리 다정한 마을/노을 한 자락 덤으로 넣는다//'형, 그거 보냈데이'

－조희군 시인의 「그거」

　서울에 사는 형으로부터 그거 보내라는 전화를 받은 동생이 '그거'와 함께 '고향마을 물소리와 노을 한 자락' 덤으로 넣어 보냈다며 한 수의 시로 화답하는 형제 시인의 우애와 풍류가 참으로 아름답다.

　예나 지금이나 부모의 품을 떠나 타향살이 하는 자식을 향한 부모의 마음은 한결같다. 만날 때나 전화로도 "밥은 묵고 댕기지러?"로 시작하여 "밥 잘 챙겨 묵고 댕기레이!"로 끝난다. 그래서 부모님들은 기회만 되면 자식에게 손수 만든 음식 먹이는 수고를 마다하지 않는다. 자식들 또한 문득문득 엄마의 손맛을 그리워하기도 하지만, 인스턴트식품에 길들여 가는 젊은이들이 안타깝기만 하다.

　지난 달, 손자의 출생일에 맞추어 감자를 심었다. 그 어린 녀석이 얼마를 먹을까 마는, 첫 수확하면 그 녀석 이유식으로 보낼 생각으로 정성을 다했다. 오늘 아침에 심은 토마토, 오이, 가지는 올여름 세 살짜리 외손녀가 아장아장 걸어와 따먹는 모습을 보고 싶고, 그밖에 옥수수, 고구마, 대추… 하나하나 심을 때마다 아내와 사위, 며느리, 딸, 아들의 얼굴을 떠올린다.

　삭막하고 각박한 세상이지만, 가족과 친척, 친구… 소중한 모든 이들이 '나에 살던 고향'을 마음에 담고 따뜻한 정 서로 나누며 여유만만하고 유유자적 하게 살아가면 좋겠다. 〈2018. 4. 24〉

두부김치와 시래기 된장찌개

며칠 전부터 영하의 겨울 날씨가 시작되었다. 지난 주 일기 예보에 촉각을 곤두세우면서 때맞춰 무와 배추를 뽑고 김장을 마쳤다. 남은 무와 배추는 바람 들지 않게 적절히 갈무리를 했고, 무청은 깨끗이 다듬어 바람 잘 통하는 그늘에 줄 치고 내걸었다. 며칠 사이 고운 빛으로 말라가는 시래기를 보면서 요리할 수 있는 여러 음식들을 생각하니, 입에 군침부터 돈다.

시래기로 요리한 음식들의 맛을 표현한다면, 아마도 부드러운 깊은 맛이라 할 수 있겠다. 사람마다 연령과 취향에 따라 입맛이 다르겠지만, 시래기는 인스턴트식품이나 고급 식당과 호텔 음식에서는 찾을 수 없는 특유의 깊은 맛이 있다.

지난 달 '제5회 세계한글작가대회'가 경주 보문에서 있었다. 해마다 행사 기간 중에 외국에서 온 10명 안팎의 유명 작가들이 양동마을을 방문하는 비공식 일정이 있었는데, 올해도 무첨당 당주(堂主)의 초대를 받은 일곱 분의 작가들과 함께 사랑방 문객(文客)으로 찾아 들었다.

종부 신순임 시인께서 일행을 위해 손수 빚은 청주에다 저녁 식사를 정성스레 차려주시어 화기애애한 분위기 속에서 유익하고 뜻있는 시간을 보냈다. 그날 특별히 화제에 올랐던 음식은 두부김치였는데, 3년 동안 숙성시킨 그 묵은 김치의 오묘한 깊은 맛에서 500년 동안 대대로 이 집을 지켜온 안주인들의 묵은 삶들을 상상해 봤다.

사랑방 북쪽 벽 전면 가득 크기의 해바라기 그림이 걸려있었다. 양동마을을 소재로 5권의 시집을 낸 바 있는 신순임 시인이 몇 해 전부터는 그림 그리기에 빠져 있는 것은 익히 알고 있지만, 그림 솜씨가 보통 수준이 아님에 놀라면서도 그분이 그린 많은 그림들 중에 잎과 줄기가 누렇게 마른 저 해바라기 그림을 사랑방에 걸어 놓은 이유를 혼자 생각해 봤다.

여기서 필자의 지극히 개인적인 이야기를 잠깐 하고 넘어가자. 7년 전에 병원에 입원한 적이 있었는데, 그 병원 로비 넓은 벽에 늦가을 단풍 풍경을 담은 커다란 그림이 걸려 있기에 가까이 지내던 병원 관계자에게, 낙엽 지는 가을 풍경 그림보다는 생기발랄한 신록이나 에너지 가득 품은 녹음을 담은 그림을 걸면 좋겠다는 오지랖 넓은 조언을 했고, 그 지인 역시 공감한 바가 있다. 아마도 당시에 심신이 많이 지쳐 있었기에 곱게 물든 단풍이 아니라 시들어 가는 나뭇잎을 나와 동일시한 병리적 정서가 작용했던 것 같다.

지난 일주일 동안 그 병원에서 신순임 작가의 그림 18편이 전시를 되었다. 양동마을 구석구석 사계절 풍경을 사실적으로 표현했는데, 그 마을 사람들의 오래 묵은 진한 삶들이 배어 있었다. 지난 달 사랑방에서 본 그 해바라기 그림도 전시되어 있었는데, 〈기다림의 끝〉이라고 적힌 그림 제목을 보는 순간, 그 그림은 물론 다른 그림들도 이제 제대로 내 눈에 들어왔다.

처음 사랑방에서는 누렇게 마른 해바라기의 길쭉한 잎사귀들만 눈에 들어왔는데, 이제는 그 잎사귀 뒤에 고개 숙인 커다란 씨방에 차곡차곡 박혀 있는 양근 열매(씨앗)들이 내 눈에 크게 들어왔다. 그랬다! 그러고 보니, 작가의 그림들 속 돌담, 초가, 지게, 호박, 꽃, 장독에서 세월, 기다림, 인고, 결실이 보였고, 거기다 시작, 향연, 홀가분, 고즈녁, 여유, 풍성, 향기 또한 담고 있었다.

어느덧 한 해를 마무리 하는 12월의 중간에 서 있다. 날씨가 추워지면서 고향집에서 함께 살았던 피붙이들의 애틋한 묵은 정과, 추운 줄 모르고 산과 들을 내달으며 함께 뛰놀았던 옛 친구들과의 추억과, 힘들고 어려울 때 서로 의지했던 옛 동료들에게 고마운 마음을 담아, 그 옛날 송구영신 연하장 보내듯 전화라도 해야겠다.

마음이 통했는지, 전시장을 막 나서려는데, 누님에게서 온 전화에 코끝이 찡하다.

"동생! 시래기 된장찌개 맛있게 끓였다. 새댁 데리고 밥 먹으로 오너라. 동침이도 맛있게 잘 익었으니 좀 가져가고…"〈2019. 12. 11〉

따뜻한 밥 한 그릇

쓰레기통에 버려진 밥을 건져 먹어본 적 있는가?

필자는 그런 적이 있었다. 최소한의 내 자존심까지도 잊고서…. 절실하게 배고픈 사람만이 할 수 있는 일이다. 그 일은 40년 전 군 복무 중에 있었던 특별한 경우의 일이었지만, 사람이 만물의 영장이라고는 하나 굶어보지 않은 사람이 먹는 일이 가장 우선이라는 것을 어찌 알겠는가? 별 어려움 겪지 않고 철없이 살아왔던 필자로서는 군에서의 그 일이 큰 깨우침이 아닐 수 없었다.

며칠 전, 분황사에서 원효대제 행사가 있었다. 많은 대중들이 모여 원효 스님을 추모하고, 대중불교 사상을 되새기고 깨우치는 좋은 시간을 가졌다. 행사가 끝나고 점심 공양이 있었는데, 아침 일찍부터 나와 행사에 참여했던 수 백 명의 대중들과 스님들이 점심 공양을 위해 줄을 섰다. 필자 역시 뭇 대중들 틈에 끼어 기다렸던 줄과 시간은 참으로 길었다. 그러나 이 또한 하나의 좋은 수행이라 생각하며 차례를 기다렸다가 공양간 보살님들이 나누어 주는 내 몫의 밥과 반찬을 챙겨 나무 그늘 아래 노 보살님들의 틈에 끼어 앉아 공양을 했다.

식사 중에 보살님들이 공양간에서 떡과 과일을 별도로 가져와 고루고루 나눠주었고, 노 보살님들은 자기 몫을 빠짐없이 챙기면서 흡족한 모습들이었다. 예로부터 잔칫집이나 행사장, 아니면 초상집이라 하더라도 법도에 따른 격조 높은 의식이 중요했지만, 찾아온 손님들에게 골고루 배불리 먹이는 일 또한 상당히 신경을 썼다는 생각을 하면서, 마주 앉은 노 보살님들에게 말을 건넸다.

"보살님요! 법(法)하고 밥 중에 뭐가 더 중한기요?/뭐라꼬요?/아까 들은 스님 법문하고 지금 먹고 있는 이 밥 하고 어느 것이 더 소중하냐고요./아~ 밥도 법문도 다 중하제./저는 스님 법문도 좋았지만, 지금 이 밥 한 그릇이 더 좋은데요."

오랜만에 절밥 맛있게 얻어먹으면서 원효의 화쟁사상(和諍思想)에 대해 잠시 생각해 보았다. 현재 이 나라에 극한으로 치닫고 있는 정치적 분열과 사회적 갈등의 근원도 결국 '밥 그릇'에 있음이 분명하니, 바른 법(法)으로 밥을 해결하고, 따뜻한 밥으로 법을 바로 세워 쟁(諍)을 극복하고 화(和)를 이루어 화쟁이 합일해 가는 참된 지혜를 얻었으면 좋겠다.

한 끼 밥을 걱정하며 절대 빈곤에 시달리던 옛날에 비한다면 모든 면에서 풍족하게 살고 있건만, 아직도 허기를 채우지 못하는 소외계층을 위한 정치·사회적 세심한 배려가 있어야겠고, 한편으론 국민 다수가 과잉영양 섭취로 인한 비만을 고민을 하고 있는 상황 속에서도 상대적 공복감은 갈수록 커져가는 사회적 갈등을 해소하는 일도 이 시대의 중요한 정치적 과제라고 생각된다.

언제부턴가 일본에서 혼자 밥 먹는 사람이 낳다는 소식이 늘려왔고, 그래서 '나 홀로 식당'이 성업 중이라 하더니, 그런 슬픈 현상이 지금 우리나라,

나의 주변에서도 급속히 늘어나고 있음을 본다. 급격한 사회 구조와 의식의 변화 속에서 한 지붕 아래 사는 몇 안 되는 가족끼리도 함께 밥 먹을 수 있는 시간과 횟수는 갈수록 줄어들고 있고, 자식을 멀리 떠나보낸 노인들은 혼자 밥 먹는 일이 일상이 되어 버려 '사랑과 정성담은 따뜻한 밥 한 그릇'이 절실한 시대를 우리는 살고 있다.

오월의 대 자연은 온갖 꽃들이 피어나고 연초록 생명의 에너지가 충만한 계절이다. 이런 계절에 인간사 달력에는 어린이날, 어버이날, 스승의 날, 부처님 오신 날이 알록달록 적혀 있고, 이러한 오월을 우리는 가정의 달이라고 한다. 사랑하는 가족과 친지는 물론이고, 어려운 이웃들과 함께 하는 정을 담은 밥 한 그릇의 효용과 가치를 생각해 본다.

따뜻한 밥 한 그릇 속에 정, 사랑, 인심이 담겨 있고, 마주한 밥상에서 아름다운 교감과 소통이 있으며, 거룩한 법이 성스러운 밥에서 나온다 싶다.

따뜻한 밥 한 그릇 합시다! ⟨2015. 5. 10⟩

봄빛과 봄바람, 그리고 흙 내음

봄은 언제, 어디서, 어떤 모습으로 오는 것일까?

이 물음에 대한 답을 천문학과 물리학적 이론이나 생물학과 과학적인 지식을 동원하여 설명하려는 사람들이 있다면 참으로 멋없다는 소리를 들을 것이다. 이럴 때는 대체로 감성적이고 정서적인 말들이나 선문답 같은 표현들이 참 맛깔스럽다. 몸으로 봄기운을 감지하고 마음으로 봄바람을 마셔버리면 이성은 둔해지고 감성은 섬세해져 정서적인 기운에 듬뿍 빠져든다.

산 너~머 남촌에는 누가 살길래 해마다 봄바람이 남~으로 오네
산 너~머 남촌에는 누가 살길래 저 하늘 저 빛깔이 저리 고울까

60년대 시골마을 집집마다 설치된 앰프에서 '박재란'의 '산 너머 남촌'이라는 노래가 흘러나오면, 어린 내 마음에 그곳이 어떤 곳인지 늘 궁금했고, 막연하게 그 남촌에 한번 가보고 싶다는 생각을 했었다. 좀 더 자라 감성이 풍부했던 중·고교 시절에는 토함산, 남산, 명활산 기슭이나 보문들, 배반들, 남산들을 지향 없이 배회하며 '박인희' 가수가 부른 '봄이 오는 길'을 흥얼거렸는데, 그 노랫말에 상당히 공감을 느꼈던 기억이 지금도 남아 있다.

산 너머 조붓한 오솔길에 봄은 찾~아 온~다고

들 너머 뽀얀 논밭에도 온다~네.

중국 송나라 비구니 요연(了然)이 '春在枝頭己十方(춘재지두기십방)'이라는 오도송(悟道頌)을 남겼다. 여기서 이 봄은 아마도 깊은 득도 경지의 관념적 의미를 품고 있고, 그 표현은 상당히 문학적이라 오랜 세월 동안 수행자와 문학인들 사이에 두루 회자(膾炙)되고 있다.

종일 봄을 찾았으나 봄은 찾지 못하고/이산저산 헤맨다고 짚신만 다 떨어졌네.
지쳐 돌아와 뜰 모퉁이에 매화를 보니/봄은 가지마다 이미 와 있었네.

위의 오도송에 비한다면 조금 가벼운 느낌이 들 수도 있겠지만, '봄은 여인의 옷자락에서부터 온다.'라는 말도 있는데, 봄기운 감지를 상당히 섬세하면서도 함축적으로 표현한 말이라 할 수 있겠다. 대자연과 하나가 되어 봄맞이 하는 여인들의 그 춘심(春心)이 얼마나 아름다운가! 온갖 빛깔과 모양으로 봄바람에 하늘거리는 옷자락은 또 얼마나 감성적 연출이랴!

사람들은 계절의 흐름을 사계절로 나누었고, 특히 동양에서는 긴 세월 수많은 경험을 통해 다시 24절기로 구분했다. 한자로 '節期(절기)'라 적을 것 같은데, '節氣(절기)'로 적는다는 것을 알면 참으로 오묘한 표현이 아닐 수 없다. '氣'는 기후, 자연현상, 기운, 마음이라는 뜻을 포함하고 있으니, 모든 생명체가 우주의 순환에 따른 삼라만상의 기운, 즉 聲, 色, 香, 觸, 味의 오감을 귀, 눈, 코, 피부, 입을 통하여 감지하고 있음을 알 수 있다.

입춘방을 써 붙인 지가 어제 같은데, 눈이 녹아 물이 되는 우수를 넘기고, 얼음 녹고 땅 풀리는 경칩이 지나 봄은 조금씩 워밍업 하며 문득 우리 곁에 있다. 며칠 후 춘분이 오면 땅에서 봄기운이 완연하여 농사 준비를 서둘러야 할 때다.

봄비가 내린 지난 주 새벽, 가을걷이 하고 쌓아두었던 콩대와 마른 잎들을 모아 태우고, 삽과 곡괭이로 땅을 일구어 쇠스랑으로 흙을 잘게 부숴 고르면서 감자 심을 이랑을 만들었다. 손쉬운 경운기를 두고 미련하게 삽으로 땅을 뒤지는 나를 두고 친구들은 조롱했지만, 추운 겨울잠에서 깨어난 부드러운 흙의 촉감과 흙냄새를 듬뿍 느껴보고 싶은 나의 속내를 친구들이 어찌 알겠는가!

오늘 이른 아침 서실에 가니, 원장님이 큰 붓으로 '흙'이라 써서 높이 걸고 계셨다. 글씨 앞에 서서 마음을 모으니, 흙 내음과 함께 밝고 맑은 봄기운이 강하게 전해온다.

도대체 봄은 언제, 어디에서, 어떤 모양으로 오는 것일까! 〈2019. 3. 20〉

시래기 삶는 냄새

옛정이 그리운지, 소식이 뜸했던 학창시절 친구들이 하나 둘 소식을 전해온다. 40여 년 세월동안 나름으로 여기저기에서 이런저런 관계들 속에 묻혀 바쁘게 살아다가, 젊은 시절 함께 했던 소중한 친구들과의 관계가 새삼 소중하게 느껴지는 것이 보편적 성정인가 보다. 몇 달 전부터 힘들게 날짜를 맞춘 친구들과의 만남을 위해 즐거운 마음으로 고속도로로 차를 몰았다.

시원하게 뚫린 고속도로를 달리며 지난 일들을 하나하나 되돌아본다. 정치적으로는 격동기였으나, 어려운 시대를 힘겹게 살아오신 부모님들 덕에 대학로에서 상당히 낭만을 누렸던 7080세대, 그러면서 경제적으로는 고도성장의 사이클을 타고 거침없이 달려온 세대, 그리고 사정없이 추락했던 IMF를 경험하고, 그러나 그 후 세계 속의 선진국들과 어깨를 겨루었던 주역들로서, 이제는 서서히 일선에서 물러앉을 준비를 하는 친구들과의 만남이 어찌 가슴 떨리지 않을까?

그 살아온 여정 같은 굽이굽이 오르막 내리막길 고속도로를 달리노라니, 순간순간 스쳐 지나가는 차창 밖 정경들이 새삼 새롭게 느껴진다. 낮은 산자락에 올망졸망 정겨운 작은 마을들도 보이고, 큰 강이 보이고, 들이 참 넓다 싶으면 어김없이 큰 도시가 자리하고 있다. 높은 산과 깊은 계곡을 지날 때는 저 자연의 품속에 쉬엄쉬엄 쉬어가며 편안히 쉬고 싶다는 생각이 든다.

달리다보면 눈으로 보이는 것도 즐겁지만, 코로 느껴지는 냄새도 순간순간 달리 느껴지는 것이 참 재미있다. 어디서 매캐한 냄새가 나는가 싶으면 잠시 후 눈앞에 공단 굴뚝 연기들이 솟아오르고, 분뇨 냄새가 난다 싶으면 축사들이 눈앞에 닥친다. 그것도 우사(牛舍)인지 돈사(豚舍)인지에 따라 그 냄새 또한 묘하게 다르다.

그러고 보니 바닷가 쪽을 여행할 때는 갯내음, 강변을 지날 때는 물때 내음들이 코끝을 스쳤고, 산속을 가로질러 달릴 때는 온갖 풀 내, 나무 냄새들이 머리를 맑게 하고, 빨·주·노·초·파·남·보의 꽃의 빛깔만큼 온갖 향기 또한 잠깐순간 코끝을 스쳤던 기억이 있다. 봄철에는 아카시아 진한 꽃향기와 비릿한 밤꽃 내음이 으뜸이었지 싶다.

어디 그 뿐일까. 여름철 작열하는 태양아래 숨 가쁘게 달리는 차량들의 타이어와 뜨겁게 달구어진 아스팔트의 마찰로 뿜어내는 단내도 맡을 수 있었고, 그러다가 저 멀리서 소나기 몰아오는 바람이 불면 향긋한 황토 흙냄새가 잠깐이다 싶다가 굵은 빗줄기라도 쏟아지기 시작하면 순식간에 짙은 고동색 흙냄새가 확 느껴지기도 한다.

이런 저런 냄새에 대한 생각을 하면서 재미있게 달리다가 급커브 길 산모롱이를 돌아드니 갑자기 어떤 친숙한 냄새가 코끝을 스친다.

'이게 무슨 냄새더라?'

가물가물 맴도는 냄새의 이름을 찾기 위해 머리는 분주한데, 순식간에 그 냄새는 사라지고, 차는 다시 또 산모롱이 커브 길을 돌아가면서 저 멀리서부터 풍경화처럼 정겨운 산비탈 마을이 달리는 내 차의 속도만큼이나 급히 쫓아 다가온다. 추수를 끝낸 가을 들녘은 한가롭게 평온하고, 미처 거둬

들이지 못한 무와 배추들이 하얀 서리를 뒤집어 쓴 체 아침 햇살에 반짝이고 있다. 순간,

"아 그래! 맞다. 아까… 그 냄새, 시래기 삶는 냄새!"

동서남북에서 시간 맞춰 모여든 친구들, 홍안의 옛 모습은 다 어디가고 주름 잡힌 얼굴에 머리는 반백으로 바뀌었다. 그러나 말투도 표정도 그때 그대로다. 첫인사부터 시래기 냄새를 풍긴다. 말하고 보니 그럴듯한 표현이다 싶다. 맛으로 따져도 된장 듬뿍 풀어 삶은 무시래기 맛 같은 정이 느껴진다. 그 숱한 세파에 시달리고도 어찌 하나도 변하지 않았을까? 모두가 생활도 윤택해졌고, 묵직한 경륜도 켜켜이 쌓이면서 딴 사람으로 변했으리라 생각되는데, 어찌 하나같이 그때 그 모양, 그 꼴 그대로 일까? 참 신기하다.

가볍게 등산을 하고 몇 곳의 유적지를 돌면서 나누는 대화는 하나같이 타임머신을 타고 그 시절에 머물러 있었고, 여행지 밤 문화를 즐기기 위해 골목을 찾아들었을 때, 막걸리를 좋아했던 친구는 오늘도 그 옛날처럼 막걸리만 찾고, 경주 사투리를 고집한 덕에 촌놈이란 별명을 얻은 나는 오늘도 경주 사투리를 고집하며 촌스럽게 떠들어댄다. 모두들 반백의 머리칼이지만 헤어스타일은 하나같이 그때나 지금이나 각자 그대로다. 머리를 한쪽으로 휙 돌리며 머리칼을 쓸어 올리는 한 친구의 그 손놀림은 예나 지금이나 변함이 없다. 익숙한 말투, 변함없는 표정, 눈에 익은 손짓…. 모두가 달라진 것이 아무것도 없다.

처음부터 옆자리 한 무리의 술꾼들이 시끌벅적 분답다 싶더니, 이제 통기타를 두들기며 고래고래 노래를 불러댄다. 나름 한 시절 잘나갔을 초로(初老)들의 그 행동은 지방 텃세로 느껴지기도 하고, 황혼의 발악으로도 느껴

지면서 우리들의 대화가 불가능할 정도였다.

그러나 귀에 익은 노래들이 싫지 않아 관심 가지고 바라보니, 그네들이나 우리나 비슷한 반백의 청춘들이다. 결국 어느 쪽이 먼저랄 것도 없이 합석을 하게 되었고, 마치 낯선 행성을 찾아 여기저기 먼 우주여행을 마치고 돌아온 우주인처럼 상호간 반가운 도킹을 하게 된 것이다.

여행지에서 처음 만난 또 한 무리의 이방인들!

그러나 이제 서로가 그 거추장한 우주복 같은 껍질을 벗어 버렸고, 결국 통기타조차 아예 뒤로 밀쳐 버리고 그 유치한 젓가락 장단을 두들기며 한 통속이 되어 버렸다.

모두가 하나같이 시래기 삶는 냄새와 같은, 잊혀 진 사람 냄새와 묵은 정이 그리웠던 게지…. 〈경주문학 53호(2014)〉

동지섣달 긴긴 밤에

동지섣달 긴긴밤이 짧기만 한~ 것은/근심으로 지새우는 어머~님 마음/
흰머리 잔주름이 늙어만 가시는데/한없이 이어지는 모정의 세~월/
아~ 가지 많은 나무에 바람이 일 듯/어~머님 가슴에는 물결~만 이네.

가수 나훈아가 1972년 TBC TV 드라마 '어머니'의 주제곡으로 불렀던 '모정의 세월'의 노랫말인데, 그 후 한세일이 다시 부른 이 노래는, 언제 누가 들어도 가슴 뭉클하고 애잔한 감정을 불러일으키기에 충분한 대중가요다. 이 세상에서 변하지 않는 소중한 것들 중에 자식을 향한 부모님의 마음이 있다. 큰 산과 같이 무게감 있는 부정(父情)도 그렇지만, 자상하고 애잔한 모정에 대한 기억은 슬쩍 건드리기만 해도 눈물이 왈칵 쏟아지는 것 또한 숨길 수 없는 천륜이지 싶다. 이러한 감정은 춘삼월 호시절이나, 무더운 여름, 화려한 가을보다는 매서운 찬바람이 부는 겨울 동지섣달 밤일수록 더욱 가슴 뭉클한 특별함이 있다.

동짓달 기나긴 밤에 생각나는 애절한 정리 중에는 남녀 간의 뜨거운 사랑 이야기를 빼 놓을 수 없겠다. 못다 한 사랑의 아쉬움과 하고 싶은 사랑의 갈망은 역시 동지섣달 긴긴밤 되면 더욱 절절하게 가슴깊이 파고든다.

독수공방하는 아낙이 송곳으로 자신의 허벅지를 찌르며 들끓는 애욕을 가라앉혔다는 처절한 옛이야기는 저급하고 잡스럽다고 느낄 수도 있겠으나,

숨길 수 없는 인간의 원초적 본능을 진솔하게 함축하고 있다. 그래서 예술가들은 남녀 사랑의 감정들을 여러 장르에서 아름답게 승화시켰는데, 조선 중종 때 기생이자 문인이었던 황진이의 시조도 그 한 예라 하겠다.

동짓달 기나긴 밤을 한 허리를 베어내어/청풍 이불 안에 서리서리 넣었다가/얼온(사랑하는) 님 오신 날 밤이어든 굽이굽이 펴리라.

당대 많은 남정네들의 마음을 뒤흔들었던 기생 황진이가 동지섣달 기나긴 밤을 시간적 배경으로 깔고 여성의 애련한 정한을 전통 율격으로 실어낸 노래로 500년이 지난 지금까지 세인들의 입에 오르내리고 있다.

부모 자식 간의 천륜이나 남녀 본능적 사랑 못지않게 나라를 위하여 동지섣달 긴긴밤 차가운 설한풍 속에서 목숨을 바친 위인들의 지사적 우국충정을 읊은 시조들도 있다.

한산섬 달 밝은 밤에/수루에 혼자 앉아/큰 칼 옆에 차고 깊은 시름 하던 차에/어디서 일성호가는 남의 애를 끊나니

삭풍은 나무 끝에 불고/명월은 눈 속에 찬데/만리변성에 일장검 짚고 서서/긴 휘파람과 큰 외침에 거칠 것이 없어라.

이순신 장군은 우리 역사상 최고로 추앙받는 멸사봉공의 장군이지만, 한때 모함을 받아 고초를 겪었고, 김종서 장군은 북쪽 변방에서 여진족의 침

입을 막는 공을 세운 장수지만, 권력의 중심으로 진입하면서, 어린 조카 단종을 제거하고 권력을 찬탈한 수양대군에게 죽임을 당했다.

한때 나라를 위해 헌신하고 큰 공을 세웠던 영웅호걸도 한순간 그 공과와 영욕이 뒤집어 지는 것을 보면서 역사 통해 깨우쳐야 할 많은 것들을 생각해 본다. 지난해부터 시작된 국내 정치의 혼란은 새로운 정권이 시작된 지 반년이 지났는데도 아직까지 과거에 얽매여 서로 맞선 시시비비를 계속하고 있어 안타깝기만 하다.

우리나라는 계절이 뚜렷한 나라로서 절기가 바뀔 때마다 음식과 의복은 물론이고, 건강, 산업 유통과 개인의 의식 작용까지도 달라지며 맺고 끊는 분명함이 있다. 희망과 포부로 들떴던 봄이나 왕성한 에너지를 흡입하고 분출했던 여름, 그리고 풍요한 수확을 구가하며 축배를 들었던 가을과 달리, 겨울은 복잡다단한 세상사에 휘둘리어 밖으로만 나돌던 시선을 마음 가운데로 끌어들여 냉철한 이성으로 찬찬히 자신을 들여다보기 좋은 계절이다.

동지섣달 긴 겨울밤에, 만만찮게 나든 아내와 마주 앉아 새알 비벼 팥죽 쑤어 먹으며 한 살을 더 보태는 이 나이에 나훈아 또 다른 노래 '홍시'의 마지막 소절 '울 엄마가 생각이 난다.'를 수없이 흥얼거리는 것은 이 무슨 심사일꼬?

지난 토요일은 동지를 쐬었고, 이번 주말 한 해를 마무리하며, 모든 액운을 털어내고, 다음 주 2018년의 무술년 새해를 기다린다. 〈2017. 12. 27〉

시원한 등물 한 바가지

어린 시절 여름 저녁에 웃통을 벗고 큰 버지기에 팔 짚고 엉덩이를 한껏 세우고 기다리면, 누나가 우물에서 길어 올린 차가운 물 한 바가지를 등짝에 부어주곤 했다. 화들짝 놀라며 온몸이 오그라드는 듯 오싹한 그때의 그 시원함을 지금도 잊을 수 없다. 생활환경이 좋아져서 하루에 몇 번씩 불편함 없이 샤워를 할 수 있는 시대에 살고 있지만, 지금도 여름만 되면 그때 뒤집어 쓴 시원한 한 바가지 등물이 생각난다.

'등물'은 '등목'의 사투리이고, 사전에서는 '팔다리를 뻗고 바닥에 엎드린 채 등에 물을 끼얹어 몸을 씻고 더위를 식혀 주는 일'이라 풀이하고 있다. '목물'이라고도 했는데, 요즘 젊은 세대들에게는 등물, 등목, 목물 그 어느 것도 다 낯선 말이 되어버렸다.

요즘처럼 계속되는 이런 더위를 사람들은 불볕더위라고 하고, 거기다 습도까지 높아지면 찜통더위라는 처절한 표현을 하기도 한다. 특히 도심에서는 낮 시간에 달궈진 더위가 늦은 밤까지 가시지 않으면 이를 또 열대야라 이름하고 있는데, 암튼 연일 계속되는 칠팔월의 무더위는 너나 할 것 없이 견디기가 어렵다.

예로부터 무더위를 잠시 피해가는 것을 피서라 했고, 혹독한 추위를 견디고 넘기는 일을 월농이라 했나. 여유 있는 사람들은 이즘 한 고비에 시원한 남의 나라 국내 깊은 산과 바닷가에 머물면서 쾌적한 여름을 즐기고 오기도 하지만, 어렵게 살아가는 보통 사람들로서는 피서철과 월동기가 길고 도 긴, 넘기기 힘든 고비가 아닐 수 없다 하겠다.

그러나 사람들마다 나름으로 한 철 더위를 지혜롭게 피해 가는 방법도 많았다. 말 그대로 더위를 피해 산과 바다로 가서 잠시 쉬어오는 피서객도 많지만, 현실 생활에 열중하느라 더위 따위야 잊고 지내는 사람들도 의외로 많으며, 더위 속에 오히려 유유자적 품격 높은 취미 생활 하는 사람도 있 고, 열심히 운동을 하면서 이열치열로 더위를 이기는 사람들도 많다.

필자의 경우는 젊은 시절부터 등산을 즐겨 온 편인데, 여름 등산 후 느끼 는 그 개운하고 시원함을 어찌 말로 표현할 수 있으랴! 땀을 흠뻑 흘리고 몸속의 노폐물을 깨끗이 내보내고 나면 기분도 상쾌하고 피부는 항상 맑음 을 유지할 수 있다. 다만 자신의 체력에 맞춰서 적당히 걷고, 적절한 수분 공급과 영양 섭취에 신경을 써야 될 것이다.

그래서 오래 전부터 조상님들은 무더위 고비 고비마다 그늘 짙은 곳을 찾 아 쉬고, 더위를 식힐 수 있는 과일이나 보양식을 먹으면서 삼복더위 한 철 을 넘겼다. 가장 자연스런 자연 순환의 한 현상일 뿐인 여름 더위에 자연스 레 순응하며 살아가는 마음의 여유를 가질 수 있다면, 여름이 잔혹한 계절 이 아니라, 이글대는 태양에서 방출되는 충만한 에너지를 듬뿍 받을 수 있 는 좋은 때임을 알게 된다.

요즘은 에어컨이 여름철 무더위의 고통을 상당히 줄여주고 있다. 그러나 사람의 건강 상태와 체질에 따라 에어컨 바람을 싫어하는 사람들도 많다. 반면에 여름철만 되면 에어컨을 안고 살다시피 하는 분들도 많은데, 그런 분들은 아마도 겨울에는 사우나실을 자주 드나들며 억지 땀을 짜내는 부류의 사람들이지 싶다.

신진대사가 왕성한 여름철에 열린 땀구멍으로 내보내야 할 땀을 에어컨 냉기로 틀어막아 버리면 몸속의 노폐물이 쌓일 것이고, 그 축적된 노폐물은 우리 몸 구석구석에 무서운 독소로 남아 만병의 근원이 된다. 또 그 냉기는 혈행(血行)을 방해하고, 기맥(氣脈)의 순환을 틀어막아 여러 증상의 냉방병과 감기를 불러들이게 되는데, 이쯤에서 자기 몸의 경고를 알아차리지 못하면 훗날 낭패를 볼 수도 있겠다.

뜨거운 태양의 계절! 그래서 에너지가 넘치고, 만물의 성장이 왕성한 계절이다. 한철 여름 열심히 움직이고 땀 흘리며 몸과 마음을 맡기고 즐겨 보자. 멀지 않아 불어 올 서늘한 가을바람을 생각하면서… 〈2016. 8. 2〉

맨바닥에 엎드려 큰절 하는 새 신랑

결혼철이 되면 과년한 딸을 둔 부모님들의 마음은 누구나 같다. 주변 사람들의 혼사 소식만 들어도 불안은 커지고 세모(歲暮)에는 마음이 더 조급해 진다. 필자 역시 조금 늦긴 했으나, 그 고비를 넘기고 나니 마음이 한결 가볍다. 딸아이가 출가하기 전, 사귀는 남자 친구가 있는지 궁금하여 탐색을 한 적이 있다. 퇴근 시간에 맞추어 데이트 하자고 불러내어 반월성 첨성대 주변을 걸으며 조심스럽게 변죽을 울리자, 슬쩍 웃어 넘겼다. 더 부담 줄 수 없어 화제를 돌리며, "나중에 좋은 사람 만나 결혼을 하게 되면 청첩장은 돌리지 말고, 축의금도 받지 말고, 식장은 야외에서 간단히 포장 치고, 하객 접대는 소박한 잔치국수 정도로 하면 어떨까?"라고 했다. 선뜻 동의하더니, 금방 정색을 하며, "결혼은 혼자 하는 것이 아니니, 상대와 그 부모님의 동의를 얻어야 되는 일"이라 했다.

그렇다! 결혼은 그 출발부터가 상대와 관계를 맺어가는 일이기에 그 생각을 현실로 옮기기는 쉽지가 않을 것 같았다. 또 축하객과도 오랫동안 상부상조한 인연이 깊어 그리 간단한 문제는 아닌 것 같다. 큰 강물이 흐르듯 이어오는 이 시대의 한 문화임을 어찌하겠는가?

고전 소설 같이 느껴지는 어릴 적 결혼 풍속도를 되돌아 그려 본다.

이른 아침 잔칫집에는 동네 이웃 사람들과 친척들이 술동이, 감주동이를 지게에 짊어지고 줄줄이 들어온다. 그러면 잔칫집에서는 그들을 위해 공반

상(共飯床)을 차려 대접을 하고, 답례로 봉송(封送)음식을 싸서 주었다.

당시의 부조 문화는 거의 현물로 하거나 몸으로 도와주는 부조였다. 혼주와의 친소(親疎) 관계에 따라 엿, 유과, 묵, 떡도 만들어 오고, 신혼 이불과 옷가지들도 함께 도와서 만들었다. 암튼 형편대로 돈과 물건과 노력과 정성을 다하여 큰일을 함께 했던 것인데, 방법은 변하여도 상부상조의 미풍양속은 지금까지 전해오고 있다.

혼례식 역시 부산하면서도 진중하고 엄한 격식을 갖추어서 거행하였다. 결혼의 절차는 혼담이 오갈 때부터 신행을 마칠 때까지 조심스럽고, 까다롭고, 복잡하게 만들어 놓았다. 그 이유는 아마도 두 사람 부부간 인연을 소중히 생각하고, 양 사돈 간에도 적절한 품격과 체통을 유지하는 것을 중요 덕목으로 생각했기 때문이다. 지금은 결혼 문화도 엄청 변하였다. 상부상조하던 부조 문화는 하객들에게 경제적으로나 시간적으로 상당한 부담이 되어 문제가 되고 있지만, 그 문화도 단기간에 어느 누구의 의지에 의해 바꿀 수 없이 그냥 흘러가는 것이리라.

몇 해 전에는 주례를 하게 되었는데, 예식장 직원이 주례사를 간단히 해 달라고 주문했다. 잠시 후 사회자가 와서 똑같은 부탁을 했다. 직원의 주문은 다음 예식을 위해서, 사회자의 부탁은 주례사보다 젊은이들의 이벤트성 놀이에 더 비중을 두는 것이리라. 그 후 더 이상 주례는 하지 않는 것이 좋겠다는 생각을 했다.

번거롭지만 지켜야 할 전통 예식 문화의 정신은 살려야 하고, 새로 형성된 시금의 예식 문화도 개신해야 할 부분이 많다. 요즘 결혼 풍속도는 젊은이들의 취향에 맞추다 보니 비용 결재 외 어른들의 존재감은 거의 없고, 새로운 인생 출발의 의식 치고는 품격이 많이 떨어지고 있다는 생각이지만, 이 또한 필자의 편견일 수 있고, 또 어쩔 수 없는 세태라고 자위할 수밖에 없겠다.

사소한 일이지만, 예식장에서 필자의 마음을 불편하게 하는 얄궂은 풍경들이 많은데, 그 중 어른들이 공감한다면 젊은이들에게 하나라도 가르치고 고쳐보면 좋겠다.

식장에서 양가 부모님께 드리는 인사는 신랑 신부가 손잡고 나란히 서서 공손히 절하면 될 것을, 구두 신고 예식장 바닥에 손 짚고 엎드려 큰절하는 신랑의 모습은 아무래도 아니다 싶다. 낳아주신 부모님께는 사전에 집에서 관례와 계례의 예를 갖추었을 것이요, 새로 인연 맺은 부모님께는 폐백 의식 때 정중히 큰절을 올리면 될 일이다.

옛 예법에 따르면, 결혼식 당일 신랑신부는 그날 이 세상에서 가장 축복받을 존귀한 존재라 신랑신부 상호간에 하는 큰절 이외는 어느 누구에게도 고개 숙여 절하지 않았다. 선거철만 되면 아무데서나 엎드려 큰절하는 일부 정치인들의 추잡스런 인사법을 새 출발하는 새 신랑이 따라하고 있는데, 어른들이 그냥 보고만 있어야 되겠는가! 〈2014. 1. 13〉

그냥 두고 본다

마당의 잡초/그냥 둔다.//그 위에 누운 벌레도 그냥 둔다.//벌레 위에 겹으로 누운/산 능선도 그냥 둔다.//거기 잠시 머물러/무슨 말 건네고 있는//내 눈길도/그냥 둔다.

몇 주 전 새벽 산책 중 어느 일간지에서 이성선 시인의 「그냥 둔다」라는 시를 읽었다. 한순간 신선한 충격으로 좋은 아침을 맞이했다. 그 후 산책을 하거나 등산을 하면서, 그리고 텃밭에서 일을 할 때도 그 시의 여운은 내 머리와 가슴에 남아 있었다. 며칠 후, 금장대 밑 수변 공원에서 시낭송회 모임이 있었는데, 그 시를 낭송한 후 현장 분위기와 풍광에 취해 그 시를 패러디 하여 수채화 그리듯 즉석에서 한번 읊어 보았다.

오뉴월 염천 해 질 무렵 /애기청소 드리운 금장대 그림자/그냥 둔다.//그 그늘에 이는 바람 부들 숲 흔드는 거/그냥 두고 본다.//그 풀 서늘한 냉기 담아/땅버들 잔가지 춤추게 하는 바람에/내 몸 그냥 맡겨 둔다.//유유히 날아오르는/백로의 날갯짓도⋯(하략)

읽는 이나 듣는 사람의 공감을 얻지 못하는 패러디는 싱거울 뿐이나, 그날 저녁 필자가 즉석에서 패러디 한 시답잖은 시는 잔잔한 감흥을 남긴 듯하다.

그 다음 주, 경주남산연구소에서 진행하는 '남산달빛기행' 팀을 따라 금오봉 정상에 올라 그 시를 다시 읊었는데, 마치고 나서 '그냥 둘 걸' 싶은 생각을 했다. 그 시간 그곳에서는 내(모두)가 자연을 관망하는 하는 주체가 아닌, 대 자연 속에 작은 객체로서 그냥 말없이 그대로 있는 그 자체로 족한데 말이다.

대자연과 하나 된 나를 그냥 두는 것도 좋지만, 사람과의 관계도 그렇다.

서울서 손자 놈이 와서 매일 온 집안 물건들을 뒤죽박죽 어질러 놓는다. 일주일 째 따라다니며 그냥 두고 보았다. 오늘 아침에는 쌀독의 쌀을 모두 퍼질러 놓고 뒹굴며 노는 그 녀석을 그냥 두고 보았더니, "먹는 쌀로 저러고 있는데, 할배는 우째…."라며 할매가 잔소리를 한다. 그 또한 웃어넘기며 그냥 두고 보았다.

애비 키울 때는 칭찬보다 야단을 더 많이 하고, 들어준 기억보다는 가르치려 했던 것 같은데, 손자의 저지레를 그냥 두고 보는 것이 조금도 불편하지가 않다. 오늘 쌀 한 독을 아이의 오감(五感)놀이 교구로 생각하면 전혀 아까울 것이 없겠다. 내가 손자 바보가 된 탓일까? 아니면 그냥 나이 든 탓일까?

그러고 보니, 35년 동안 훈장 노릇을 하면서 학생들을 여유롭게 두고 보며 넉넉하게 기다려 따뜻하게 보듬어 주지 못했던 일들이 참 부끄럽다. 특히 한창 성장기 여학생들의 그 화려한 행동 특성들을 있는 그대로 그냥 두고 보지 못했던 일들 또한 미안하다.

부부의 관계도 그러하여 젊을 때나 나이 들어서나 어느 집 없이 일어나는 소소한 갈등들은 '그냥 두고 보기'만 잘해도 크게 시끄러울 일이 없을 것 같다. 그냥 한 발짝 물러서 있으면 열은 식어 서로 잘·잘못이 눈에 보이고, 그러면 지혜로운 귀도 틔고, 비로소 향기로운 입이 열린다.

눈·귀·입 다 닫고 그냥 두고 싶지만, 마무리로 한 마디만 더 보태자.

요즘 정치인들의 혼탁한 싸움질이 갈수록 심해지고 있다. 진실과 정의는 안중에 없고, 각자 영역 지키기에만 혈안이 되어 있는데, 공정한 공무수행에 충실해야 할 일부 고위 공직자들과, 정론(正論)만을 전해야 할 언론인들 중에도 편 갈라 그 허망한 완장들을 차고 설쳐대니, 일반 국민들까지 편이 갈려 온 나라가 싸움판이다.

슬기로운 국민들이라면 얼음같이 차가운 이성과 냉철한 눈으로 그냥 두고 보면 좋겠다. 혼탁한 구정물은 조용히 그냥 두면 스스로 썩어서 저절로 정화된다. 그리고 그 속에서 연꽃은 반드시 피어난다. 시간은 좀 걸리겠지만…. 〈2020. 7. 15〉

2장. 꽃을 싫어하는 남자

작심도 방심이 있어야 가능하고, 방심도 작심이 필요
하지만, 실천하기란 참 어려운 것이니, 신정에 했어도
구정에 또 하고, 월초에 해서 안 되면 주초에 다시 할
수밖에 없다. 작심과 방심이 그렇게 거창할 필요도 없
다. 젊을 때부터 쉽고 단순한 것부터 시작하여 하나씩
쌓을 건 쌓고 내려놓을 건 버리다 보면 남다른 성취감
을 맛볼 수 있겠다.

솔아 솔아 푸른 솔아!

신군부 정권 초기인 40년 전 신임교사들의 '이념교육' 연수 마지막 밤에 수료식과 만찬 행사가 있었다. 내빈 소개, 격려사, 축사가 끝나고 만찬이 있었고, 이어서 최신 음향장비가 준비된 여흥(餘興)시간에 상부기관 어른들부터 차례로 부른 노래는 장기 합숙 연수를 마친 교사들이 듣고 있기엔 참으로 지루한 시간이었다.

어느 시점에서 필자가 진행자의 마이크를 빼앗듯 넘겨받고는 음향기사에게 내가 부를 노래 반주를 주문했다. 갑자기 빠른 템포에 강한 고음의 전주곡이 울리자 연수생들이 무대에 몰려와 함께 노래하면 거한 춤판이 벌어졌다.

노래를 마치고 무대에서 내려오는데, 내빈석에서 누군가가 "저 ○○! 어느 학교 누구야!"라는 소리가 들렸다. 판을 뒤집어 버린 나의 당돌함에 대한 노여움과, 그 노래가 이념교육 연수생이 부르기에는 상당히 위험한 노래임을 적시(摘示)한 것이다. 그러나 필자가 기본 예도 모를 철부지도 아니었지만, 운동권 성향의 교사는 더더욱 아니었다. 다만 그 자리는 연수생들이 주인공이여야 한다는 생각이 전부였다.

필자가 부른 노래는, 안치환의 '사람은 꽃보다 아름다워!'였다. 이 노래가 1980년대 신군부 등장을 이후 대학로와 노동 현장에서 저항의식과 투쟁의지가 강했던 운동권 청년들이 즐겨 불렀던 노래였다. 그러나 노랫말 중 어느 한 음절이나 한 소절에도 악의적이고 선동적인 표현은 없다. 시련과 갈등을 극복하고 새로운 보편적 가치를 희구하는 신선하고 깊이 있는 시적 노랫말이 좋았고, 가슴을 후련하게 하는 고음의 걸걸한 가창력의 매혹에 깊이 빠졌다. 그래서 40년 가까이 애창곡으로 즐겨 부르고 있다.

그런데 최근 그의 '아이러니'란 신곡이 또 다른 이유로 세간의 관심을 받고 있다.

일 푼의 깜냥도 아닌 것이/눈 어두운 권력에 알랑대니/콩고물의 완장을 차셨네/진보의 힘 자신을 키웠다네//아이러니 왜 이러니 죽 쒀서 개줬니/아이러니 다 이러니/다를 게 없잖니… (하략)

이 노래의 노랫말은, 40년 전 서슬 퍼런 군사정권에 맞서 불렀던 노래들과는 그 결이 완전히 다르다. 직설적 거친 노랫말들을 동원하여 기회주의 얼치기 진보세력들을 향해 강한 비판을 하고 있다. 이어지는 2절에서는 '끼리끼리 모여 환장해 춤추네' '사구려 천지 자뻑의 잔치 뿐' '중독은 달콤해 멈출 수 없어'라고 노래하고 있고, 민주화와 정의로운 세상을 꿈꾸며 여기까지 왔는데, '진보의 힘으로' 오직 '자신만을 키운' 기회주의자들을 향해 '꺼져라!'고 절규한다. 마지막 후렴에서는 "잘 가라 기회주의자여!"라며 가짜 진보세력들과 이별을 고하는 허스키한 그의 목소리가 강한 듯 절절하다.

그가 '아이러니'라는 신곡을 발표하자, 보수진영에서 원군이라도 얻은 듯이 그를 치켜세웠다. 그러나 안치환은 '단지 옳고 그름에 대한 이야기를 하고 있을 뿐'이라며 진영논리와는 거리와 선을 분명히 했다. 그러면서 권력에 기대어 '쩔어 사는' '서글픈 관종'들을 향해서 모멸적 조롱을 거침없이 하고 있다.

예로부터 정치적 대 변혁의 징후를 예견·암시하는 참요(讖謠)들은 많았다 저잣거리에서 자연스런 공감들이 모여 입소문으로 퍼져나가는 노래도 있고, 특정 세력이 의도적으로 만들어 확장·선동하는 경우도 있다. 권력자들은 그 진위(眞僞)를 떠나 그런 조짐들이 민중들이 던지는 적색 경고임을 빨리 감지해야 한다.

그러나 그런 적색 경고에 대한 권력자들의 대응은 늘 안타깝다. 권력의 힘으로 원천 봉쇄해 버리거나, 내 편의 무리들과 뭉쳐 대놓고 무시해 버리기도 한다. 그러나 늘 그래왔듯이 그 오만했던 권력들은 때가 되면 하찮게 생각한 참요 앞에 무릎을 꿇는 안타까운 역사로 남을 뿐이다.

필자는 이제 40년 동안 불렀던 안치환의 〈사람은 꽃보다 아름다워〉와 함께 신곡 〈아이러니〉를 새 애창곡으로 정하고, 40년 전이나 지금이나 푸른 솔처럼 꿋꿋한 그를, 이 시대의 진정한 지사적(志士的) 가객(歌客)으로 칭하고 싶다.

그의 또 다른 노래 '솔아! 솔아! 푸른 솔아!'를 떠올리며…. 〈2020. 08. 12〉

거총, 발사, 약실검사는 사격장에서만

개들이 소변을 볼 때 한쪽 뒷다리를 든다. 조금만 관심 가지고 보면 담벼락이나 전봇대, 아니면 나무, 풀 등 지형지물에다 내지르는 것을 관찰 할 수 있다. 동물학자들은 짐승들이 자신의 영역을 표시하기 위해서, 아니면 되돌아오는 길을 잃지 않기 위해서 그런다고 한다. 그런데 왜 평지가 아닌 돌출된 지형지물에다 그럴까 하는 재미있는 의문이 생긴다.

개뿐 아니라, 사람도 그런 것 같다. 사람 중에도 수컷들이 화장실 아닌 곳에서 소변을 보는 행태를 관심 있게 보면 참 재미가 있다. 전봇대, 담벼락, 쓰레기통, 아니면 화물차 바퀴, 그것도 뒷바퀴에만 쏘아댄다. 그런데 가만히 생각해 보니 사람들의 그런 짓은 동물들의 행동과는 좀 다른 의도가 담겨 있는 듯한데, 다행이도 그 부분에서 사람과 개가 구분되는 것 같다.

사람에게는 개와는 다른 인격이 있기 때문이다. 최소한의 그 인격이 평지가 아닌 전봇대나 화물차 뒷바퀴에다 볼일을 보게 하는 것 같다. 비록 다른 사람이 보고 있을 수도 있고, 실제로 보고 있지만, 그 전봇대나 자동차 바퀴가 가림을 해주고 있다고 믿거나, 그렇게 봐 달라는 자기 합리화의 내면 심리가 작용하는 듯하다.

필자가 성인으로서의 초보 인격을 형성해 가던 대학 초년 시절, 선·후배끼리 삼삼오오 술집에 앉아 개똥철학을 논하곤 했다. 시국이 혼란한 때라서 선배들의 과격하고 진보적인 언행을 선망의 눈으로 바라보며, "아 그래,

이 시대의 젊은 지성인은 저래야 되는구나!"라는 생각도 했고, 또한 술에 취해 무리를 지어 다니며 온갖 객기를 부리는 것을 고뇌하는 젊은이들의 낭만이고 특권인양 착각을 하고 다녔다.

그러다 간혹 급하면 친구들과 전봇대에 둘러서서 볼일을 보기도 했는데, 갑자기 지나가는 행인과 눈이라도 마주치면 한쪽 다리를 드는 저급한 장난기로 쑥스러움을 면하기도 했다. 순수하고 철없었던 그때 그 시절 이야기다.

세살 버릇 여든까지 간다고, 젊을 때 배운 나쁜 술버릇을 고치지 못한 사람들 중에는 나이가 들었어도 길거리나 골목에서 호탕한 술꾼들의 풍류인양 함부로 말하고 행동하는데, 요즘 세월에는 큰 낭패를 당할 수 있으니 조심 또 조심해야 할 일이다.

사실 야외에 나가서는 볼 일이 급할 때 적당한 가림이 있는 곳에서 슬쩍 몸을 돌리고 본 경험이 있을 것이다. 등산이나 낚시를 가서 그 넉넉한 대자연 속에서의 그 정도 실례는 자연스런 행동일 수도 있겠다. 그러나 요즘은 산을 찾는 사람이 너무 많아서 지정된 곳이 아닌 데서 볼일을 보는 것은 환경 문제 뿐 아니라, 도의적으로도 큰 흉이 될 것이다.

요즘은 CCTV 덕에 거의 없어졌지만, 옛날에는 여학교 주변에 간혹 이상한 남자가 출현하여 여학생들을 당황하게 할 때가 있었다. 젊은 시절, 학교 생울타리 밖에서 젊은 남자가 이상한 행동을 한다는 제보를 받고 현장에 달려갔다. 붙잡아온 20대 후반의 청년을 숙직실에 가두어 놓고 린치(私刑)를 가하고 엄하게 훈계를 한 후에 돌려보냈다. 지금 생각하니 법적으로 참 위험한 일이었다. 다음 날 그 청년이 필자에게 항의를 하러 찾아왔다. 이상한 환자 취급을 당한 것 같아서 밤새도록 벼르다 따지러 왔다는 것이다. 필자는 그 자리를 피했고, 다른 동료들이 어르고 달래어 돌려보냈는데, 30년이 지난 지금도 그 일의 진위(眞僞)는 의문으로 남는다.

요즘은 아이들 보기에 낯 뜨거운 사건들이 너무 많이 일어난다. 멀쩡한 사람이 상식에 벗어난 문제를 일으키는가 하면, 선량한 사람이 얄궂은 일에 휘말려 억울함을 당하는 경우도 보고 있다. 최근에 고위급 인사가 사건의 본질과는 다른 문제로 감당키 어려운 인민재판 같은 여론의 공격에 시달리고 있는 것을 보고 있다. 옛날에는 그러려니 넘어갈 일도 요즘은 자칫 본인의 뜻과는 달리 엉뚱한 일로 확산·파급 될 수도 있으니, '과전(瓜田)에 부납리(不納履)하고 이하(李下)에 부정관(不整冠)하라'는 옛 성현의 가르침을 새겨 들어야 할 때다.

아름답지 못한 이야기로 지면을 어지럽히지 않았는지 걱정하면서, 마무리를 하자.

요즘 사회가 혼란하다, 중심을 잡아야 할 정치는 더 어지럽다. 이럴 때일수록, 국민으로부터 권한을 위임받은 분들부터 정 위치에 바로 서자. 앞뒤좌우를 고루 살피면서, 말 한마디, 눈길 한번, 그리고 내딛는 발걸음 한 자국도 지도자로서 품격을 제대로 갖추었으면 좋겠다.

그렇지 않으면, 사선 밖 난사로 국민들을 다치게 할 수도 있고, 대로변 전봇대에 기대어 서서 방사하는 개 무리나 이상한 행동을 하는 사람 취급을 받을 수 있다. 〈2014. 8. 27〉

가슴 떨리는 영이의 전화

그 옛날 내 친구를 미치도록 짝사랑 한 나의 짝사랑이 배 두 상자를 보내왔네./그 속에 사연 한 장도 같이 넣어 보내왔네./화들짝 뜯어보니 이것 참기가 차네./종문아 미안치만 내 보냈단 말은 말고 알 굵은 배 한 상자는 친구에게 부쳐 줄래./우와 이거 정말 도분 나서 못살겠네./에라이 연놈들의 볼기라도 치고픈데 알 굵은 배한 상자를 미쳤다고 부쳐주나.

이종문 시인의 시조 한 수를 옮겨 봤다. 내용을 보니 도분이 날만도 하고, 제목 '미쳤다고 부쳐주나'도 모든 이의 공감을 얻고도 남겠다.

필자 역시 이와 버금가는 도분 날 일이 있었다. 학창시절에 관심이 많았지만 용기가 없어 말 한번 붙여보지 못했던 '영이'라는 여학생이 있었는데, 30년 만에 그녀로부터 전화를 받았다. 여기저기 수소문해서 나의 연락처를 알게 되었다는 말에는 가슴이 두근거렸지만, 공통의 화제가 있을 리 없었으니, 무미(無味)하고 어색한 안부만 주고받다가 전화를 끊었다. 그런데 며칠 후 다시 전화가 왔다. 내 친구 연락처를 좀 알려 달라는 것이다. 그럼 그렇지, 이제야 감이 잡혔다. 그녀는 그때 나의 친구에게만 관심이 있었던 모양인데, 나로서는 여간 도분 나는 일이 아닐 수 없었다.

10년 전, 서울 아가씨로부터 레포츠 관련 판촉·홍보 전화를 받았다. 찾아뵙겠다기에 건성으로 '마음대로 하시라.'며 전화를 끊었다. 3일 후 인상 좋은 한 남자가 찾아왔고, 필자는 주변 동료들의 만류에도 불구하고 귀신에 홀린 듯 그가 내민 서류에 사인을 하고 말았으니, 처음 본 서울 양반에게 보기 좋게 한 방 당하고 만 것이다.

누구나 매일 몇 차례 이러한 02(영이) 전화의 극성에 가슴 두근거리는 일들을 경험했을 것이다. 받자니 불안하고 안 받자니 뭔가 불이익을 받을 것 같은 02 전화. 불특정 다수에게 무차별 해대는 홍보, 판촉, 광고용 전화는 또 그렇다 치고, 구체적인 나의 신상정보까지 가지고 덤비는 경우는 더더욱 난감하지 않을 수 없다.

필자가 교장 초임 때 업무와 무관한 수많은 전화에 시달렸는데, 주로 서울에서 걸려오는 02 전화가 대부분이었다. 그럴듯한 직함이나 일방적 억지 인연을 들이대며 능숙한 화술로 사람을 들었다 놨다 하는 것은 물론, 시차를 두고 장기간 집요하게 반복해서 공략을 해오는데, 정신 바짝 차리지 않으면 한순간에 당하게 된다. 나중에는 02 전화만 오면 지은 죄도 없이 가슴이 두근거리고 진땀이 날 지경까지 이른다. 그러다 시간이 지나면서 나름으로 대처 방법도 터득하게 되었지만, 성가신 02 전화에 대처하는 일은 만만찮은 일임을 모두가 공감하고 있다.

02 전화에 대한 이러한 불신과 거부 반응은 하루아침에 만들어진 것이 아니지 싶다. 오랜 기간 여러 수법으로 '눈 뜨고 있는데 코 베어 간' 서울깍쟁이들에게 당한 학습 효과가 순박한 지방 사람들의 무조건적 불신과 거부 반응 현상으로 나타난 것이 아니겠는가? 영이 전화에 대한 이런 불신 현상을 보면서, 신뢰가 얼마나 중요한 지를 절감하게 된다.

지난 한 달 동안 국회의원 선거와 관련하여 매일 수많은 전화와 문자 메시지를 받아 왔다. 출마자들과 선거 참모들은 유권자들을 향해 피 말리는 지지 호소와 공천을 위한 여론조사의 통신 매체 02 전화에 응해 줄 것을 간곡히 부탁했지만, 02 전화에 대한 유권자들의 불신과 거부 반응은 그리 녹녹치 않아서 애꿎은 출마자들의 애간장을 태우게 했다.

어느 도시 할 것 없이 선거 출마자들은 모두 훌륭하신 분들이라 생각을 한다. 그러나 선출직 전체 정치인들을 바라보는 국민과 시민들의 시선은 그렇게 곱지 않은 것이 현실이니, 정정당당하게 최선을 다한 후, 누구든 그 결과는 겸허하게 받아들이고, 선거로 인해 분열되었던 민심을 하나로 모아 신뢰 받는 지도자가 되기를 바랄 뿐이다.

혈연의 도리, 남녀 간 사랑, 친구와의 우정은 말할 것도 없고, 골목시장의 상거래라도 신뢰가 무너지면 서로 얼마나 불편하고 불행할까! 영이(02)의 전화처럼…

꽃피는 춘삼월에 사람 냄새 나는, 뭔가 가슴 설레는 그런 전화 한 통 기다려진다. 〈2016. 3. 29〉

구리 알 같은 열아홉 개비 담배

요즘 많은 분들이 산을 찾는다. 필자 역시 젊은 시절부터 몸이 둔해지거나 마음이 불편할 때는 습관처럼 산에 올랐다. 그런데 하산 때쯤에는 몸은 깃털처럼 가볍고 마음은 고요하고 평온해 진다. 특히 한 해를 마무리 하고 새해의 설계와 각오를 다지는 연말연시 산행은 좋은 버릇이자 나름의 뜻 깊은 연례행사라 자평하고 있다.

올해도 설 전날 산길을 걷다가 등산로에서 살짝 비켜 가려진 솔숲 명당자리 잡아 잠깐 쉬고 있는데, 눈앞에 깨끗한 담뱃갑과 허리가 댕강댕강 잘린 피우지 않은 담배 개피들이 버려져 있었다. 세어보니 모두 열아홉 개비였다. 주변을 자세히 살펴보니, 낙엽을 걷어낸 흙에다 반쯤 피우다 만 담배꽁초를 꼬깃꼬깃 구겨 박아 놓았다. 정초를 앞두고 어떤 사람이, 어떤 마음으로, 어떤 행동을 했는지 그 상황 그림이 눈앞에 그려졌다. 모르긴 몰라도 그 사람은 담배를 끊기 위해 지난 양력 그믐날에도 이번과 똑같은 의식을 치르지 않았겠는가 싶은 생각이 들어 웃음이 나왔다.

삶 속에서 받은 아픔과 마주치는 어려움을 담배로 달래거나 술로 해소시키는 분들이 참 많다. 술은 사람 관계를 부드럽게 하고 쌓인 긴장을 해소시킬 수 있는 좋은 음식임에는 틀림없지만, '적당히'가 참 어려우니 건강을 해칠 수 있고, 담배는 백해무익(白害無益)이라고들 하시만, 한 모금의 담배가 산란한 마음을 일시적으로 가라앉게 하는 중독성이 있기에 애연가들에게는 더 없이 좋은 기호품이 아닐 수 없다.

어렵사리 금주와 금연에 성공한 사람들의 무용담과 수없이 시도 하다 포기한 사람들의 실패담, 그리고 결코 애연 애주가로서의 소신을 굽히지 않겠다는 이들의 영웅담들도 재미있다면 참 재미있는 이야기가 될 수 있겠다. '작심삼일(作心三日)'이란 말을 가장 많이 하는 사람이 애연가들과 주당들이지 싶다. 그리고 그 작심을 가장 많이 하는 때는 해가 바뀌는 날이나 한 달이 시작하는 날이 되겠지만, 그야말로 그런 작심은 삼일을 넘기기는 참 힘들다.

금주와 금연 뿐 아니라, 보통사람들이 하는 모든 작심은 결코 쉽지 않고, 그 작심을 끝까지 실천하는 것은 더 더욱 어렵다. 그러나 뭔가를 이룩한 성취인은 평소 자신의 의지와 신념을 담은 작심을 실행으로 옮기는 남다름이 있지 않을까 싶다. 또 성직자들이나 신앙심이 깊은 사람들은 평소 하루에도 몇 차례 똑같은 의식과 반복 기도를 통해 수행에 수행을 거듭한다. 그러나 대부분의 보통사람들은 의미 있는 어느 날을 택하여 작심 이벤트를 하거나 종교 의식을 방편 삼아 작심과 염원을 담아 경건한 기도를 하는데, 새해 아침 전국 유명 일출 명소를 찾아 몰려드는 사람이나 정초 기도를 위해 성당, 교회, 사찰로 향하는 사람들이 그런 경우가 아니겠는가?

올 설에도 고향과 조상님과 부모를 찾아 모여든 남녀노소 피붙이들이 서로 격려하고, 위로하고, 조언하고, 그리고 들어주고 공감하며 서로 덕담을 나누는 그런 설이었기를 바란다. 또한 패기로 가득한 젊은이가 야멸찬 작심 하나 할 수 있는 설, 연세 드신 어르신께서는 비우고 내려놓는 방심하나 작심할 수 있는 그런 설이였으며 더 좋겠다.

작심도 방심이 있어야 가능하고, 방심도 작심이 필요하지만, 실천하기란 참 어려운 것이니, 신정에 했어도 구정에 또 하고, 월초에 해서 안 되면 주초에 다시 할 수밖에 없다. 작심과 방심이 그렇게 거창할 필요도 없다. 젊을 때부터 쉽고 단순한 것부터 시작하여 하나씩 쌓을 건 쌓고 내려놓을 건 버리다 보면 남다른 성취감을 맛볼 수 있겠다.

설 연휴가 끝나고 새로운 한 주가 시작되었다. 지난 구정 전날 구리 알 같은 담배 열아홉 개비를 등산로 명당자리에 암매장 했던 그 사람의 금연은 착실히 진행되고 있는지 생뚱맞고 오지랖 넓은 걱정을 해본다. 〈2016. 2. 16〉

*구리 알: '구렁이 알'을 경상도 토속어로는 '구리 알'이라 한다.

오월에 생각해 보는 '큰 나의 밝힘'

몇 해 전, 통영의 문인 30여 명이 경주로 문학기행을 왔었는데, 주요 기행지를 추천해 달라는 부탁을 받고 경주중·고등학교 교정에 세워진 〈큰 나의 밝힘〉 비(碑)를 추천했다. 청마 유치환 시인은 경남 통영 출신의 시인으로서, 경주에 머문 동안 많은 작품 활동을 하였을 뿐 아니라, 경주중·고등학교와 경주여고 교장을 역임하시면서 후학들에게 많은 교훈을 남겼기 때문이다.

통영 손님들 방문 전날에 현장 확인을 위해 경주고등학교를 찾았다. 재학 시절 강당 옆에 있던 비는 본관 정원으로 옮겨져 있었다.

필자는 초등학교를 졸업하고 외톨이로 경주중학교에 입학한 어느 날부터 막연하게 그 비가 좋아 그 주변에서 많은 시간을 보낸 추억이 있다. 두 층의 단아한 돌 기단 위에 놓인 작은 돌에 새겨진 비의 내용을 까까머리 중학생이었던 필자는 알 길이 없었지만, 여름이면 돌 기단에 등 기대고 걸터앉아 돌의 냉기와 나무 그늘의 청량함을 즐기며 나의 전용 놀이터로 삼았던 것이다.

고등학교로 진학한 후에야 어느 선생님으로부터 〈큰 나의 밝힘〉의 상세한 내용에 대해 진지하게 들었고, 졸업 후에 그 내용을 간추려 마음에 담아두고 평생 좌우명으로 삼아 살아가고 있다.

나는 나에 의해서 태어난 내가 아니다.

나는 나만이 존재하는 내가 아니다.
나는 나만을 위한 내가 아니다.

'나'는 먼 조상님으로부터 이어온 부모님께 몸을 받고 태어나 한 세상 살다가 자식을 통해 고귀한 DNA를 후세에게 전해 줄 존귀한 존재이며, 무한한 대우주 속에서는 작은 한 점에 불과하지만, 내가 중심이 된 수많은 사람들과 유기적인 관계를 맺고 살아가는 존재이기 때문에, 나는 나만을 위한 나를 넘어 나 아닌 또 다른 나의 존재를 배려하고 존중하는 내가 되어야 한다는 뜻으로 다시 풀어 적어 본다.

오월은 삼라만상이 가장 생기발랄한 에너지를 뿜어내는 계절이다. 사람들은 꿈과 희망이 넘치고, 살면서 만나는 어려움과 우울함도 떨쳐 버릴 수 있는 계절이다. 그래서 가정의 달, 청소년의 달로 이름 했고, 어린이 날, 어버이의 날, 성년의 날, 부부의 날이 있다. 가정이나 직장에서, 더 나아가 사회와 국가의 소중한 구성원인 각각의 나는 어떻게 태어났고, 어떤 존재이며, 어떻게 살아가야 할 것인지를 생각하며, 그 가르침을 새삼 떠올린다. 하늘을, 또 한 손은 땅을 가리키며 천상천하유아독존(天上天下唯我獨尊)이라 했다. 얼핏 듣기에는 자기중심적인 거만함으로 느껴질 수도 있었지만, 필자와 같은 보통 사람들이 쉽게 알아차리지 못하는 종교적인 깊은 뜻을 담고 있다고 한다. 그러나 그런 심오한 해석을 떠나 일반적인 식견으로 보더라도 나의 존재 가치에 대한 깨우침의 덕목을 담고 있다는 생각이 든다.

정마 선생의 '큰 나의 맑힘'은, 후학들이 이기석 사반심이 아닌 이타석 사존감을 키워 남과 더불어 아름답게 살아가기를 바라는 마음을 돌에 새겨

전하고자 했으리라.

　가정의 달 오월에, 석가의 천상천하유아독과 청마 선생의 '큰 나의 밝힘'의 가르침을 생각하며, 사람 사는 세상 여기저기에 사랑, 감사, 자존, 자긍, 배려, 협동, 봉사 등 아름다운 덕목들이 아름답게 피어나기를 소망한다.

〈2015. 5. 19〉

꽃을 싫어하는 남자

이 세상에 꽃을 싫어하는 사람이 어디 있겠냐만, 나는 꽃을 싫어한다. 그것도 아주… 가장 싫어하는 꽃이 조화(造花)다. 특히 공공기관이나 고급 호텔, 문화 공간에서 가짜 꽃을 보는 순간 기만당하는 기분이 들기 때문에 아주 불쾌하다. 일반 식당이나 가게, 가정에서 보는 가짜 꽃은 주인의 취향이기는 하지만, 역시 불쾌한 느낌이다. 잔손 안 가고 정성을 들이지 않아도 될 것 같다는 계산으로 설치해 놓은 물건이라서 대부분 뿌옇게 먼지를 뒤집어 쓴 관리되지 않는 가짜 꽃들이라 더더욱 싫다.

등산을 하다 만나는 무덤들 앞에 꽂힌 조화들을 보면 기분이 으스스 하다. 좌청룡우백호 갖출 것 다 갖추고, 주변에 지천으로 피어있는 온갖 꽃들 속에 묻혀서, 가장 자연스런 자연이 되어 있는 편안히 누운 그 산소 앞에 꽂아 놓은 조화가 어찌 귀신 시끄럽지 않으랴?

기겁을 할 꽃들도 있다. 얼마 전 일식집에 갔었는데, 회 접시 위에 나일론이나 플라스틱 재질로 만든 가짜 꽃과 나무 잎사귀가 올라 앉아 있는 것을 보는 순간 깜짝 놀랐다. 입맛이 싹 달아난 것은 물론이고, '고객을 뭐로 보고…' 싶으면서 먹는 음식에 천박한 눈가림을 한 주인의 무례함에 분노를 느꼈다.

그 다음으로 싫어하는 꽃은 화장한 꽃이다. 화장한 꽃을 보면 인디깝디 못해 불쌍한 느낌이 든다. 꽃을 사고 파는 꽃 가게의 이름들은 꽃 종류만큼이나 다양하고, 또 예쁜 이름 붙인다고 애쓴 흔적들이 역력하지만, 그런 꽃가게에서 쏟아져 나온 꽃이나 화분들이 지나친 화장을 하고 나온 것을 보면 웃음이 나온다. 그 예쁜 꽃들의 가치를 형편없이 평가 절하시키고 있다는 생각이 든다. 어떤 꽃이든 그 꽃 고유의 모양과 색깔, 그리고 향기가 있고, 그 자체로서도 충분히 아름다운데, 뭐가 부족하여 색조 화장에 스프레이로 뿜은 자극적인 냄새의 향수를 뿌리거나 온갖 재질에 색색의 옷을 겹겹이 입혀 내보내는지 이해가 되지 않는다.

또 있다. 제자리를 찾지 못해 고생을 하는 애처로운 모습을 한, 산과 들에서 자유롭게 피어있어야 할 야생화 말이다. 데려온 주인을 위해 청초한 모습으로 방긋방긋 웃으며 사랑 받기는커녕, 낯설고 물 선 정원이나 냉난방을 갖춘 실내에 갇혀 볼모로 잡혀온 공주같이 웃음을 잃고 몸살을 앓다가 시나브로 질식해 가는 그 꽃에서 무슨 향기를 기대할 수 있으랴!

꽃의 아름다움은 제자리에 뿌리를 내리고 각각의 본성을 그대로 유지하면서 피어 있을 때 가장 그 아름다움을 드러낼 수 있지 않을까? 사람들의 편의나 기호에 따라 화장, 포장, 변형된 모습은 아무래도 마뜩치 못하다는 생각이다.

예로부터 여자를 꽃에 비유하는 경우가 많고 표현도 다양하다.

여성의 이름도 꽃에서 따오고, 여자의 표정이나 웃음과 몸짓도 꽃을 연상하게 하는 표현들을 많이 한다. 심하면 여성의 신체 부분 부분도 절묘하게 꽃과 관련한 의미로 표현하거나 상(image)으로 그려낸다. 어떤 경우에는 여성들 입장에서 상당이 모독적으로 받아들여질 수 있는 얄궂은 표현들도 많다.

지구상에는 수를 셀 수 없는 다양한 꽃들이 각각의 모양과 크기, 그리고 향기를 가지고 있듯이, 여자는 역시 모두가 여자 그 자체로서 아름답다. 순수 여성성을 그대로 두고 보면 그 어떤 꽃보다 아름다울 수 있다. 거기다 더욱 아름다워지고 싶은 여성의 본능적 심리는 여성 스스로 끊임없이 가꾸고 다듬고 장식을 하게 되고, 그러한 노력과 마음 그 자체가 또한 아름다움으로 느껴진다.

머리를 감고 세수를 한 후, 화장대 앞에서 자신의 머리 손질과 얼굴 화장을 하는 여인의 모습은 얼마나 아름다운가? 화장을 마치고 옷을 갖추어 입고 거울에 비친 자신의 전신을 바라보며 만족해하는 그 미소 또한 얼마나 아름다우랴! 성인의 여성도 그렇지만, 엄마 흉내를 내며 얼굴 여기저기 화장품을 찍어 바르며 노는 아직 철 들지 않는 천진한 여자아이의 행동도 또한 예쁘다.

어디 그뿐인가 예뻐 보이려는 사춘기 여학생들의 화장은 더 귀엽다. 매일 학교에서 지도하시는 선생님과 벌이는 그 실랑이가 만만찮고, 심한 경우 엄한 벌을 받기도 하지만, 그 아이들은 아랑곳하지 않는다. 그 병을 어찌 선생님들이 고칠 수 있을까? 조물주가 그렇게 창조해 놓은 것을…. 요즘은 연세가 꽤나 많이 드신 할머니들도 화장에 상당히 관심을 가지게 된다. 그러다 보니, 세간에는 '여자가 예뻐지려는 것은 무죄'라는 말이 나올까?

사람을, 특히 여자를 꽃에다 비유한다면 정말 아름다운 꽃이 많다. 멀찍이 저쪽에서 움직이는 뒷모습만 보아도 그 우아한 자태가 우러나고, 사람 많은 복잡한 자리에서 잠시 마주쳐도 그 내면의 맵시가 드러나며, 길거리에서 잠시 스쳐 지나며 만난 젊은 사람의 배려도 뒤돌아보게 하는 아름다움이 있다. 인적이 드문 공원 나무 그늘에서 외로이 소일하는 낯모를 노인의 뒷모습에서도 단아하고 정갈한 얼굴은 아름답게 그려진다.

그런데 꽃이 제 모양과 색깔로 제자리에서 피지 않고, 자죽자죽 사람 따라 다니며 '날 좀 보소! 날 좀 보소'라고 한다면 얼마나 피곤할까? 온 천지가 꽃으로 뒤덮인 계절! "꽃은 죽어도 걸어가선 피지 않는다."고 읊은 이기원 시인의 유고 시집에 실린 「꽃」이란 시가 생각난다.

이름이 되는 것을 다/거치고 나면/나는 마즈막에 무엇인가//나는 시방/절정을 거쳐/떨어지고 있다.//꽃은/걸어가서/피지 않는다.//더러운 것은 아직 피지 못해/한번도/꽃이 돼 보지 못하고 있는데//이름이 되는 것을 다/거치고 나면/나는 마즈막에 무엇인가//결국/꽃은/무엇인가//꽃은/죽어도/걸어가선/피지 않는다.//

나는 따라 다니며 '날 좀 보소' 보채는 얼치기 꽃보다 제자리에서 향기 발하는 그런 사람들이 더 좋더라. 오늘도 이 글을 마무리 하고, 나의 애창곡 '사람은 꽃보다 아름다워!'라는 노래를 시원스럽게 불러봐야겠다. 〈경북문단 31호(2014)〉

저잣거리가 된 산사(山寺)와 절간 같은 학교

병정놀이/칼싸움 하느라//소 잃고/울던 동무//마을 어른들/칠흑밤길 횃불 들고//이 능선/저 골짜기/소 찾느라 야단 법석//나/아직도/산길 걸으며//그 소(牛)/찾고 있다.

필자의 수필집 『소 찾아 걷는 산길』의 주제로 삽입한 시다. 어린 시절 소 먹이러 다니던 추억담 정도로 가볍게 생각해도 되고, 나와 우리가 혼미한 내·외적 갈등 속에 살아가면서 지향하는 바를 찾고자 하는 마음으로 읽어도 되겠다. 또 절간을 기웃거리는 사람들이라면, 수행 정진을 통해 본성을 깨달아 가는 길을, 잃어버린 소를 찾아가는 10폭의 그림으로 형상화한 십우도(十牛圖), 혹은 심우도(尋牛圖)의 내용과 닮아 있다는 생각이 들리라.

심우도의 깊고 넓은 뜻을 짧은 지면에 논하는 것이 어리석은 일이지만, 부처님 오신 날에 공부 삼아 옮겨보면, 잃어버린 소(나, 자성)를 찾아가는 심우(尋牛), 어렴풋이 소 발자국을 찾은 견적(見跡), 소를 찾은 견우(見牛), 거친 소를 붙잡은 득우(得牛), 소를 자연스럽게 다루는 목우(牧牛), 소를 타고 집으로 돌아오는 기우귀가(騎牛歸家), 소는 없고 사람만(나)만 있는 망우재인(忘牛在人), 소도 사람도 없는 인우구망(人牛俱忘), 다시 처음으로 돌아가는 반본환원(返本還源), 마지막 술병을 차고 저잣거리에 나가 사람들과 함께 하는 입전수수(入廛垂手)로 완성된다.

오월 초에 며칠 조용히 쉬었다 올 요량으로 계룡산에 갔었는데. 절 아래 상가에서는 지자체가 벌인 축제로 요란했다. 번잡함을 피해 도망치듯 걸어 올라 산사에 올랐더니, 그곳 또한 춤추고 노래하며 시끌벅적하고, 줄지어 쳐 놓은 천막에서는 온갖 물건을 내놓고 장터같이 소란함에 정신이 어질어질 하였다. 요즘 전국 어느 사찰에서나 이런 장면을 쉽게 볼 수 있는데, 이런 현상이 심우도의 마지막 입전수수의 경지라면 얼마나 좋을까마는, 필자의 눈에는 어쩐지 못마땅하니, 고운 시선으로 볼 수 있을 때까지, 다시 소 찾아 길 나설 수밖에 없다는 생각을 해봤다.

한편 아이들의 건강한 웃음소리로 가득해야 할 전국의 학교들은 입시를 위한 지식 교육에만 매달려 절간이나 수도원같이 적막하고 무겁기만 하다. 그저께 저녁 늦게 울산의 어느 호텔 로비에서, 30대 중반의 똘똘한 젊은이를 만났는데, 필자가 최근 어느 불교단체 서적 편집 소임을 받아 그녀의 원고를 접하면서 묵은 인연을 찾았다.

상담과 토론을 통해 '참나'를 찾아 진화하는 과정을 도와주는 '국제 아바타 코스' 지도자로서 서울에서 10일의 일정으로 내려 온 그녀는, 10년 전에 중등학교 교사로 부임하여 학교, 학생, 동료교사, 학부모들의 틈바구니에서 크게 상처를 받아 한방 병원에서 의사의 도움을 받아야만 했다. 상담과정에서 학교에서 있던 일을 털어 놓으라는 의사의 권유가 있었으나, 교사로서의 자존심 때문에 그 치욕적이고 모멸적 사건들에 대해 입을 굳게 다물고 있다가 '아바타' 프로그램을 접하면서 스스로 깨우침을 얻고 단기간에 건강을 되찾았다고 했다.

그 후 서울로 올라가 자신의 전공을 살린 학원을 경영하면서 '아바타' 국제 마스터로 화신하여 교육과 사업, 그리고 어려운 사람들을 위한 봉사도 하면서 활기차게 살고 있다고 한다. 그 선생님이 단기간에 좌절을 도약의 기회로 잡을 수 있었던 것은, 어릴 때부터 일상에서 수행 정진을 하시는 부모님 밑에서 남다른 내공을 쌓아온 결과라고 느끼면서, 우리나라 교육의 방향성에 대해 다시 생각해 봤다.

어제가 '부처님 오신 날'이고, 모레는 '스승의 날'이다. 불가에서는 부처님을 롤모델로 삼아 끊임없이 정진하며 '참나'를 찾아 견성성불(見性成佛) 하고자 한다. 무지한 혹자들은 우상이라 하지만, 부처님의 존재는 분명 인류의 큰 스승이다. 그래서 부처님의 가르침을 대중에게 전하는 제자들도 모두 스승이라는 뜻으로 도사, 대사, 법사라고 칭하지 않는가.

학교나 절간이나 가르치고 배우는 성스러운 공간이다. 스승과 제자가 진정 어떤 자세로, 어떻게, 무엇을 가르치고 배울 것이지를 진지하게 고민할 필요가 있다. 학부모, 사회, 국가 또한 소중한 우리 아이들과 중생들을 위한 건실한 밑거름이 되어야 함은 물론이다. 〈2019. 6. 15〉

악착동자와 노아의 방주

1974년 대학 1학년 때, 소설 『25시』로 노벨문학상을 받은 루마니아 작가 게오르규의 특강을 들은 적이 있다. 영화로 더 알려진 『25』의 제목은 이미 지나버린 시간, 메시아가 강림해도 대책 없는 시간, 인류의 구원이 끝난 시간이란 뜻으로 풀이된다.

그의 강연 중에서 '잠수함 속의 토끼'의 이야기가 기억에 남아있다. 2차 세계대전 때 잠수함은 요즘처럼 첨단 장비가 없어 산소 공급을 위해 수시로 수면 위로 올라야 했다. 군인들이 산소부족을 감지되면 이미 때가 늦어 모두 질식사하기 때문에 사람보다 먼저 감지 할 수 있는 토끼를 배(艦)에 싣고 다녔다고 한다.

작가 게오르규는 실제로 전쟁 중 잠수함에서 죽어버린 토끼 대역을 하면서 큰 깨달음을 얻은 것 같았다. 그래서 그는 소설 『25시』를 통해 전쟁과 이데올로기, 사회모순으로 인한 인간성 상실에 대한 경종을 울리며, "시인(작가)들이 이 사회의 등불이 되고, 잠수함 속 토끼처럼 시대의 예언자가 되어야 한다."고 했다. 그 후 여러 차례 방문하면서 한국 문화와 역사에 대한 느낌과 견해를 창작, 저술, 강연을 통해 적극 표현하기도 했다.

특히 천주교 신부인 그가 한국 스님들을 만나고 사찰 체험을 하면서 타종교를 차별 없이 넓게 포용하는 한국불교에 감동했고, 통도사에 머물면서 '세계를 밝힐 찬란한 빛이 한국 사찰에서 나올 것이다.'라며 한국불교에 대해 큰 기대와 예언을 했다.

성경에 나오는 배(舟)이야기는 기독교인이 아닌 분들도 잘 알고 있다. 하나님이 대홍수를 통해 사악한 인간 세상을 심판 하면서 가족과 모든 동물의 암수 한 쌍씩 '노아의 방주'에 실어 구원했고, 나머지 모든 사람과 동물들은 홍수에 빠뜨려 멸망케 했다는 이야기는 계시하는 바가 크다.

현재 전 세계 인류는 '코로나 19' 재앙을 맞이하여 공포에 떨고 있다. 걷잡을 수 없는 혼란과 수많은 죽음을 보면서 '노아의 방주'가 생각났고, 메시아, 구원, 종말, 예언, 심판 등의 메시지가 큰 울림으로 들린다. 과학·물질문명의 범람, 정신문화의 타락, 사회구조의 모순, 환경 파괴, 도시인구 밀집…에 대한 우려와 경고는 이미 선지자, 예언자, 사회학자, 미래학자, 철학자는 물론이고, 잠수함 속 토끼와 같은 작가들도 예견한 바이지만, 이번 재앙은 우리게 많은 숙제를 던지고 있다.

불교에서도 '반야용선'이라는 배(船)가 있다. 반야(般若)는 '깨달음을 통해 얻을 수 있는 근원적 지혜'라고 풀이되고, 용선(龍船)은 용의 형상의 배로 어리석은 중생들이 지혜의 바다를 건널 수 있도록 도와주는 방편의 배가 되겠다.

반야용선은 큰 절의 법당 천정이나 외벽 탱화에서 볼 수 있는데, 운문사 대웅보전에 가면 반야용선에 대롱대롱 매달린 악착동자보살의 모습을 볼 수 있다. 가족과 작별인사 하느라 배를 놓치고는 가까스로 밧줄 끝을 잡고 악착같이 매달려 지혜의 바다를 건너가는 동자보살의 모습을 보고 있노라면, 평생을 아능바능 어지러이 살아가는 나를 보는 듯하다.

인간 세상에 전쟁이나 천재지변, 큰 다툼과 무서운 질병 같은 환란이 닥치면, 그 환란에 맞서서 싸우거나, 구원을 받기 위해 앞다투어 악착 같이 매달리기도 하는데, 요즘의 사찰은 그야말로 절간처럼 조용하다. 관광객의 행렬과 신도들의 출입은 물론이고, 스님들도 법당에서 예불 올리는 스님 한 분 외에는 거의 보이지 않는다. 아마도 동한거와 하안거보다 한 차원 높은 '코로나 안거'에 들어 면벽·묵언·참선으로 수행·정진함을 기본으로 삼는 분위기로 느껴진다.

전국 모든 사찰에서 일사분란하면서도 분답지 않는 대응을 지켜보면서, 신앙의 존재 이유와 종교 지도자의 역할과 신도들의 마음 자세에 대해 생각해 본다.

이 땅의 모든 인류가 잠수함 속 토끼처럼 이성적 깨우침의 눈을 뜬 예언자가 되고, 노아의 방주에 오르지 못한 어리석은 모든 중생들도 악착동자 보살심으로 반야용선에 동승하여 근원적 지혜의 깨우치고 피안의 세계에 도달할 수 있으면 좋겠다.

한 달 뒤로 미루었던 부처님 오신 날 봉축 행사를 열흘 남짓 앞두고 있다, 자비로운 부처님의 가피로 평화로운 기운이 온 누리에 충만하기를 합장 발원한다. 〈2020. 5. 20〉

청정(淸淨)한 기운 담은 키워드(Key-Word)

지난 연말 이른 아침, 통도사로 달려갔다. 늘 그렇듯 산문에 들어서는 순간부터 아름드리 솔숲과 계곡의 물소리는 필자를 넉넉하게 받아 안아주었다. 이럴 때 오감(五感)을 열어놓고 그냥 쉬엄쉬엄 걷는 것만으로도 큰 즐거움이 있다. 그러다 보면 어느 사이 청정한 기운에 머리는 맑아지고 가슴은 편안해 진다. 아마도 이런 기분으로 오랜 기간 수행을 하다 보면 선악과 애증, 흑백과 호불호의 모든 경계까지도 허물 수 있는 깨달음을 얻게 되리라.

필자는 해가 바뀔 때면 늘 버릇처럼 산을 오르거나 절간을 찾아들며 지난 한해를 되돌아보며 다가올 새해를 설계하곤 하는데, 오랜 기간 계속해 오다 보니 좋지 않은 앙금을 씻어 내거나 새로운 영감을 얻는 데는 나름으로 상당히 이력이 생긴 셈이다.

한나절 동안 청정도량 여러 암자를 찾아 산길을 거닐다가 산문 밖으로 나오자마자 허기를 느끼면서 첫눈에 띈 분식집으로 찾아들었다. 음식이 준비되는 동안 식탁 옆 벽에 걸린 자그마한 액자의 담긴 글귀가 눈에 크게 들어왔다.

"화(火)는 참으면 병이 되고, 드러내면 후회를 하게 된다. 그러나 알아차리면 그 화는 절로 소멸된다."

'일아차림'이라는 말은 종교적 명상수행 방법이자 교육상담 노구이며, 성신 의학 치료 프로그램으로 세인들에게 이미 잘 알려져 있다. 지난 해 개인적으로 특별히 마음 불편했던 화는 별로 없었지만, 첨예한 정치적 대립과 극심한 사회적 갈등 때문에 온 나라가 우울하고 탁한 기운에 뒤덮인 것 같아 안타깝고 답답할 때가 많았는데, 분식집에서 본 그 문구는 새삼 커다란 울림의 화두로 다가왔다.

통도사에서 경주로 돌아와 가족과 함께 '500인 경주시민 합창단'으로 제야의 종 타종식에 동참하면서 지난 한 해를 마무리하고 새해를 맞이하는 뜻있는 시간을 보냈다. 그곳에 모인 수많은 시민과 관광객뿐 아니라, 집, 교회, 성당, 절에서 기도하는 사람. 산과 바다로 해맞이 나선 모든 사람들이 각자 나름의 소망과 심기일전의 키워드(Key-Word)를 뇌이며 간절한 기도를 하였으리라.

기도는 마음에 품은 말을 수없이 반복하며 바라는 바를 이루려 하는 의도적 행위인데, 지극정성 기도를 해본 사람들은 그 발원의 결과가 비과학적인 듯 과학적이라 참으로 신비함을 경험한다. 말은 그 사람의 내면을 반영하면서 한편 움직이고, 그 작용은 다시 그 사람의 행동을 변화시키기 때문이다.

종교적 관점을 떠나 과학적 개념으로 본 기도의 효과는 반복되는 '말의 힘'에서 온다고 할 수 있겠다. 그런 면에서 사람들이 더불어 살아가며 매순간 주고받는 한 마디 말이 얼마나 중요한 지를 새삼 깨닫게 된다.

제야의 타종행사를 마치고 집으로 오면서, 지난 해 사랑하는 가족들과 가까운 사람들을 마주 대하거나 SNS를 통해서 대화할 때, 혹은 신문이나 잡지에 글을 쓰거나 강의를 할 때 반복적으로 자주 썼던 말이 무엇인지 생각해 보니, '맑고 밝은 기운', '긍정의 에너지', '미래지향적 생각'이었던 것 같다. 새해에도 이 덕목을 키워드로 삼아 늘 밝고 맑은 기운과 긍정적 에너지 담은 미래지향적인 생각으로 살아간다면, 건강과 행복한 삶은 저절로 올 것이라는 '알아차림'으로 가족이나 친구와 주변인들과 함께 하기로 했다.

새해를 맞이한 정치 지도자의 일거수일투족과 국민들에게 전하는 메시지는 국가의 품격과 위상, 그리고 국민들의 삶의 질과 정서에 엄청난 영향을 끼친다. 바라건대, 어려운 역경을 뛰어 넘어 오늘의 대한민국을 이끌어 온 역대 지도자들의 성공한 업적들은 찾아가며 받들고, 과거에 함몰된 부정적 의식에서 벗어나 분열된 국론을 통합하고, 거칠어진 국민정서를 보듬어 미래지향적 긍정의 에너지가 넘치는 나라로 갔으면 좋겠다.

경자년 새해가 밝은 지 벌써 보름이 지나 구정을 열흘 남짓 앞두고 있다. 올해도 심기일전하여 자신과 가족, 이웃, 직장 동료끼리 늘 청정한 기운 듬뿍 담은 말과 밝고 맑은 표정으로 살아가기를 소망한다. 〈2020. 1. 14〉

3장. 노동의 새벽

태풍은 뒤틀리고 오염된 자연의 질서를 바로 세우고 정화하는 엄청난 위력을 가졌지만, 절대 오래 끌지 않는다!

그리고 사람들은 태풍 후 청명한 하늘과 시원한 바람을 원한다.

살진 젖가슴과 비리묵은 개등더리

아! 빼앗긴 들에도 봄이 오는가?/지금은 남의 땅 빼앗긴 들에도 봄은 오는가?/(중략) 입술을 다문 하늘아 들아/내 맘에는 나 혼자 온 것 같지가 않구나./네가 끌었느냐./누가 부르더냐./답답워라./말을 해다오.//(중략) 끝도 없이 닫는 내 혼아/무엇을 찾느냐./어디로 가느냐./우서웁다./답을 하려므나.//(중략) 그러나 지금은 들을 빼앗겨 봄조차 빼앗기겠네.

1926년에 26세였던 대구 출신 이상화 시인이 쓴 시의 일부다. "내 손에 호미를 쥐어다오. 살진 젖가슴 같이 부드러운 이 흙을 발목 시도록 밟아도 보고, 좋은 땀조차 땀을 흘리고 싶다."고 했고, "지금은 들을 빼앗겨 봄조차 빼앗기겠네."라고 읊은 이 시는, 일제강점기의 대표적 저항 시로 손꼽히고 있다.

또 어느 소설가는 조국 강토를 '비리묵은 개 등더리'로 표현하기도 했다. 이상화의 '살진 젖가슴 같이 부드러운 이 흙'에서는 빼앗긴 강토와 어머니들의 눈물겨운 애정이, '비리묵은 개등더리'에서는 수탈당한 조국의 들판과 등굽은 아버지들의 초라한 모습이 그려지는데, 둘 다 나라 잃은 설움과 분노를 비장한 자학적 어조로 읊었다고 하겠다. 당시 소수의 부유층 자제들은 중국, 일본 미국 등지로 나가 신교육과 선진 문물을 접하며 다녔고, 뜻있는 청년들은 조국광복을 위해 나라 안팎에서 목숨을 건 항일투쟁을 하였으며, 보통의 젊은이들은 강제 징용과 징집을 당하여 국내와 일본, 중국, 동남아 등의 현지와 전쟁터에서 군수물자 생산이나 조달을 위해 내몰렸다. 이후 수탈이 심해지면서 많은 사람들이 남자는 등에 지고 여자는 머리에 이고, 저 추운 만주와 시베리아 벌판으로 밀리고 떠밀린 행렬은 피눈물 나고 부끄러운 과거의 역사로 남아있다.

그리고 100년이 지난 지금! 그때 조국을 떠났던 그 아버지와 어머니 등에 업혀 타국에서 모질게 살아왔던 2세들은 거의가 한 많은 생을 마감했고, 3세들은 대한민국에서 마지막 묻히기를 갈망하고 있고, 제4세대들과 개발도상국 젊은이들은 '코리안 드림'을 품고 우리나라로 몰려들고 있다. 그러나 국내 젊은이들은 직장을 구하지 못해 야단인데, 우리의 기업들은 인력난에 허덕이며 외국 근로자들로 채우거나, 채산성을 맞추기 위해 외국으로 밀려나는 어려움을 겪고 있는 기현상이 참으로 안타깝다.

필자는, 우리나라가 중국과 수교 전 해인 1991년 9월에 홍콩을 거쳐 중국과 일본을 다녀온 적이 있다. 당시 중국의 각 공항과 호텔에 설치된 우리나라 전자 제품과, 대도시 질주하는 한국산 자동차와, 큰 건물 위에 세워진 한국 기업의 광고탑들을 보고 크게 놀랐다. 수교되지 않은 공산국가인 중국 대륙 중심 도시 곳곳에 우리 기업들이 진출하여 국제시장을 개척해 나가는 도전적 기업정신과 눈부신 활동에 놀라지 않을 수 없었다. 또한 당시 경제적으로 우리보다 수십 년 앞선 일본의 주요 도시에서도 우리 기업들의 진출과 활기찬 활동을 피부로 느낄 수 있었다.

지난 한 주 경기도에서 한 선배를 만났는데, 그 선배는 숭소기업을 운영하다가 "지난 몇 달 동안 직원을 반으로 줄였다"고 했고, 다음 날 만나 함께 점심을 한 후배 역시 "최소한의 직원들과 어렵게 공장을 꾸려간다"고 했다. 점심 식사 후 찾은 그의 공장이 '비리묵은 개등더리' 같이 느껴져서 돌아오는 내 마음이 매우 우울했다.

마지막 날 전국에서 모인 친구들과 단양에서 보냈는데, 중소기업을 경영하며 해외(중국)에까지 진출했다가 어느 날 종적을 감춘 친구의 이야기가 화제가 되었다. 우리 같은 샌님이 기업의 생리나 사회 돌아가는 문제와 정치에 대해서 무얼 얼마나 알겠느냐 마는, 상식선에서 단순히 생각해도 기업경영에서 채산성을 맞추는 데 직원 채용과 인건비 부담이 최고의 어려움일 것 같았고, 기업을 '살진 젖가슴' 같이 성장하는 것이 곧 국민이 풍요롭게 사는 길이 아닐까 생각해 봤다.

몇 해 전부터, 우리나라 상황을 '헬 조선(지옥 같은 대한민국)'이라고 비하하며 자학적 목소리를 내는 사람들이 있음을 보고 있다. 소외되고 설움 받았던 계층과 미래에 대한 희망을 갖지 못한 사람들의 호소일 것이다. 그러나 이들의 아픔은 사회 지도층과 지도자들이 잘 보살펴 보듬어 안고 갈 일이요, 그들을 부추겨 '이게 나라가?'라고 선동하면서, 자랑스럽게 일궈온 우리를 과거사를 너무 부정적으로 과소평가하는 것은 한 나라의 지도자로서는 할 말이 아닌 듯싶다.

암튼 '나라다운 나라'를 만들겠다고 하니, 해방이후 역대 어느 지도자들보다, 최소한올해 탄생 100주년을 맞이하여 수모를 당하고 있는 박정희 대통령보다는 더 존경받는 지도자가 되기를 기대해 본다. 〈2017. 11. 21〉

산 위에서 부는 바람

산 위에서 부는 바람 시원한 바람 그 바람은 좋은 바람 고마운 바람

여름에 나무꾼이 나무를 할 때 이마에 흐른 땀을 씻어 준데요.(1절)

여름에 뱃사공이 노 젓다 잠들어도 혼자서 나룻배를 저어 준데요.(2절)

낮 기온이 35도까지 올랐던 그저께, 친구와 함께 문복산에 올랐다. 정상에서 말 그대로 산 위에서 부는 바람에 젖은 땀을 씻고 나니, 윤석중 작사 박태현이 작곡의 '산바람 강바람'이라는 동요가 절로 흘러 나왔다. 동요는 아름답고 순수한 정서와 감성을 담고 있어 어른들도 즐겨 부르는 것이리라.

지금의 시각으로 보면, 여름 산에서 나무하는 나무꾼이나 인적 끊어진 한 여름 낮에 노 젓다 잠든 뱃사공의 이야기는 전설에나 나올 법한 그림이지만, 요즘의 사람들도 무더운 여름 좋은 곳에서 시원한 바람을 맞으면 이 노래를 저절로 흥얼거리게 된다.

기분이 좋아지며 "솔솔 부는 봄바람 쌓인 눈 녹이고"라는 봄 동요와 가을 동요 "가을이라 가을바람 솔솔 불어오니"도 생각나며, 겨울 논바닥에서 연을 날리며 불렀던 "손이 꽁꽁꽁 발이 꽁꽁꽁 겨울바람 때문에…"라는 노래도 떠오른다.

하산 길 그늘 짙은 세속 만석 위에 누워 바람에 대해 생각해 봤다. 미풍, 순풍, 훈풍 선풍, 열풍, 설풍, 태풍, 광풍, 돌풍…. 이 모든 자연 바람의 성질과 힘은 우리 인간의 삶에 직접적인 영향력을 끼치고 있고, 개개인의 정서와 감정에도 상당히 민감한 반응을 일으킨다.

그래서 사람들은 '바람'이라는 말에 다양한 의미를 담은 수많은 관념어를 즐겨 쓰고 있다. '바람 잘날 없다' '처녀총각 바람났다' '새 바람을 일으키다' '신바람 난다' '칼바람 몰아친다' '피바람 분다' '역풍 맞았다'… 사계절 365일 불어대는 변화무상한 자연바람 못지않게 인간사에도 수많은 바람들이 있음에 새삼 놀랐다.

필자는 남들이 두려워하는 태풍에 관심이 많아 태풍의 기운을 온몸으로 느끼며 즐기기까지 하여, 젊은 한 때는 태풍이 오기 직전과 지나간 직후에 혼자 산이나 들을 찾아드는 고약한 버릇이 있어 가족의 걱정도 많이 끼쳤고 주변의 비난도 받았다.

태풍의 피해는 엄청나지만, 태풍은 우주의 질서와 균형을 잡아주는 대자연의 자연스런 순환현상이며, 인간이 거스른 자연의 순리를 복원하고 새로운 질서를 세우려는 준엄한 신의 경고 메시지임을 알 수 있다. 인간의 역사에도 태풍은 몰아친다. 전쟁, 혁명, 정변으로 바람 잘 날이 없었다.

위대한 혁명가는 사회에 만연해 있는 부정적 문제들을 정확히 짚고 국민들에게 신선한 새 바람을 불어 넣어주기 위해 칼바람을 동원하여 피바람까지 마다하지 않는다. 그러나 이런 일들은 강력한 힘으로 단기간에 완수해야 성공할 수 있다. 그리고는 미래를 위한 새로운 목표를 향해 역량을 발휘할 때, 다수 국민들의 환호를 받아 정치적 역량을 높여 나라를 굳건하게 바로 세울 수 있다.

지혜롭고 덕스러운 지도자가 국민들에게 맑고 밝은 긍정적 분위기와 미래지향적 기운을 불어 넣고 건강한 생기를 결집하여 하나의 목표를 향해 신바람 나게 한다면, 그보다 더 좋은 세상일 수가 있으랴! 힘은 들었지만, 우리 근·현대사에 그런 호시절이 없었던 것도 아니다.

예로부터 도덕적 인격을 갖춘 지도자가 사시사철 솔솔 부는 봄바람이나 산 위에서 부는 바람 시원한 바람처럼 선정을 펼치려 한 경우는 많다. 그러나 지도자로서 갖추어야 할 총체적 역량이 부족하여 나태하고 영악한 백성들과 무능하고 탐욕스런 관리들의 간계와 다툼을 다스리지 못하면 독재자의 폭정보다 더 부패하여 새로운 역풍을 맞는 경우도 보아왔다. 그래서 역사는 그렇게 크고 작은 악순환과 선순환을 반복하며 흘러가는가 보다.

만물의 영장인 인간의 삶과 역사도 살아있는 자연 현상임을 깨닫는다면 '순천자(順天者)는 흥하고, 역천자(逆天者)는 망한다.'는 정치 덕목을 새겨들을 일이다.

태풍은 뒤틀리고 오염된 자연의 질서를 바로 세우고 정화하는 엄청난 위력을 가졌지만, 절대 오래 끌지 않는다!

그리고 사람들은 태풍 후 청명한 하늘과 시원한 바람을 원한다. 〈2019. 7. 8〉

편백나무 숲길을 걸으며

지난 주, 전라남도 고흥군 외라노도 봉래산을 다녀왔다. 정상에서 사방으로 내려다보이는 남해의 풍광도 좋았지만, 하산 길에 9,000여 그루의 편백나무와 전나무 숲길을 걷는 즐거움은 더더욱 좋았다. 1920년대에 심어서 100년이 된 나무들로 울창한 숲을 이루어 지금의 우리들에게 큰 자산으로 물려준 분들에게 고마운 생각이 들었다. 짙은 편백나무 숲 그늘에 앉아 쉬면서 과거 우리나라 산림녹화사업들에 대해 생각해 봤다.

우리나라는 전국토의 63% 정도가 산인데, 이곳 편백나무 같은 고급 수종으로 계획 조림된 산은 그리 많지는 않지만, 일제강점기 때부터 전국 헐벗은 산에 산사태를 막기 위해 빨리 자리는 속성수를 많이 심었다고 알고 있다. 필자가 초등학교 시절인 1960년대 초에만 해도 할당받은 아카씨아 씨앗을 산에서 채취하여 학교에 가져다 내었던 기억이 있고, 그 씨앗으로 정부에서 묘목을 키워 전국적으로 보급하여 대대적인 사방사업을 했던 것으로 알고 있다.

지금에 와서 혹자들은 우리나라 산에는 경제성이 없는 잡목들만 많다고들 하고, 더구나 당시에 아카씨아와 같은 속성수를 심은 것에 대하여 비판적 견해를 가지고 있는 사람들도 있다. 그러나 지금 전국의 산들이 오늘 날처럼 짙은 숲으로 덮이기까지는 그런 수종들이 척박했던 땅에 밑거름 역할을 하여왔을 거라는 생각이고, 숲이란 그 수를 셀 수 없는 다양한 수종들이 어우러져야 건강한 숲이 된다고 할 것이다.

당시 산림녹화 사업은 시급한 국가 주요 정책이었고, 골짜기마다 저수지를 만들어 농업용수를 확보하는 치수사업과 함께 식량증대 사업 추진으로 다수확 품종인 통일벼가 나올 때쯤에야 먹고 사는 문제가 겨우 해결 되었다. 그 이후 짧은 기간 동안 급속한 경제성장을 했고, 정권이 바뀔 때마다 정치 민주화 또한 상당히 진전을 보았으며, IT 산업과 최첨단 과학문명의 급속한 발전, 거기다 소외계층에 대한 사회 복지 제도 확대, 개인의 인권 신장 등으로 선진국 반열에까지 올라 있으니, 우리 국민 모두는 자긍심을 가져도 좋을 듯하다.

그럼에도 불구하고, 과거의 성과를 깎아 내리고, 현재 삶에 불만하며, 미래의 비전을 비관 하는 사람들이 많은 것을 보면, 아직도 우리 사회에는 서로 소통하고 통합하며 풀어가야 할 숙제들이 많이 있는 것 같다.

편백나무 깊은 숲길을 벗어나면 눈앞에 시원스런 바다가 다 시야에 들어오고, 발아래에 과학 우주선 나로호 우주센터가 보인다.

이곳은 2013년 발사 성공한 나로호 발사기지인데, 우주과학관 등 많은 시설이 있다. 우주선 나로호는 현재 하루에 지구 14바퀴를 돌면서 지구는 물론이고 우주에서 일어나는 모든 정보를 보내오고 있다. 과학 우주선 발사성공은 한 나라의 축적된 기술력과 상당한 자본이 뒷받침되어야 이룰 수 있는 사업이고, 이 우주선을 통해 수집한 정보 활용의 영역은 보통 사람들의 상상을 넘어선다고 하겠으니, 반세기 동안 모든 국민이 피땀 흘려 이룩한 상징적인 결과물이라 생각되어 큰 삼석으로 느껴섰나.

집으로 돌아오는 전세 버스에 올랐다. 4시간 오는 동안 버스 안 TV 화면에서 국내외에서 일어나는 복잡한 정치 외교 문제들이 쏟아져 나와 정신을 혼미하게 한다. 특히 대통령 탄핵 문제를 두고 온 나라가 거대한 태풍의 소용돌이 속에 빠져있는 듯하다. 그러나 태풍이 지나고 나면 정화된 대자연의 새로운 질서가 자리하듯, 지금의 이 혼란 또한 앞으로 좀 더 성숙하는 새 역사의 한 과정이기를 바란다.

그날, 우주센터 광장에 세워진 국기 게양대에는 대형 태극기가 푸른 하늘을 향해 소리 없이 펄럭이고 있었다. 〈2016. 3. 22〉

오뉴월 염천(炎天) 큰 나무 그늘 아래에서

주말에 시간을 내어 전북 무주 덕유산을 다녀왔다. 경부고속도로를 달리다가 황간에서 나와 무주로 가는 시골 산길은 오뉴월의 무더위조차 잊게 해주는 시원함이 있었다. 젊은 시절부터 여행길을 달리다가 물 좋고 반석 좋은 곳이나 그늘 좋고 정자 좋은 풍광을 만나면 여행의 진정한 맛과 멋을 한껏 누리곤 했다.

그날도, 그 길을 따라 가다보면 이 여름 최고의 오찬을 즐길 멋진 명당을 만날 수 있을 거라는 막연한 기대를 하고 출발했는데, 큰 산기슭으로 안겨들 듯 굽이굽이 산길 돌아 달리다가 그늘 짙은 나무를 만났다. 전설 몇 개쯤은 담고 있을 정겨운 산골 마을, 거대한 느티나무 밑 정자 마루에서 미리 준비해간 간단한 점심에 시원한 캔 맥주 한 모금 마시고 나니, 신선이 따로 없겠다는 생각이 들었다.

나이가 520년, 둘레 7.2m, 높이 16m인 그 나무의 짙은 그늘은 500명은 품고도 남을 넉넉함이 있었다. 물론 이런 노거수는 다른 지방 고을 어디서나 볼 수 있겠으나, 호기심 어린 이방인의 눈으로 남의 동네 여기저기를 살펴보니, 이 마을에는 이런 나무들이 한둘이 아니었다.

520년 전에 마을의 어느 어른이 주창해서, 또 어떤 연유로 이 나무들이 심어졌는지 궁금했다. 반 전년이 넘는 세월농안 그 숱한 세파와 재난을 견디고 자라 이제는 의연히 마을을 지키면서 지나가는 길손까지 넉넉히 품어 안는 그 나무를 보면서 경외감마저 들었다.

17세기 네덜란드 철학자 바뤼흐 스피노자가 '내일 지구의 종말이 와도 나는 한 그루의 사과나무를 심겠다.'라고 했다. 그의 그 말에서, 나무를 심는 일은 시작, 미래, 희망, 준비, 계획 등의 의미를 연상하게 되고, 또 그 의미를 조금 더 유추하여 보면, 인재, 역사, 뿌리, 존재 그늘 등의 말들을 떠올릴 수 있겠다. 거기에다 의미가 더 확장된 집안의 기둥이라든가 나라의 대들보라는 말은 나무의 쓰임을 사람의 됨됨이나 능력에 빗대어 표현한 것이 아니던가.

오뉴월 염천에 520년 묵은 나무 앞에서 나 자신이 너무나 보잘 것 없고 한없이 왜소한 존재임을 깨달았다. 520년을 살고도 흐트러짐이 없는 저 거대한 크기와 왕성한 수세를 보면서, 마을을 수호하는 령이 깃들어 있고, 긴 세월 마을을 지켜온 동네 사람들의 정성과 염원이 깊이 서려 있겠다는 생각을 해 보았다.

거기에 비한다면, 우리 인간은 100년도 살기 힘들면서 왜 스스로 '만물의 영장'이라 했을까? 이는 아마도 각각이 체험하고 습득한 경험과 지식을 서로 교환하고 공유해서 후대에 전하고, 그 후인들은 선인들이 물려준 물적·정신적 유산과 배경 지식을 바탕으로 새로운 문화를 재창조하기 때문일 것이다.

삼복염천 그늘 짙은 나무 아래에서, 그동안 대한민국 현대사에 거목 같은 정치 지도자들을 생각해 본다. 그들은 어려운 시대 상황을 극복하고 단기간에 획기적인 경제 발전과 외교적 위상을 높이는 견인차의 역할을 했다. 국민통합과 인권신장, 정치민주화라는 결코 쉽지 않은 과제들을 동시에 풀어가면서 오늘날 세계 속의 선진국으로 끌어 올린 대한민국 전·현직의 모든 지도자들을 존경한다. 크고 작은 과실도 있었겠고, 진보든 보수든, 또 내가 표를 보탠 분이든 아니든 모두를 공경하는 또 다른 이유는, 해방 후 우리가 선택한 자유 민주주의 체제에서 국민투표라는 최선의 방법으로 선출된, 나를 대신하는 지도자들이기 때문이다.

필자의 이런 생각에 동의하지 않을 분들이 많을 것이다. 그 이유는 아직도 청산되지 않은 숙제와 진행되는 갈등이 있고, 또 정치지도자에 대한 종합적 평가는 먼 훗날에야 국민의 보편적 공감으로 객관화 될 수 있기 때문일 것이다.

그러나, 국가의 위상, 지도자의 존재감, 국민의 의식수준은 같이 가는 것인데, 우리는 지도자의 존재를 너무 가볍게 생각하는 분위기가 안타깝고, 그들의 성공한 정치 업적조차도 긍정적으로 평가하여 박수치고 이어가는 일에는 너무 인색하다는 생각이 들 때가 많다. 이는 멀리 있는 국익보다 정파(政派), 계층, 지역, 직능 등의 구성원들의 자기중심적 이기심 때문에 생기는 현상이라 생각되어 안타까운 뿐이다.

그렇다 하더라도, 태극기 아래에서 만큼은 국민 모두가 조건 없는 하나가 되었으면 좋겠다. 그래야 새로운 도약도 있고, 제2의 광복인 통일의 길이 보인다.

8·15 광복 70주년!

그늘 짙은 큰 나무 아래에서, 조국 광복을 위해 희생한 순국선열들의 피와 땀으로 일룩진 태극기의 그 넓고도 두터운 그늘을 생각해 본다. 〈2015. 8. 15〉

콩밭 매는 아낙네야

　폭염 주의보를 알리는 마을 회관의 스피커 소리가 한낮의 정적을 깨고 앞·뒷산에 부딪쳐 온 마을에 울려 퍼진다. 태풍 '프라삐론'도 큰 탈 없이 지나가고 지난 주 장마 비도 그치면서 본격적인 여름 더위가 시작되었다. 땀을 흠뻑 흘리며 태풍에 쓰러진 옥수수를 세우고, 주렁주렁 달린 오이, 풋고추, 가지를 따는 일이 참 재미가 있다.

　잠깐 쉬면서, 태풍 전날 감자 캐낸 그 자리에 심었던 콩 모종이 나풀나풀 건강하게 자라고 있는 모양이 참 보기 좋다. 농민들의 건강을 우려해서 폭염 시 안전 수칙까지 알려주는 경보 방송을 듣고는 참 좋은 세상이구나 생각을 하며, 구성진 가락에 애잔한 가사를 붙여 가수 주병선이 부른 '칠갑산'이란 대중가요 생각이 났다.

　콩밭 매는 아낙네여, 베적삼이 흠뻑 젖는다.
　무슨 사연 그리 많아 포기마다 눈물 젖누나.
　홀어머니 두고 시집가던 날 칠갑산 산마루에…

　콩밭 매어 본 적이 없을 것 같은 젊은 가수가 부른 이 노래가, 콩밭 근처에도 가보지 못한 젊은이들에게도 애창되는 이유는, 민요 '아리랑'처럼 우리 민족의 보편적 한을 담고 있기 때문이 아닐까 싶다.

필자는 어린 시절 콩밭을 매어 본 기억이 있다. 오뉴월 뙤약볕 아래 콩밭을 매면 땀은 줄줄 흘러내리고 숨이 확확 막혀서 수시로 일어나 남은 이랑을 세며 게으름을 피우던 기억도 아련하다. 어린 것이 하면 얼마나 했겠냐만, 어느 집 없이 온 가족이 농사일에 메달리던 그때 그 시절의 이야기다.

그런데, 하루 품을 들거나 품앗이를 하는 아낙네들은 밭둑 옆 나무그늘에 '두디기' 깔고 젖먹이 아기를 눕혀 띠로 나무에 묶어 놓고 콩밭을 맸다. 지금 시각으로 보면 아동학대 죄로 큰 벌을 받을 일이요, 노동법으로 걸면 상당히 곤혹을 치러야 할 일이다. 그러나 그때 그 삶은 의식주해결을 위해 기꺼이 견뎌야 할 일상이었다.

암튼 그때 콩밭 메던 아낙네들의 2세들은 어려운 여건 속에서 경제 발전은 물론 정치, 사회, 문화 등 각 분야에서 고도성장의 주역으로 열심히 일하다가 이제는 일선에서 물러나 있고, 3세들은 정치 민주화와 사회보장, 복지 등에서 상당한 수준의 법적 제도가 마련된 시대에 살고 있으나, 경제 성장 둔화와 계층 간 빈부 격차, 고급 일자리 부족으로 상당히 어려움을 겪는 상황에 직면해 있다.

그래서 현 정부는 이러한 문제들 해결하기 위해 성장보다는 공정한 분배, 정의로운 경제 구조 개선을 위한 다각적인 개혁을 시도하고 있다. 그러나 지향하는 취지와 방향, 그리고 순수한 의도는 좋으나, 여러 상황들이 그리 만만치 않아서 자본주의 경제구조 속 현장 시장경제 상황은 정부가 의도하는 바와는 상당히 거리가 있음을 피부로 느끼고 있다.

필자는, 현 정부의 경제 정책에 대한 국민적 갈등과, 정치인, 각 언론사 논객, 심지어 경제학자들까지도 상반된 시각차가 크게 나타나는 현상이 참으로 걱정스럽다. 그 중 최저임금 문제에 대한 논란도 그 한 예라 할 것이다. 좋은 의도로 시작한 법이 사용자와 고용자에게 더 큰 어려움으로 나타난 현상에서 상당한 딜레마가 도사리고 있음도 보고 있다.

　연령이나 건강 상태, 지적 능력이나 육체적 조건 등 개인차를 고려하지 않고 국가가 임금을 규제하거나 보장하는 것이 맞는 것일까? 정치적 민주주의와 경제적 자본주의를 지향하는 국가에서 국민 개개인의 임금문제와 기업의 의욕적 경제적 활동에 대해 어디까지 규제하고, 보장하고, 보호하고, 유도해야 할까?

　'인간사천층만층구만층(人間事千層萬層九萬層)'이란 말도 있듯이, 지금도 밥만 먹여줘도 일하고 싶다는 사람도 있을 수 있고, 잠자는 시간을 쪼개서라도 일하고 싶다는 젊은이들도 있다. 법과 제도의 사각 지대에서 일할 기회를 잃고 당황해 하는 계층과 어려움에 처해있는 중소기업과 영세 자영업자들을 위한 정부의 혜안을 기다려 본다.

　오뉴월 뙤약볕에서 콩밭 매던 아낙네들의 어두웠던 삶의 그림자에서 완전히 벗어나기 위해서라도…〈2018. 7. 16〉

만국기 펄럭이는 가을 운동회

가을이다. 하늘은 맑고 코스모스 하늘거리는 초가을에는 가슴이 벅차고 마음은 한없이 설레며, 억새꽃 피고 낙엽 떨어지는 늦가을은 왠지 우울해지기도 하지만, 10월의 한 가운데 선 가을은 더할 나위 없이 좋은 계절이다. 마음은 넉넉하고, 몸에는 맑은 기가 넘치며, 가슴에는 아름다운 감성이 충만하여 많은 사람들이 문화·예술·체육 행사에 그 끼를 한껏 발산하기도 한다.

그 중에 초등학교 가을 운동회의 추억은 모든 이들이 공감할 수 있고, 지금도 아들 딸, 손자 손녀들과 함께 동심으로 돌아갈 수 있는 모두의 잔치다. 필자는 오래 전부터 매년 가을 운동회 때만 되면 바쁜 선생님들을 돕고 있는데, 그 중에 새벽에 나가 만국기를 다는 일은 자청하여 특별한 즐거움을 누리곤 한다.

가을 운동회의 분위기를 가장 높이는 것은 아마도 만국기가 아닌가 싶다. 학교 운동장 높이 펄럭이는 만국기만 보면 가슴이 뛰었고, 그 만국기를 보며 맑은 가을 하늘 위로 동심을 마음껏 펼쳤던 기억이 생생하다.

발맞추어 나가자 앞으로 가자. 어깨동무하고 가자 앞으로 가자.
우리들은 씩씩한 어린이라네. 금수강산 이어나갈 새싹이라네.
하나 둘 셋 넷 앞으로 가자. 두 주먹 굳게 쥐고 앞으로 가자.

우리들은 용감한 어린이라네. 자유대한 길이 빛낼 새싹이라네.

학교 옥상 정면 높이 매달린 스피커에서 우렁차게 울려 퍼졌던 어린이 행
진곡이다. 그 행진곡은, 1948년에 작사·작곡 되어 40년대 해방둥이와 50
년대 전쟁둥이들에게 음울했던 기운을 떨쳐 내고, 진취적이고 미래지향적
꿈을 듬뿍 담아낸 동요로서, 그 시절 방방곡곡 어린이들이 즐겨 불렀고, 지
금도 여전히 애창되고 있다.

이후 전 국민이 미래의 꿈을 안고 일치단결하여 매진할 즈음인 1970년,
'암스트롱'이 우주선 아폴로를 타고 달나라에 첫발을 딛는 것을 보고 지었
다는 동요 '앞으로'가 대한민국 어린이들에게 미래와 세계를 향한 또 하나
의 큰 꿈을 품게 했다.

앞으로! 앞으로! 앞으로! 앞으로!
지구는 둥그니까 자꾸 걸어 나가면
온 세상 어린이들 모두 만나 보겠네.
온 세상 어린이들 아—하하하 웃으면
그 소리 울려 퍼지네. 달나라까지
앞으로! 앞으로! 앞으로! 앞으로!

5, 60년대에는 외국의 식량 원조를 받고 살다가, 7, 80년대에는 미래지향
적이고 긍정적 에너지가 충만하여 경제는 눈부신 성장을 했고, 외교적 위
상은 정점에 달했다. 그 기운을 모아 펼친 '88서울 올림픽'은, '앞으로'와 '어

린이 행진곡'을 부르며 자랐던 세대들의 모든 역량과 기백을 모아 전 세계에 유감없이 발휘되었다.

160개국이 참가한 세계 운동회에서, 펄럭이는 만국기 물결 위에 휘날리던 태극기는 우리 모두의 가슴을 벅차게 했다. 그랬다. 대한민국은 이미 세계 속에 우뚝 솟았고, 올림픽 주제곡 '손에 손 잡고(Hand in Hand)'가 울려 퍼질 때, 우리나라가 지구촌 중심이 되어 세계로, 미래로 뻗어나가는 무한한 가능성을 보았다.

되돌아보면, 어려웠던 시절에 불렀던 '어린이 행진곡'과 '앞으로' 등의 동요는 자라나는 어린이들에게 꿈과 희망을, '잘 살아 보세' 류의 노래는 미래지향적 의욕 고취를, '서울 찬가' '아! 대한민국' 등의 대중가요는 우리의 자긍심과 맑고 밝은 기운을 듬뿍 담아 불렀던 노래로 우리 역사의 자랑스러운 과정들로 기억해야 할 것이다.

그 후 올해 꼭 30년 되는 가을을 맞이하고 있다. 앞만 보고 달려오느라 부작용과 시행착오도 많아 갈등도 겪었지만, 인권, 복지, 정의 등의 정치 덕목들을 실현하기 위한 노력 또한 꾸준히 해왔다. 그런데 최근에는 우리가 어렵게 일군 자랑스러운 과거사를 너무 과소평가 하고, 심지어 '이게 나라가?'라는 류의 자학적 선동과 음산하고 침통한 부정적 기운을 담은 말들이 사회 전반을 휘젓고 있어 참으로 우울하다.

이 가을! 만국기 펄럭이는 운동장에서, 맑고 밝은 가을 하늘같은 동심으로 돌아가 긍정적인 기운이 충만한 세계 속의 대한민국의 미래를 꿈꾸어 본다. 〈2018. 10. 22〉

노동의 새벽

열흘 전 입동을 지냈고, 5일 후면 소설이다. 며칠 전, 밖으로만 나돌던 몸과 마음을 가다듬으며 서재 정리를 하다가 빛바랜 한 권의 책에 눈이 꽂혔다.

길고 긴 일주일 노동 끝에/언 가슴 웅크리며/찬 새벽길 더듬어/방 안에 들어서면/아내는 벌써 공장에 나가고 없다.//지난 일주일의 노동,/기인 이별에 한숨지며/쓴 담배 연기 어지러이 내뿜으며/바삐 팽개쳐진 아내의 잠옷을 집어 들면/혼자서 밤들을 지낸 외로운 아내의 내음에/눈물이 난다.//깊은 잠 속에 떨어져 주체 못할 피로에 아프게 눈을 뜨면/야간 일 끝내고 온 파랗게 언 아내는/가슴 위에 엎으러져 하염없이 쓰다듬고/사랑의 입맞춤에/내 몸은 서서히 생기를 띤다. … (하략)

1984년에 발행된 박노해의 시집 『노동의 새벽』에 실린 「신혼 日記」의 한 부분이다. '박해 받는 노동자 해방을…'이라는 뜻을 담고 있다는 '박노해'. 그는 자신의 본명 박기평과 개인 신상을 숨기고 노동현장에 숨어들어 노동운동을 하다가 '사노맹'조직 등의 일로 1991년 체포되어 사형 선고를 받은 후, 무기징역으로 감형되었다가 1998년 광복절 특사로 석방되면서 전향, 혹은 변절이라는 평가로 또 다시 세인의 관심을 받은 바 있다.

1984년 9월에 발행된 이 책은, 그전부터 이어온 정치적 혼란과 고도의 경제 성장의 이면에서 고단한 삶을 살아가는 노동자들의 생활상을 시적 감성으로 담아내어 당시 노동자들은 물론이고 젊은이들의 감성과 저항의식을 자극시키기에 충분했다.

거친 시어를 통한 날카로운 현실 비판과 고발, 담백하고 소박한 어조로 노동자의 애환 전달과 공감대 형성, 사용자를 향한 저항과 분노를 표출한 선동적 언어들, 그리고 노동자들의 결속을 유도하는 이념과 행동 강령 암시… 그래서 당시 금서로 분류되었지만, 100만 부가 발행되어 젊은이들에게 많이 읽혔다는 시집이다.

당시 열악한 환경 속에서 힘들게 살아온 노동자들을 대변한 노동 운동가 박노해의 생각은 당시로 보면 선구적일 수 있겠으나, 노동자와 사용자를 지나치게 극단적 대립의 관계로 설정한 점에서는 개인적으로 동의하지 않는다. 그 당시, 그리고 그 이전부터 이어온 급변한 산업화와 급속한 경제 성장에 따른 이농 현상과 도시 집중현상으로 나타나면서 사회 구조의 대변혁이 일어났던 시기였다. 그 과정에서 소위 노동시장의 수요공급은 자연스럽게 형성 되었고, 힘들긴 했지만, 대부분의 노동자들은 기꺼이 그곳에서 잔업도 마다치 않았고, 저임금에도 몸을 아끼지 않았다. 그 대가로 부모님들이 겪었던 그 어렵고 어두웠던 과거에서 벗어날 수 있었으며, 그 개개인의 노력들이 모여 세계 속에 우뚝 선 대한민국의 밑거름이 되었다는 자긍심을 가져도 좋을 것 같다.

필자는 거의 매일 새벽 6시 이전에 집을 나선다. 거리에는 새벽일 나가고 야간근무를 마쳐 귀가하는 노동자들의 장엄한 행렬을 만나게 된다. 어둠 속에서 중·대형 출퇴근 버스와 승합차들이 줄지어 그들을 실어 나른다. 아직 잠도 덜 깬 어린 아기를 어린이 집 버스에 태워 올리고는 종종 걸음으로 회사 차에 오르는 젊은 엄마들도 보게 된다. 그런데 그들 중에 한국인들은 거의 없다. 모두가 '코리안 드림'을 안고 이 나라에 찾아든 외국인 노동자들이다.

현재 우리의 경제 상황은 모두들 어렵다고 한다. 젊은이들을 취직이 안 된다고 실의에 빠져있고, 자영업자들은 최저임금으로 어렵다고 아우성이며, 중소기업에서는 사람을 못 구해서 외국인 노동자로 채우고 있다. 미래와 세계를 향해 전력을 다해야 할 대기업은 신기술 계발과 국내 재투자와 직원채용에 소극적이다. 이 모든 총체적 어려움은 어디에서 기인한 것일까? 그 답은 간단할 것 같은데, 현실은 참으로 안타깝고 답답하다.

저임금과 장시간 노동의 암울한 생활 속에서도 희망과 웃음을 잃지 않고 열심히 살며 활동하는 노동 형제들에게 조촐한 술 한 상으로 바칩니다.
-1984년 타오르는 5월에 박노해

박노해 시인이 『노동의 새벽』 첫머리에 짧게, 그러나 강하게 던진 메시지다. 당시 그들이 해결하고자 했던 저임금과 장시간 노동은 40년 지난 지금 현 정부의 소득주도성장이라는 경제정책 기조가 되어있어 격세지감과 함께 새삼 많은 생각을 하게 한다. 〈2018. 11. 20〉

선풍기 바람에 5월은 날아가고

6월의 달력은 에어컨 찬바람에 떨고 있다.

언제부턴가 여름 더위가 예전 같지 않고, 봄과 여름의 경계 또한 애매하게 느껴진다. 환경 연구가나 기상 전문가들의 말에 의하면 우리나라도 급속한 아열대 권으로 가고 있다고 하니, 보통사람들의 식견으로도 바다 어종이나 육지 식물 종 등의 생태 변화가 감지된다.

지난 5월 초 멀리 단체 등산을 다녀왔는데, 장시간 버스 안에 빵빵하게 틀어 놓은 에어컨 바람 때문에 상당히 괴로웠다. 여러 사람이 함께 타고 가는 버스 안에서 냉방 온도를 높이거나 내려 달라고 말하는 것은 상당히 용기가 필요하지만, 자칫 무시를 당하거나 다른 사람들로부터 핀잔을 들을 수도 있다. 그래서 요즘은 여름철 장거리 버스 이동을 할 때 이런 낭패에 대비하여 여벌의 겉옷을 준비해 다니며 내 요량 내가 하는 수밖에 없겠다.

올 더위도 5월부터 30도를 훌쩍 넘는 날이 많아지며 사람의 기를 미리 꺾어 놓는다. 필자가 평생 가장 덥게 느낀 더위는 1994년 여름이었다. 바짝 마른 가뭄에 장기간 폭염이 계속되면서 교실마다 빼곡히 앉은 학생들이나 선생님들 모두가 파김치가 되었고, 감당 되지 않는 더위에 여학생들이 학교 우물가에서 교복을 입은 채 물을 뒤집어쓰는 민망스런 일들도 있었다. 그 무더위 속에 김일성 사망 소식을 들었기에 1994년 7월 7일의 그 더위를 정확히 기억을 하고 있다. 그 해 체감 온도를 더욱 높인 것은 에너지 절약을 위한 교장 선생님의 엄명으로 전 교실에 설치된 선풍기는 비닐 카버를 뜯지도 않은 채 그 혹독한 여름을 넘겼으니, 처절한 된 시집을 산 셈이지만, 돌이켜 보면 그 또한 전설 같은 추억으로 남아있다.

그 후 10년 뒤에 각 교실마다 선풍기와 함께 천장용 에어컨이 설치되긴 했지만, 엄청난 전기료 때문에 에어컨 사용 제한 문제를 두고 학생들과 벌이는 신경전 역시 만만치 않았다. 고등학생의 경우, 아침 8시에 시작하는 0교시 수업부터 저녁 10시까지 이어지는 야간 자습까지 하루 15시간을 에어컨에 노출되고 있고, 상당수의 학생들은 담요를 뒤집어쓰고 고통을 호소하고 있으니, 관리자로서 학생들의 건강을 위해 에어컨 사용 제한에 신경 쓰지 않을 수 없었다.

여름철 에어컨 사용에 대한 실랑이는 어디서나 만만찮은 일이 되고 있다. 국가 차원에서 여름철 적정 실내 온도를 설정해 놓고 있지만, 그 적정 온도를 유지하기에는 여러모로 현실적 어려움이 많을 것이다. 공공기관에서는 간혹 별난 민원인들의 시비에 시달려야 하고, 대중버스 안이나 지하철에서는 승객들의 막무가내식 생떼에 맞춰야 하고, 대형 백화점이나 일반 음식점에서는 고객을 하늘처럼 받들어야 하니, 어느 누구도 소신을 가지고 정부의 권장 지침에 따라 에어컨 사용을 절제하고 통제하기에는 역부족이라서, 막말로 '에라 모르겠다.'식 억지 선심으로 방치되는 경우가 많은 듯하다.

개인위생은 개개인의 건강 상태나 체질에 따라 본인이 알아서 하면 되겠지만, 공공장소의 여름철 냉방기와 겨울철 난방기에서 뿜어져 나오는 공기는 수많은 병원균을 확산시키는 전염매체가 되는 것은 당연하고, 철저한 관리를 하지 않은 냉·난방기는 그 자체가 레지오넬라균, 살모넬라균, 이질균,

대장균은 물론이고, 곰팡이 진드기 등 병원균과 숙주의 배양기라고 해도 과언이 아니니, 정부 차원의 관리 체계를 통한 총체적 관리·감독과 사전 조치가 필요하다 싶다.

그간 1년 가까이 혼란했던 정국이 일단 새 대통령 선출로 외형적 안정은 찾았으나, 그동안 국정 공백으로 많은 문제가 산적해 있는데, 새 정권은 의욕이 앞서 상당히 들떠 있는 분위기로 느껴진다.

예로부터 동서고금 정치사에 가뭄과 기근, 돌림병이 창궐하면 민심이 이반된다고 했다. 멀리 볼 것도 없이 2년 전 나라를 혼란으로 몰아넣었던 '메르스' 사태를 겪은 바 있으니, 이를 교훈삼아 올 여름에 발생할 수 있는 전염병과 식중독 등 집단 재앙을 예방하는 것도 새 출발하는 정권의 중요한 일 중에 하나라 할 것이다.

대한민국 헌정 사상 처음으로 대통령을 탄핵시킨 5월은 선풍기 바람에 날아가고, 6월의 달력은 에어컨 찬바람에 떨고 있는데, 부채 들고 솔숲 걸으니 모든 바람은 저절로 오고 갈 뿐이더라. 〈2017. 6. 6〉

뒷물 마른 물꼬 싸움

으스름 달빛 아래 젊은 과수댁이 봇도랑 웅덩이에 앉아 목욕을 하고 있는데, 초저녁잠을 자고 난 동네 한 남정네가 논에 물을 대러 왔다가 그 장면을 보고는 민망한 듯 조용히 뒤돌아갔다. 한참 후에 다시 오니, 그 여자는 여전히 몸에 물을 끼얹으며 앉아 있었다. 남자는 몇 차례 헛기침을 하고 되돌아갔다가는 잠시 후에 다시 와서 옷을 벗어던지고 그 웅덩이에 풍덩 뛰어들었다. 자기 논에 물을 대놓고 벗은 몸으로 장시간 물꼬를 독점하고 있었던 그 여인은 기겁을 하며 어둠 속으로 사라졌다.

어릴 적 마을 어른들에게 들은 이 이야기가 어디까지가 사실인지는 알 수 없으되, 자기 논에 물을 대기 위해 벌인 치열한 신경전의 한 예라 하겠다. 사실은 그랬다. 이웃끼리 오손도손 살아가는 자연부락 사람들도 가뭄이 심하여 논바닥이 쩍쩍 갈라지고 내 곡식이 타들어 갈 때쯤이면, 그간의 체면과 도리와 인정은 어디가고, 모두들 신경은 날카로워지고 민심이 흉흉하여 수단 방법을 가리지 않는 물꼬 싸움이 곳곳에서 일어났다. 가까운 이웃끼리 멱살잡이를 하는 일은 말할 것도 없고, 심한 경우 삽이나 낫을 휘두른 불행한 사건들로 세상을 놀라게 한 일도 더러 있었다.

요즘의 큰 저수지나 보(洑)는 가 차원에서 건설하고 수문 관리는 수자원공사에서 하고 있다. 지방의 작은 못이나 봇물은 그 지역 수리조합에서 관리·통제하며 필요한 때 적정량의 물을 흘러내려 보낸다. 그러면 그 아래 크고 작은 들판에서의 물꼬 관리는 그 지역에 농민들의 자체 불문율에 따라 사이좋게 물을 나누어 대었지만, 가뭄이 들어 수량이 부족하게 되면 평소와 달리 아전인수 격의 행동들이 나타나기 일쑤였다.

세계는 지금 4차 산업 사회에 진입해 있고, 우리나라도 국가차원에서나 국민의식 면에서 미래지향적 새로운 기간산업의 방향을 잡아가야 하는 이 시대에, 호랑이 담배 피우던 1차 산업 사회에서나 어울릴 필자의 '물꼬 싸움'이라는 글이 생뚱맞다고 할 독자도 있으리라.

과연 그럴까?

올 여름 더위는 너무 유별나서 국민들이 느끼는 고통은 대단하다. 그럼에도 불구하고 에너지(전기) 부족과 생활용수 부족을 걱정하는 아우성은 별로 들어본 적 없는 것 같다. 정부 발표는 전기가 남아돌아간다고 했고, 어느 관계 장관은 4대강 사업이 잘못되어 수문을 열어야 한다고 했고, 실제로 열어 물을 흘려 내렸다. 지금도 지구촌 곳곳에서는 물 부족을 우려하는 목소리들이 중요한 화두가 되고 있지만, 우리나라는 농업용수와 공업용수는 물론이고, 생활용수를 그야말로 물을 물 쓰듯 쓰면서 부족함을 모르고 살고 있다.

그런 면에서 해방 이후, 물 확보를 위한 조림사업, 물 관리를 위한 대형 저수지와 건설, 급격하게 늘어날 에너지 수요에 대비한 원자력 발전소 건설, 세계적 전문기술 인력 양성 등을 국책사업으로 추진해 온 역대 지도자들을 존경한다.

이번 여름의 혹독한 더위만큼이나 정부의 경제 정책 방향과 그간의 결과에 대한 국민들의 불만과 우려의 목소리가 뜨거워지고 있다. 대기업은 위축

되어 있고, 중소기업은 자금난에 허덕이고, 영세 상인들은 생계를 위협 받고 있고, 실업자 수는 더 늘어났다고 아우성인데, 정부는 궁색한 변명과 아전인수 격 동향 분석, 임기응변식 대응에만 급급하여 일반 국민들의 생각과는 상당한 거리가 있어 보인다.

농민들이 물꼬 싸움을 하지 않고 평화롭게 생활을 하려면 논과 밭에 댈 물이 풍족하면 되고, 그 물을 풍족하게 공급하려면, 평소에 저수지와 보를 만들고 이를 잘 관리하여 물을 가득가득 담으면 된다. 그 일은 정부가 할 일이고 지도자가 할 일이다.

지금 정부의 경제정책 행보는, 저수지를 건설하여 물 가둘 궁리는 하지 않고, 뒷물 마른 물꼬에서 이리저리 공평하게 물 나눠주는 일에만 몰두하는 형상으로 가고 있다.

그래봐야 어느 누구에게도 도움 되지 않고, 흔적 없이 증발해 버릴 그 귀한 물을 말이다. 〈2018. 8. 21〉

농심(農心)! 그 거룩한 덕목

하늘은 높고 바람은 선선하며 오곡백과 풍성하다. 우리네 마음 또한 절로 넉넉하여, 산과 들에 핀 청초한 가을꽃과 바람에 흔들리는 억새와 함께 신라의 역사를 넘나들며 그림이 되고, 노래가 되고, 시가 되고, 춤이 되어 발길 닿는 곳마다 축제로 들뜬 계절이다.

올 여름, 그 극심한 무더위를 견디어 오면서 심신이 많이 시달렸는지, 이 좋은 계절에 몸살이 심하다. 이달 초부터 조짐이 좋지 않더니 한 주 내내 꼼짝도 못하고 방에만 박혀 엄살을 피우고 있다. 사실은 신라문화제 행사에 부지런히 발품 팔고 다니며 좋은 시간을 보낼 요량으로 이른 아침마다 농장에 나가 미리 일 좀 하였더니, 환절기에 적절히 대응하지 못한 어리석음의 대가를 톡톡히 치르고 있다.

방구석에 드러누워 이 시간 고향 들녘을 떠올리며 어릴 적 이런저런 추념에 잠겨본다. 지금 장·노년층의 사람들은 어릴 적부터 농사일이 얼마나 힘든 것인가는 몸소 체험하고 자랐다. 나의 경우도 어릴 때 기억이 생생하다.

극심한 가뭄에 동네 집집마다 온 식구가 나서서 새벽부터 늦은 밤까지 바가지와 양푼이로 강바닥이나 웅덩이에서 물을 퍼 올려 논에 물을 대던 처절한 몸부림을 보았다. 태풍에 넘어진 벼를 베어 묶어놓은 나락 단을 햇볕에 말리고 바람에 거풍(擧風) 시키기 위해 몇 차례나 뒤집고, 그러다 빗방울 떨어지면 밤을 새워 쌓아 덮었다가는 다시 널기를 반복하는 그 힘든 일을 하면서 곡식 한 톨이 얼마나 소중한 것인가를 알았던 것이다.

어른들이 하시는 일을 잠깐씩 도운 정도이지만, 농사일이 결코 쉬운 일이 아님을 뼈저리게 느꼈다. 어린 마음이었지만 그래도 그러한 경험 속에서 세상의 이치와 물리를 자연스럽게 터득하였던 것이다.

과거 농부들의 그 고된 노동의 대가를 지금의 손익 계산법으로는 도저히 수지가 맞아들지 않지만, 우리 할아버지 아버지들은 그 일을 해서 부모를 봉양하고 자식을 교육시켰고, 여력이 있으면 인간의 기본 도리를 먼저 생각하면서 그것이 삶의 전부로 생각하며 살아왔다. 그러나 이제 농사는 나라 전체의 경제 구조로 볼 때는 관심 밖으로 밀려난 형편이다.

유럽에서 18세기 후반에 시작된 산업혁명이 19세기 후반에 동아시아 쪽으로 이동하였으나, 우리나라는 20세기 중·후반에야 겨우 2차 산업에 눈을 뜨게 되었다. 다행히 과거 그 혹독한 보릿고개를 슬기롭게 극복하고, 동해안 포항 바닷가 모래밭에 국가 기간산업의 상징 포항종합제철소의 뜨거운 쇳물이 끓어오를 때쯤 3차 산업사회로 진입하면서 선진국 반열에 오를 기반을 마련했지만, 이제 4차 산업사회의 치열한 국제 경쟁이라는 새로운 운명이 우리의 눈앞에 닥쳐있다.

그 후 농업과 농민에 대한 관심과 기대는 상대적으로 급감되었지만, 예로부터 '농사가 하늘 아래 가장 근본'이라 한 말은, 쟁기로 이랑 만들어 씨 뿌린 때나, 트랙터로 파종하여 수확하던 때나 드론으로 씨 뿌리는 지금도 농사는 먹고 사는 문제를 해결하는 인간생활의 가장 근간이 되는 산업임에 틀림없다.

사실 농사의 의미를 확장하면 인간생활에 필요한 모든 생산 행위를 품고 있기에 기업경영이든 국가경영이든 농심이 천심이라는 덕목이 우리 삶의 기본 정신이기를 바란다.

2019년 이 가을!

온 나라 백성들은 둘로 쪼개지고, 서울 광화문 거리에 쏟아져 나와 맞붙은 함성들이 하늘을 찌르는 형상이 몇 달째 계속되고 있다. 슬기로운 지도자라면, 몸과 마음을 가다듬어 천지신명께 겸허하게 무릎 꿇고 국태민안의 답을 구할 일이다. 〈2019. 10. 16〉

4장. 이름의 신선도와 유통기한

　　정초에는 정화수를 떠 놓고 기도하고, 정월 대보름에는 달님에게 빌었고, 이월에는 바람 신에게 소지(燒紙)를 태워 올렸다. 길가다가 큰 바위 만나면 바위에게 빌고, 거목 있으면 목신에게 부탁하고, 깊은 물 만나면 용왕에게 청탁 넣으며 수없이 되뇌인 자식들의 이름! 부모님이 주신 그 이름.

빈대도 잡고 초가삼간도 지켜야 하는데

지난 해 가을, 이런저런 문화 행사에 무리하게 찾아다니다가 몸살이 났다. 처음에는 대추와 생강을 달여 마시고 잔주리면 좋아질 줄 알았는데, 결국은 병원에서 주사까지 맞고는 꼼짝 않고 집에 드러누워 버렸다. 처음 며칠 동안은 마음이 조급해졌으나, 어느 순간 마음이 편안해졌다. 젊을 때 읽던 책들과 일기장 뒤적이고, 옛 사진첩도 넘기며 추억도 더듬어 보고, 평소에 소원했던 분들께 안부 전화도 드리면서 종횡으로 얽힌 인연의 폭과 깊이에 대해서도 생각해 봤다.

열흘 정도 두문불출을 하다 보니, '엎어진 김에 쉬어간다.'는 옛 속담을 떠올리며 '바디-스캔(Body Scan)'과 '마인드-컨트롤(Mind Control)'이라는 명상법도 시도해보며 내 몸과 마음을 찬찬히 들여다보는 소중한 시간도 가졌다.

코로나 바이러스가 대구와 경북을 중심으로 전국에 확산 되면서 감염차단을 위한 모두의 노력들이 힘겹고 눈물겹다. 그런 중에 '사회적 거리 두기'라는 권장 수칙에 대한 공감대가 확산되면서 감염예방에 많은 도움이 되고 있으나, 문을 걸고 서로를 경계하며 지내야 하는 상황에 국민들의 불안은 갈수록 커져만 간다.

현 재난상황을 냉철하게 관찰해 보면, 수많은 언론들은 이 문제를 지나칠 정도로 많은 다루고 있고, 대통령을 비롯한 여야 정치인들과 공직자들은 국가 행정력을 총동원하여 감염확산 방지에 매달려 있다.

그러는 동안, 경제활동 위축, 정치 지도력과 행정력의 균형 상실, 국제외교의 첨예한 갈등과 마찰, 국민들의 불안 고조와 사회 혼란이 해일처럼 무섭게 밀려오는데 그 해결 우선순위나 대응수위 결정과 완급조절을 해야 할 정부 당국은, 민심 동향을 살피며 빈대도 잡고 초가삼간도 지켜야 하는, 상당히 어려운 딜레마에 빠져있는 듯하다.

어제와 오늘, 지구 반대편 이탈리아에서는 '코로나 19'로 인해 국가 시스템이 올─스톱되었다는 보도를 접하면서, 이탈리아 작가 '보카치오'가 쓴 『데카메론』이라는 소설이 생각났다.

14세기 중반 이탈리아에 페스트가 창궐하여 사회가 극도로 혼란에 빠진 중에 7명의 숙녀와 3명의 남자가 피렌체 교외 별장에서 합숙하면서 하루에 사람 씩 열흘 간 들려 준 100가지 이야기를 단편으로 구성된 소설로, 내용이 다소 외설적이긴 하나, 기발하고 슬기로운 '지혜'도 담고 있다. 코로나 소식에 자칫 우울 할 수 있는 요즘, 눈을 돌려 차분히 독서를 하며 불안한 마음을 가라앉힐 수 있을 것 같다.

서울에 사는 사위와 며느리 내외가 매일 전화하여 실황 중계하듯 코로나 소식들을 전하며 안부를 물어오니, 새삼 가족의 소중함을 느낀다. 그러나 오늘은 딸에게 "애 어미가 외적환경에 너무 민감하게 반응하면 아이의 정서발달에 좋지 않으니, 매사에 차분하고 지혜롭게 대처하라."는 조심스런 당부와 함께 영화 '사운드 오브 뮤직(The Sound Of Music)'의 한 장면 내용을 요약하여 문자 발송했다.

『비바람 천둥번개 치는 밤, 공포에 질린 대령의 일곱 자녀가 가정교사 마리아의 침실에 하나 둘 찾아들자, 그녀는 아이들을 데리고 재미있는 이야기를 들려주며, 유쾌한 노래를 부르고, 베개싸움도 하며 두려움을 잊고 즐거운 밤을 보내는데…』

이런 시기에 젊은 엄마아빠가 어린 자녀들과 함께 감상한다면, 잔잔한 큰 울림으로 공감되리가 생각된다.

이쯤에서, 요즘처럼 어려운 상황에 한가롭게 소설과 영화 이야기나 하고 있다는 핀잔을 하실 독자도 있으리라. 그러나 정부와 의료진들이 질병 예방과 관리를 최우선에 두고 사투를 벌이고 있는 동안, 학자와 교육자, 그리고 성직자와 영향력 있는 작가들은 차분한 자세로 역량을 발휘하여 불안해하는 국민들을 편안히 다독일 수 있어야 한다는 생각이다.

또한 사회학 학자들과 정신의학 전공의들은 이번 코로나 사태와 사회적 관계, 그리고 개인과 집단의 상호작용에 대한 원인, 과정, 결과를 분석하여 그 해법을 제시할 수 있어야 하고, 향후 또 다른 재난에 대비한 종합 데이터 구축을 준비해야 할 때다.

그리고 이 땅의 모든 어머니와 아버지, 할매와 할배들이 경륜과 지혜를 모아 이 나라의 모든 아들, 딸, 손자, 손녀들을 사랑으로 보듬어 어려운 환란을 잘 극복할 수 있기를 바란다. 〈2020. 3. 11〉

어리석고 안타까운 빗자루 질

최근에 즐겨 다니는 산길이 있다. 산책길이라고 하기에는 조금 먼 길이고, 등산길로는 양이 차지 않은 듯 느껴지지만, 집에서 가까워 마음만 먹으면 별다른 준비 없이 금방 다녀올 수 있는 야트막한 산, 흔히들 말하는 동네 뒷산이다.

모든 산길이 다 사람들의 마음을 즐겁게 하지만, 이 산길은 전 구간 소나무가 많아서 더욱 좋다. 소나무 숲길은 늘 푸른 솔잎과 소나뭇가지 특유의 그 기개가 보기 좋지만, 솔 향 또한 참 좋다. 또 있다. 아침 햇살을 받은 윤기 나는 참 갈비를 보노라면 머리와 가슴이 맑게 정화 되는 듯하다.

거기다 초겨울에 접어들어 떨어진 솔잎들이 수북이 쌓인 산길을 걸을 때, 발밑에 밟히는 그 푹신한 촉감은 겨울 산행의 또 다른 맛을 보탠다. 해마다 떨어져 쌓이면 차례로 썩어 흙이 되었다가 봄이 되면 좀 더 깊은 뿌리로, 굵은 가지로, 싱싱한 새 잎으로 환생하는, 삶과 죽음이 끝없이 순환하는 생명의 이치를 솔밭에서 깨달을 수 있다.

처음 이 산길에 들어왔을 때, 참 신선하고 깨끗한 산길이라는 생각이 들었다. 며칠 다녀보니, 누군가 깊은 밤이나 이른 새벽에 매일 갈퀴로 낙엽을 긁어내고 빗자루로 쓸고 있는 것이 분명했다. 그런데 한 번도 그 사람을 만나지 못했지만, 필자의 생각으로는 안 해도 될 헛된 수고를 하고 있다는 생각이 들었고, 나중에는 은근히 짜증도 나고, 화가 치밀기도 했다.

산에 다니다 보면 그런 안타까운 봉사를 하시는 분들이 더러 있다. 그렇지 않아도 산을 찾는 사람들이 늘면서 산길이 패이고, 돌부리가 험하게 노출되고, 나무뿌리가 앙상하게 드러나고 있다. 거기다 눈이나 비라도 오면 질퍽이는 흙길이 불편하고, 더구나 낙엽이 없는 경사진 길은 흘러내리는 빗물로 갈수록 흉측한 물골이 만들어지는데, 내가 밟은 만큼 다른 데서 가져다 덮어도 모자랄 판에, 매일 절 마당 소재하듯 낙엽을 긁어내고 흙 쓸어낼 생각 했을까?

그런 어리석은 봉사는 안타깝기만 하다. 그러나 그 사람 나름의 순수한 동기를 생각한다면 대놓고 나무라기도 민망스럽지만, 산을 관리하는 공단에서 관리, 편의, 교육, 계도, 홍보, 안내, 주의, 경고, 금지를 위한 시설물과 구조물들의 설치 정도가 지나친 경우가 많아 걱정스러울 때가 더러 있다.

이는 백인백색의 민원(民願)과 민원(民怨)에 과민·과잉 반응을 보이며 그때마다 면피에만 급급하다 보니 만들어진 해괴한 설치물들이라는 생각이 들고, 국가적 대형 사고만 나면 안전문제로 상급기관과 정치권의 주문과 언론의 질타에 무조건 대처하면서 만들어진 사족들이라 하겠다.

경주 남산 칠불암과 그 위 신선대 오르는 바윗길은 한동안 로프를 드리워 놓은 적이 있었다. 그러다 어느 날부터 신선대 앞쪽 바위 벼랑에 보호 테크를 설치하더니, 얼마 후 그 길을 막고 커다란 출입금지 경고판을 흉측스럽게 달아 놓았다. 설치한 시설물들이 오히려 위험을 자초할 수 있겠다는 생각이 뒤늦게 들었을 것이리라. 그러더니 이제는 아예 그 전방에서부터 앞쪽으로 접근하는 바윗길은 막아버리고, 뒤로 우회하도록 하고는 군데군데 흉측스럽게 자연 암반을 깨뜨리고 쇠기둥을 박아 데크를 설치했다. 그러나 바위 능선을 올라 뒤로 내려가 마애불 앞에 서면, 공간은 협소하고 내려오는 사람과 되돌아 올라가야 하는 사람, 머무는 사람들로 혼잡하니, 이제는 제법 튼튼한 울타리를 둘러쳐 놓았다. 그러나 그곳은 이미 사람도, 마애불도, 그리고 신선하고 아름다운 경관도 모두 감옥 속에 갇힌 형국이 되어버렸다.

경주 남산은 성지다. 그 중에서도 그곳은 모든 것이 집약된 남산의 꽃이요 고갱이다. 예로부터 그곳은 심신수련을 위해 찾아든 선남선녀와 기도를 위해 꼬부랑 할머니들이 바람처럼 구름처럼 평생을 넘나들던 곳이다. 그러나 그곳에서 그들이 다쳤다는 이야기를 필자는 들은 적 없고, 신라 천 년 이후 그 어느 때도 인위적인 시설물들로 자연을 훼손한 흔적을 찾아 볼 수 없는데, 지금 이곳 바위산 전체를 온통 잡스러운 설치물들로 난장판을 만들고 있다는 생각이 든다.

탐방객들의 안전, 문화재 보호, 자연 보존, 경관 보존 등 여러 상황을 고려한 유관기관들이 애쓴 흔적들임을 이해 못하는 바는 아니나, 뜻있는 많은 분들이 걱정을 하고 있다. 중지를 모아 원점에서 최선의 방법을 숙고할 필요는 없을까?

필자의 이런 걱정 또한 다른 사람들에게는 오지랖 넓은 안타깝고 어리석은 빗자루 질로 비칠지는 않을까 두렵다. 〈2015. 12. 29〉

감동의 씨앗 하나씩

아는 것도 참 많은기라!.//역사적 식견/예술적 감각/종교적 관점/풍수지리
학적 시각까지…//오늘도 열심인데,//천 년 돌부처/빙긋이 웃고 있다.//남산
소나무와 한 몸 되어…

필자의 수필집 『소 찾아 걷는 산길』 간지에 적은 '남산 해설사'라는 시답잖
은 시다. 울주군 반구대 암각화를 안내하던 어느 해설사의 이야기를 경주
남산에 끌어와 적어 봤다.

오래 전 울주군 반구대를 찾았는데, 해설사가 한 무리의 탐방객들에게
해설을 하고 있었다. 뒷전에 서서 그의 설명을 듣고 암각화의 가치를 새삼
느꼈다. 6개월 후에 그곳에서 그 해설사를 다시 또 만났는데, 투박하고 어
눌했던 그의 말투는 세련되었으며, 산만했던 내용 설명도 상당히 체계가 잡
혀 있었다. 그런데 말미에 사견(私見)을 전제로 장황한 설명을 이어갈 때는
진도가 너무 나간다 싶더니, 급기야 '이 암각화는 경주의 문화재 다 합한 것
보다 그 가치가 높다.'는 말로 마무리했다. 탐방객이 떠난 후, 필자는 그분에
게 민망스런 충고를 하지 않을 수 없었다. 문화유적의 가치를 상대 비교·평
가·기준 한다는 것이 얼마나 어리석고 시건방진 일일까.

팔월 염천에 더위 먹은 사람의 헛소리 같은 이야기 하나 더 하자.

여기 이 아궁이(석빙고)에 장작을 쌓고 불을 지피면, 저 굴뚝(첨성대)에서 연기가 뭉실뭉실 피어오르고, 한참 있으면 동쪽 저 가마솥(안압지)에서 물이 부글부글 끓을 때….

관광안내원이 반월성 석빙고 지붕에 올라가 유창한 입담으로 읊으면 관광객들은 넋을 잃고 쳐다보며 감탄을 했다고 한다. 경주가 온갖 전설과 상상의 신비에 덮여 있던 시절, 어른들 어깨너머로 들은 믿거나 말거나한 이 이야기는 지금 생각해도 참 재미있고도 흥미로운 이야기다.

6, 70년대 학생 수학여행이나 일반 단체여행객의 안내는 주로 인솔 선생님들이 맡아 하거나, 여행사 측 운전기사나 버스 안내양이 설명하거나, 숙박업소에서 지역에 눈 밝은 사람을 고용하여 길잡이 역할과 간략한 안내 정도 제공하기도 했다.

그 후, 자격 갖춘 분들이 깃발과 핸드-마이크 들고 대소 그룹의 관광객들을 이끌며 전국에서 활동 중이다. 그들은 물론 직업 전문 해설사가 대부분이지만, 경주의 해설사들은 시작부터 마음가짐이 다른 지역 해설사와 차별된다. 그 뿌리가 하나 같이 멀고도 깊기 때문이다 '경주(어린이)박물관 학교', '신라문화동인회', '경주불교학생회동문회' 등의 졸업생과 회원들은 60여 년 이상 경주의 역사와 문화를 발굴, 보존, 전승하며 강한 자긍심으로 그 맥을 이어오고 있고, '경주 문화원'은 이를 어우르는 구심 역할을 하여왔고, 지금도 하고 있다.

그런 정신을 바탕으로 발족한 ㈔신라문화원, ㈔경주남산연구소에서도 많은 활동을 하고 있는데, 이들의 공통된 정신은, 오늘 한 명의 방문객이 1

년, 10년, 30년 후에는 10명, 100명, 1,000명을 손잡고 다시 경주를 찾을 거라는 큰 그림을 그리고 있다.

지난 주, 남산산행을 하다가 멀리서 온 한 무리의 남산유적 탐방 팀을 만났다. 무더위에 부모 손에 이끌려 억지로 정상에 오른 아들의 표정이 일그러져 있었다. 이때 인솔한 해설사가 배낭 속, 냉장 가방 안에 아이스 팩으로 감싼 얼음과자를 꺼내어 아이들에게 나눠주었다. 그때부터 그 아이들의 눈에는 남산도, 돌부처도 제대로 보였고, 해설사의 칭찬과 격려도 가슴으로 들렸을 테다. 사전 많은 생각으로 꼼꼼하게 준비한 그 해설사의 마음은 수백 마디 해설보다 아이들의 가슴에 오래도록 울림으로 남으리라.

또 하나, 며칠 전 보문호수 야외공연장에서 외국인 지휘자가 마지막 곡 연주 중에 앞자리에서 감상에 몰입해 있던 어린이 5명을 한 명씩 손잡아 지휘자 단상에 올려 세우고 아이들 손을 잡고 지휘를 하자 관객의 환호와 박수가 터져 나왔다. 엉겁결에 지휘자 손에 이끌려 나온 멍뚱한 녀석, 얼떨떨한 놈, 껑뚱대며 몸을 흔드는 아이, 미동도 없이 연주자 누나를 골똘히 쳐다보는 꼬맹이… 음악에 대한 아이들의 접근, 이보다 좋을 수 없다는 생각이 들었다. 이 아이들의 20년, 30년 후에 어떤 모습의 젊은이가 되어있겠으며, 그들의 가슴에 경주는 어떻게 기억될까?

경주 문화(재) 해설사는 단순한 해설사가 아니라 경주를 알리는 최전방 홍보 대사다. 무더운 휴가철, 경주의 역사 유적지, 문화·예술 공간, 행사장을 찾는 관광객들에게 오래 기억되고 다시 찾을 수 있는 감동의 씨앗 하나씩 심어주자. ⟨2017. 8. 8⟩

호들갑이와 미련 곰탱이

필자는 학창시절 속이 자주 불편하여 병원을 찾았다. 의사는 매번 별것 아니라는 듯이 약 처방만 해주곤 했는데, 약을 먹고 나면 잠시 좋아지다가 증상이 반복되어 다른 병원에 찾아 갔다. 그 병원의 의사는, 필자가 작은 일에 필요 이상의 심적 반응을 하고 충격을 받는 성격이라며, 매사에 느긋하게 대응하라고 친절한 심리 상담을 해주었다. 그 이후에도 속 불편한 일은 더러 있었지만, 약을 먹는 대신 등산이나 운동을 하면서 마음을 편하게 다스리는 수행을 하며 살아간다.

사람의 성격은 다양하여 가정, 직장, 사회생활을 하면서 겪는 개인의 내적 갈등이나 갑작스런 외부 충격을 받았을 때, 받아들이는 마음과 문제 해결을 위한 대처 방법에서 소심한 형, 신중한 사람, 냉철한 이, 대범한 사람 등, 사람마다 다르다 할 것이다. 크게 보면 그 받은 충격을 민감하게 받아들이는 사람과 둔감하게 반응하는 사람으로 나눌 수 있는데, 스스로 해소하지 못하고 가족이나 주변사람들을 슬기중 나게 호들갑 떠는 사람도 있고, 심각한 문제를 두고도 문제의식을 느끼지 못하거나 반응을 하지 않는 미련 곰탱이도 있다.

개인의 일을 떠나 심각한 천재지변을 당했을 때도 대책 없이 실의에 빠져 헤어나지 못하는 나약한 사람이 있는가 하면, 피해 복구나 대응을 위해 석극적인 자구책을 강구하는 사람과 단체들도 있다. 또 이런 상황에서 역할

을 해야 할 위치에 있는 사람이나 공공 기관과 정부가 문제에 대한 위기의
식이 부족하거나 해결 의지가 적어 늑장을 부리거나 제대로 대응을 못할
경우, 민중들의 피로감과 불안이 누적되면 본질과는 다른 온갖 불만까지
분출하기도 한다.

지진 나고, 가뭄 들고, 돌림병 창궐하는 것이 어찌 사람의 일이며, 정부
나 지도자의 잘못으로 일어난 것일까? 그런데 이럴 때마다 근거 없는 유언
비어가 난무하여 민심이 흉흉해지기도 하고, 때로는 상황을 의도적으로 확
대·확산 시키려는 특정 계층이나 집단들에 의해 걷잡을 수 없는 혼돈으로
이어지는 경우도 있다. 물론 이러한 극한 현상은 사회 구조의 불균형으로
인한 계층 간의 잠재·누적된 갈등으로 표출된 민심이반 현상이라 하겠다.
그러나 늘 그렇듯이 자연 재앙 그 차체보다 더 무서운 그런 환란의 소용돌
이들은 결국에는 매번 선량한 민초들만 심각한 고통을 당하는 경우를 고
금동서의 역사를 통해 보고 있다.

지난 달 경주에서 일어난 지진으로 많은 시민들이 상당히 불안한 나날을
보냈다. 처음 얼마 동안은 필요 이상으로 민감하게 반응하여 불안해하며
집에서 잠을 자지 못하고 공원에 몰려나와 밤을 새운 시민들과 차량들로
북새통을 이루기도 했다. 그런 시민들과 국민들을 안정시키고 차분히 대응
할 수 있도록 유도해야 할 언론들이 앞 다투며 호들갑을 떨어대어 지진에
비할 바 없는 극도의 불안 상황을 재생산 했고, 그 후유증으로 지역경제의
극심한 침체를 가져오게 했다.

필자는 지진이 난 다음 날부터 경주 일원 유적지를 돌며 아름답고 평화스
런 풍경들을 사진으로 찍어 전국 각지에 있는 지인들에게 보내고 있다. 한

정된 지인들에게 보낸 그 사진들에 무슨 큰 반향을 기대할까마는, 엄청난 괴력을 가진 언론에 의해 경주가 쑥대밭이나 된 것처럼 것처럼 인식되고 있는 안타까운 현상에 대해 항변이라도 하고 싶은 마음이었다.

40년 가까이 교직에 몸담고 경북 여러 지역을 근무하여 온 한 지인은, 퇴직 후에는 경주에서 여생을 보내는 것이 소원이라며 집터를 물색하고 다니더니, 얼마 전에는 지진 때문에 경주에서 살 마음을 접었다고 말했다. 한편 경주 인근 도시에서 부동산 투자로 재미를 보아온 한 친구는 지금 쯤 경주에 투자하기 좋은 호기라며 경주 왕래가 잦아지고 있다. 그런 쪽에 눈 어두운 필자의 입장에서는 두 분류의 사람 중에 누가 호들갑이고 누가 미련 곰탱이 인지는 두고 볼 일이다.

지난 주말부터 경주 유적지에 관광객들의 발길이 조금 씩 늘어나고 있는 듯하다. 어서 빨리 지역 경기가 되살아나서 어려움을 겪는 시민들의 불편한 속이 편안해지기를 바란다. 〈2016. 11. 22〉

이름의 신선도와 유통기한

언젠가 어느 절에 갔을 때였다. 깨끗한 화강암으로 만들어 놓은 물통에 청정수가 흘러 넘쳤다. 수조 앞면에 단아한 글씨체로 감로수라고 새겨져 있었다. 자세히 보니, 그 옆면에는 설치한 사람의 이름도 새겨져 있었다. 공손히 감사의 합장을 하고 물을 마시려 거치대에 걸어 놓은 플라스틱 바가지를 잡았는데, 그 바가지마다 어느 한 가족일 것 같은 이름들이 페인트로 적혀 있다. 순간, 큰 돈 들여 수조를 설치한 사람이나 작은 돈 희사하여 바가지 갖다 놓은 사람이나 '자기 이름을 이렇게도 간절히 알리고 싶었을까?' 싶은 생각이 들어서 웃음이 나왔다. 관심을 가지고 보니, 대웅전 안, 탑, 도량에 설치된 여러 구조물, 제단, 연등, 겹겹이 쌓아 놓은 기왓장… 곳곳에 돈을 보시 한 신도들의 이름들로 가득하다.

어쩌다 보니 신성한 사찰의 이야기를 끌어와 민망하게 되었지만, 사람 사는 곳곳 그 어딘들 다르겠는가? 큰 산의 풍광 좋은 계곡에 가면 그럴 듯한 바위에도 온통 사람들의 이름이 새겨져 있다. 한 때의 세도가들의 이름은 또 그렇다 치더라도 세상 명리와는 거리를 두고 살 것 같은 풍류가와 시인 묵객들의 이름들도 여기저기 새겨져 있는 것을 보면서 자신의 이름 남기는 일에 초연한 사람이 과연 몇이나 될까 싶은 생각을 해본다.

그런데 이 이름 석 자의 용처도 참 다양하다. 공직생활을 하는 사람들은 결재 과정에 서명한 문건에 대해서는 철저한 법적 책임이 따르고, 공적 업무가 아닌 개인 간의 일에서도 협상, 거래, 서약, 체결, 신고, 가입, 허락 등 헤아릴 수도 없이 많은 경우에의 서명도 함부로 할 일이 아니다 싶다.

선언식, 결단식, 발기회, 결성식 같은 모임에 참여하여 이름을 박아 넣는 경우도 상당한 책임이 따른다. 때로는 그보다 더 큰일에 몸을 던지는 경우도 있다. '난세에 영웅도 나고 역적도 난다.'는 말도 있듯이, 소위 우리나라의 사발통문, 일본의 연판장, 서양의 Round Robin 등에 서명을 하며 동지들과 큰일을 도모하기도 하지만, 그 이름과 행적들은 훗날에 두고두고 그 영욕이 교차되거나 그 공과가 재평가 되는 경우도 많다.

꼭 그런 경우가 아니더라도, 학자들이 책에 기술한 글과 강단이나 토론장에서 주창한 말들이 훗날 부메랑으로 되돌아와 곤혹을 치르거나 과거 행적 때문에 청문회장에서 진땀을 흘리는 고위 공직자들은 물론이고, 다양한 SNS을 통해 아름답지 못한 흔적을 남기는 안타까운 사람들을 보면서 이름과 행적에 대한 내 수행의 훌륭한 반면(反面) 스승으로 삼을 수 있겠다.

이름에 얽힌 이런 복잡한 일들을 보고 듣노라면, 절에서 가족의 건강과 평안을 기원하며 감로수 물바가지에 이름 새겨 넣는 정도는 차라리 순수하고 소박한 보통 사람들의 간절한 소망의 표현이라 하겠다.

오래 전, 해외 교류활동을 하며 여러 나라를 들락거리던 나를 쭉 지켜보시던 어머니께서, 일본인 학자들과 한·일 공동 동화책을 내기로 했다는 나의 이야기를 들으시고 조용히 간곡한 충고를 하셨다.

'아무 데나 함부로 이름 박아 넣지 마래이!'

모든 부모님들이 겪은 일이지만, 일제 강점기, 6·25전쟁, 그 전·후하여 좌·우익 갈등, 그 후에도 소용돌이치는 정치적 혼란을 보아온 어머니께서 자식에게 전하고자 하신 말씀을 금방 알아들었다. 혼탁한 세상사에 휘둘리지 말고 지혜롭고 현명하게 살아가라는, 아들을 걱정하는 노모의 본능적 우려였다. 그 후 얼마 되지 않아 어머니께서 홀연히 세상을 뜨셨다. 그래서 "아무데나 함부로 이름 박아 넣지 마라!"는 그 말씀을 늘 마음에 담아두고 살아간다.

자식을 위한 모든 부모님의 사랑은 한량없다. 나의 어머니 또한 그랬다. 어느 해 사월 초파일 저녁에 어머니와 함께 큰 절에 갔었는데, 도량 구석 자리에 앉아 기도하시는 모습이 너무나 단아하고 정갈하셨다. 아마도 오직 자식을 위해 이어지는 기복 기도가 아니었나 싶다.

어디 그 뿐일까. 정초에는 정화수를 떠 놓고 기도하고, 정월 대보름에는 달님에게 빌었고, 이월에는 바람 신에게 소지(燒紙)를 태워 올렸다. 길가다가 큰 바위 만나면 바위에게 빌고, 거목 있으면 목신에게 부탁하고, 깊은 물 만나면 용왕에게 청탁 넣으며 수없이 되 뇌인 자식들의 이름! 부모님이 주신 그 이름.

사람들의 이름은 종류도 많다. 태어나면 부모님이 지어 호적에 올려주신 관명(官名)이 있고, 번지러운 어린 나이에 탈 없이 자라주기를 바라며 불러주던 아명(兒名)이 있으며, 생김새와 성격, 행동거지에 드러난 특징에 따라 주변인들이 기발하게 갖다 붙여 준 별명도 있다. 차츰 자라 성인이 되면 부모님이나 집안 어른이 지어 불러준 자(字)와, 스승이나 친구가 지어주거나 스스로 만들어 붙인 호도 있다. 사회 조직 생활을 하면서는 직급에 따라 붙여진 온갖 직함도 있고, 예술인들 중에 글을 쓰는 사람은 필명을, 연예인들은 예명을 따로 가졌고, 성직자들도 맡은 소임의 품계에 따른 각각 다른 이름이 있다.

그러고 보면 예나 지금이나 부모님으로부터 받은 이름을 아름답게 드러 나게 하는 일이나, 살면서 만들어 온 내 이름에 걸맞게 처신을 하는 것도 상당히 어렵다는 생각이고, 함부로 아무데나 이름 박아 넣는 것도 더더욱 조심스런 일이 아닐 수 없겠다.

나는 아직도 부질없고 거추장스런 이름들을 많이 가지고 있는 편이다. 그 렇다면 과연 그 이름들의 신선도는 어느 정도이며, 그 이름의 유통기한은 과연 언제까지일까?

어느 날 내 앞에 새로운 화두로 불쑥 나타났다. 〈경주문학 58호(2016)〉

맑고 밝은 기운 듬뿍 담아

지난 해 아내와 함께 한의원에 진료를 받은 적이 있었다. 찬찬히 진맥을 하시는 원장님에게 아내가 조심스럽게 말을 걸었다. "우리 신랑 살 쫌 찌게 해주시고요, 저는 살 쫌 빼 주이소." 원장님은 웃으면서 "선배님은 성품이 워낙 깔끔하시어 살 찔 체질은 아니고요, 사모님은 그 몸에 뺄 살이 어딨다고 그라시능교."라고 하셨다.

필자는 젊을 때부터 가족이나 주변 사람들로부터 깐깐하다, 예민하다, 세심하다는 말은 자주 들었어도 성품이 깔끔하다는 말을 원장님께 처음 들었다. "까탈스런 내 성격을 저렇게 듣기 좋게 표현 할 수도 있구나!" 싶은 생각이 들었다. 크게 한 수 배웠다는 생각과 함께 기분 좋은 여운은 오랫동안 남아 있다. 아내도, 누가 보나 나잇살 만만찮은 몸이지만, 기쁜 표정을 감추지 못했다.

얼마 전에 조문을 갔었는데, 상주가 나의 손을 잡더니, "니 와이래 폭싹 늘거뿐노?"라고 해서 상당히 황당했다. 어릴 때부터 객지에 떠돌던 그 지인의 눈에 수십 년 만에 만난 필자가 늙어 보이는 것은 당연하겠지만. 조문자리 첫 인사 치고는 참으로 고약하였다. 그러나 오랜만에 만나서 무심결에 튀어나온 반가운 정감의 표현이라 생각하며 어색하게 웃어 넘겼다.

평소 필자의 건강에 대해 반갑잖은 걱정을 해주는 지인들도 더러 있었다. "와 이레 말랐노? '마이 묵어라." "안색이 안 좋네, 어디 아프나?…" 지금은 나이가 들어 그냥 웃어넘길 수 있지만, 젊은 시절에는 그런 소리 한번 들으면 하루 종일 기분이 우울했고, 집에 돌아와 거울 속 내 얼굴을 살피며 심각한 고민에 빠질 때가 많았다.

멀쩡하게 건강한 사람도 이렇게 마음의 상처를 받는데, 병원에 문병 가서 수심가득 담은 얼굴로 환자의 안색과 표정에 대해 불편한 말들을 하여 환자를 절망시키는 사람들도 더러 본다. 환자 앞에서 무심코 던진 한마디 말이 독약보다 더 치명적일 수도 있으니, 병문안 가서는 말을 조심할 일이다.

요즘 젊은 사람들이 사이에 유행하는 립 서비스란 말이 참 재미있다. 우리말로 옮기면 입에 발린 소리가 가장 적합한 말이 되겠지만, 체면치레 말, 방송용 멘트, 겉치레 인사 등으로 옮길 수 있겠다. 이런 말들은 덕담과는 뉘앙스가 좀 달라서 성의와 진실성이 좀 부족한 것으로 느껴진다. 그러나 까다로운 고객을 상대하는 하는 감성 노동자도 진심을 담아 상대와 좋은 관계로 맺어가며 자신의 품격을 높이는 지혜로운 사람들도 많다.

조심해야 할 립 서비스도 있다. 영향력 크고 책임 중한 고위공직자들이나 조직의 리더가 교활한 사람들의 위선적인 립 서비스에 도취되면 그 조직의 질서는 흐트러지고 자신의 권위와 품격은 떨어져 구성원들로부터 신뢰를 잃을 수도 있겠다.

이렇듯 사회생활을 하면서 만나는 사람들과의 관계 유지의 질은 말에서 비롯된다고 해도 과언이 아니리라. 낯선 사람과 잠간 스치듯 만나서 주고받은 짧은 한 마디 속에서도 향기를 발하는 사람이 있고, 오랫동안 함께 한 사람 중에서도 매번 무성의고 거친 말로 주변 사람들의 기분을 상하게 하는 경우도 많다.

가정에서도 남편이 아내에게 하는 잔잔한 칭찬 한 마디가 부부간 최고의 명약임에도 많은 남자들이 그게 잘 안 되어 아내에게 불이익을 받을 때가 많은데, 친한 사이일수록 낯간지러워 립 서비스를 잘 못하는 대한민국 남자들, 특히 경상도 사나이들의 고질병이라고 할 수밖에 없겠다. 필자 또한 그러하나 쉽게 고쳐지지 않는다.

어린이나 청소년들은 어른들의 칭찬과 선의의 거짓말에 상당이 민감한 반응을 보이고, 그 파급 효과는 엄청난 긍정의 힘으로 작용한다. 누구나 경험한 일이지만, 학교 다닐 때 선생님이 해주신 사소한 칭찬이나 가르침이 평생 기억에 남아 있고, 사회적으로 성공한 사람들 중에는 어른들이 주신 덕담을 버팀목으로 삼아 힘든 세파를 헤쳐나가는 경우도 어렵잖게 보고 있다. 그래서 가정이나 학교와 사회에서 어른들의 맑고 밝고 희망을 담은 긍정의 덕담이 젊은이들에게 인생의 소중한 선물이 될 것이다.

기해년 신정을 맞이한 지 보름이 지났고, 구정을 보름 앞두고 있다. 부모 형제 일가친척과 친지, 직장동료, 그리고 인연 맺은 모든 사람들과 맑고 밝은 기운 듬뿍 담은 긍정의 덕담 서로 주고받으며, 모두가 그렇게 살아가는 희망찬 한 해가 되기를 기원한다. 〈2019. 1. 16〉

초가을 달밤 KORAD 옥상에서

그 무더웠던 여름더위가 거짓말처럼 물러갔다. 갑년을 훌쩍 넘긴 나이를 먹고도 여름이 지나면 가을이 온다는 사실을 잊고 100일에도 못 미치는 한철 더위에 팔랑대는 부채처럼 안달을 했었으니, 희로애락이 반복되는 우리네 인생사에 초연하기는 쉽지 않고, 어지러운 세상사에 휘둘리지 않고 유유자적 사는 것은 더더욱 쉽지 않는 일이라는 생각이 들었다.

옥상 작은 텃밭에 가을배추를 심으려고 여름 채소 정리하면서 마지막으로 수확한 매운 풋고추와 깻잎으로 저녁밥 먹으면서 소주 두어 잔을 곁들이니, 풀벌레 소리가 귀에 더욱 정겹고, 초가을 열이레 달빛은 가을의 정취에 흠뻑 빠져들게 한다.

취중에 달빛을 즐기고 있는데, 누님에게서 전화가 왔다. "달빛이 너무 좋아 동생 생각이 난다."고 했다. 뭔가 상당히 통했나 보다. 자전거를 타고 단숨에 달려 '한국원자력환경공단(KORAD)' 신사옥 옥상에서 누님을 만나 요요하게 쏟아지는 달빛 아래 정담을 나누었다.

최근 충효동 큰갓산 옥여봉 남쪽 산자락 앞들에 자리 잡은 이 신사옥은 현대건축의 인공 조형미와 주변 자연경관을 잘 조화시킨 새로운 개념의 공원으로 조성하였고, 시민들을 위해 상시 개방하여 경주의 새 명소가 되고 있다. 한국원자력관리공단은, 중·저준위 방사성 폐기물 처리시설인 방폐장과 그 방폐물을 안전관리하며, 고준위 방폐물 관리정책을 재검토 하고, 원

전해체폐기물 관리기반 구축과 기술개발 및 인력양성을 위한 일을 이어갈 것이라고 한다.

1975년 경주에 '월성원자력발전소'가 자리하고, 이어 방폐장이 오기까지 시민들과 많은 논란과 갈등이 있었고, 이후 한수원 본부, 한국원자력환경공단을 비롯한 원자력 관련의 크고 작은 공공 기관들과 관련 산업체들 들어오면서 한국 원자력 산업의 중심 도시가 되었다고 해도 과언이 아니다.

1960년대 포항종합제철소 가동으로 기간산업의 초석을 놓은 이후 자동차와 조선 산업은 지금의 이 나라 경제 발전의 견인차 역할을 했듯이, 원자력산업 또한 수많은 관련 학자들과 정책 입안자들이 오랜 기간에 걸쳐 연구하고, 분석하고, 논의하고, 확정하여 진행하고 있는 장기적 국책사업이다. 우리가 천년 자원은 부족해도 풍부한 고급 인력과 축적된 기술력으로 국내에서 자체 생산해 낼 수 있는 저비용, 고효율의 고급 청정에너지가 바로 원자력 에너지라 할 수 있겠다. 이렇게 생산된 원자력 에너지는 국내 수요를 감당하고도 남고, 그 축적된 기술과 인력은 전 세계에 수출할 수 있어 국가 전략산업으로 자랑스럽다

그런데 새 정권이 들어서면서 갑작스런 탈원전 선언'으로 국가의 장기적 국책사업이었던 원자력 에너지 전략사업이 하루아침에 혐오산업으로 낙인찍혀 궤도 수정을 해야 하는 위기에 놓여있다. 미래를 내다보는 철학을 가진 지도자라면 국책사업으로 진행 중인 원자력 에너지 산업의 존폐에 대해서는 신중하고 신중해야 한다고 생각된다. 안전이 걱정된다면 취약 부분을 개선·보완하고, 제어·관리·감독하는 데에 힘을 쏟을 일이요, 더 좋은 새로운 대체 신재생 에너지가 있다면 전문가들과 함께 차근차근 준비하여 시차

를 두고 단계적으로 전환을 할 수 있도록 장기 계획을 수립하면 될 일이다.

집안에서 쓰는 부엌칼도 사용하기에 따라서는 극단적 위험을 안고 있고, 식탁의 예쁜 유리잔도 사람을 해할 수 있으며, 매일 타고 다니는 자동차도, 24시간 동거하고 있는 도시가스도… 위험하지 않는 것이 있으랴. 사람이 창조하여 유익하게 사용하고 있는 모든 문명의 이기는 사람이 조정할 수 있고, 핵에너지가 위험하다고는 하나 이 또한 우리가 제어할 수 있는 범주 안에 있다.

국내 정치판은 신고리원자력 5·6호기 건설 중단에 대한 국민적 논란이 뜨겁고, 대외적으로는 북한의 거듭되는 살상용 핵 실험으로 군사·외교적 긴장이 갈수록 높아지고 있다.

참으로 아이러니한 혼돈이 마음을 우울하게 한다. 초가을 달빛 아래 달리는 자전거 귀갓길에서…. 〈2017. 9. 12〉

또도 아닌 것들과 경궁말 쓰는 고수

설을 쇤 지 벌써 열흘이 지났고, 정월 보름을 며칠 앞두고 있다.

예로부터 설을 전후한 농한기에는 벽사진경(辟邪進慶)의 제의적 행사와 공동체의 결속과 화합을 다지는 세시 민속놀이를 하여왔는데, 정보화, 글로벌 시대인 지금도 승부에 관계없이 남녀노소와 지역과 다양한 계층의 사람들이 격이 없이 어우러져 신명나게 함께 즐길 수 있는 놀이로 윷놀이만한 것이 있을까?

필자도 어릴 때 어른들 틈에 끼어 윷놀이를 했었는데, 내 차례가 되면 윷이나 모가 나오지 않고 도가 나오면 어쩌나 하는 마음으로 가슴이 떨렸다. 그런데 어른들은, 내가 던진 윷가락에 도가 나왔는데도, 자리에서 벌떡 일어나 크게 환호하며 덩실덩실 춤까지 추었다. 나는 뭐가 어떻게 된 영문인지도 모르면서 어정쩡하게 따라 웃었던 기억이 있다.

잘 나가는 모나 윷도 막판에 도에게 잡혀 원점으로 돌아가야 하는 경우 등의 윷말 쓰기의 무궁무진한 묘미를 어느 정도 알게 되면, 단번에 껑뚱껑뚱 멀리 달리는 모든, 또박또박 한 걸음씩 가는 답답한 도든 모두가 각각 제 몫을 하는 소중한 존재임을 알게 되고, 길흉화복이 반복되는 세상사와 일희일비하는 인생사 또한 깨닫게 된다.

윷놀이 고수는 윷가락 4개를 손에 잡고 몇 번만 만져보고 던져보면 윷가락의 성질을 파악할 수 있다. 그래서 던지는 높이, 각도, 굴리는 힘을 잘 조절하여 원하는 말을 만들어 내는 경지에 이르게 된다. 그런데 그런 사람보다 한 수 더 높은 고수가 있다. 경궁말을 쓰는 사람이다. 경궁말은 경상도, 특히 경주 사람들이 쓰는 방언으로, 윷판을 사용하지 않고 머릿속으로 윷말을 쓰는 것을 칭한다. 오랜 기간 윷놀이 경험을 축적한 최고수 경지에 든 사람만이 할 수 있다. 도든, 개든, 아니면 뒷도라도 상황에 따라 적재적소에 배치하고 제 역할을 하게 하는 절대적 권위와 전략을 가지고 팀을 이끌어 가는데, 양쪽 고수끼리의 전술전략은 그 묘수가 무궁무진하다.

요즘의 윷놀이 판에는 경궁말을 쓸 수 있는 사람도 없거니와 혼자서 윷말을 쓰는 시대는 아닌 것 같다. 그렇듯이, 나라의 큰 정치나 크고 작은 조직을 이끌어감에 있어서도, 놀이꾼 모두가 윷판을 놓고 같이 전략도 짜고 함께 즐기는 윷놀이처럼 그런 쪽으로 가야 할 시대인 것 같다.

우리나라 정치사에서 최고의 통치자들은 투철한 정치 철학을 바탕으로 그때마다 시대에 맞는 국가적 대업 달성을 하며 국민들을 이끌어 왔다. 때로는 국민 대다수의 반대에도 굴하지 않고 수많은 복안을 가지고 꿋꿋이 오늘의 대한민국을 만들었다. 그러나 이제는 혼자서 윷말을 쓰는 그런 정치가 상당히 어려운 상황이다. 공공기관, 기업, 학교 등 조직도 마찬가지다. 정점에 있는 리더들이 조직 구성원들의 능력을 잘 살펴 적재적소에서 각자의 소임을 다할 수 있게 하면 조직은 활기로 가득할 것이다.

방학이 끝나고, 모든 학교가 개학을 했다. 필자도 한동안 바깥으로 돌렸던 시선을 학교 안으로 돌려 차분히 아이들을 맞이해야겠다. 이이들 각자가 도는, 개는 뒷도가 되었던 그들 각각의 그릇과, 양기, 크기, 색깔, 모양, 지능, 감성을 인정하고, 타고난 개성을 찾아 주고, 역할을 주고, 능력을 발휘할 수 있도록 북돋우어서 제대로 꽃피울 수 있도록 살펴주어야 하리라. 이것이 부모님, 선생님, 그리고 모든 어른이 아이들을 위해 할 수 있는 능수능란한 경궁말 묘수가 아닐까?

이 세상에 '또'도 아닌 아이는 없다! 〈2015. 3. 3〉

*'또'는 '도보다 더 하찮은 존재'란 뜻을 담고 있는 지방 발음

천박한 '니나돌이'와 아름다운 소통

노름판의 전형적인 풍경을 글로 묘사해보면 재미가 있다. 우선 배경으로 담배 연기가 자욱하게 깔리고, 주인공들은 각자의 계략에 몰두하여 특유의 인상들을 쓰고, 바닥에는 아무데나 꽁초를 구겨 던지거나 침을 뱉어 놓고, 자기가 부어서 자기가 마신 소주잔과 빈 병이 여기저기 딩굴고… 거기에 더 재미있는 것은, 나이나 직분 따위는 관계없이 모두가 반말과 맞담배질이 가능한 '니나돌이'의 분위기다. 그래서 오랫동안 함께 한 노름꾼들은 아래위를 따질 필요 없는 아주 편한 사이가 되어버린다.

일반적인 대인 관계에서 '나나돌이'라는 말은, 좋게 보면 니나 내가 격이 없이 함께 노소동락한다는 뜻도 있지만, 나이나 지위나 직책을 무시하고 대등하게 맞상대 해버린다는 부정적 의미가 더 강하게 담겨진 말이 아니던가?

군에서 졸병 시절 이야기 하나 해보자. 한 달 터울도 안 되는 입대 서열에 따라 하늘같은 고참의 말씀 한 마디에 줄줄이 바닥에 머리를 박기도 하고, 주먹을 쥐고 엎드려 몽둥이에 엉덩이를 내주기도 했다. 또한 대학시절에는 향우회나 서클 선·후배들끼리 같이 술을 마시면서도 엄한 위계 속에 팽팽한 긴장의 시간을 보낸 기억이 있다.

그런데 그 무식했던 위계 속에서도 인간적이고 낭만적인, 소위 '야자 타임'이라는 것이 있었다. 일정 시간 동안 계급장 내려놓고 니나 내나 맞먹는 시간을 가졌었는데, 그 기회를 통해 후배들이 평소 응어리졌던 감정을 터트리면 선배는 은근히 어루만져 주면서 선·후배 간에 갈등의 벽을 허무는 소통의 장(場)이 있었기에 오랜 세월이 지난 지금도 그 일들이 아름다운 추억으로 기억된다.

요즘 세간에서 소통이라는 말을 많이 쓰고 있다. 가정에서, 직장에서, 사회에서, 아니면 국가조직에서 소통이 안 된다고 야단들이다. 봉건사회도, 사회주의 체제도 아닌 민주사회에서 소통이 안 된다는 말도 안 되는 말들이 온 나라에 유행어처럼 나돈다. 그러면 과연 우리사회 전반에 정말 소통이 안 되어서 나온 말일까?

현재 우리나라 모든 공공기관에서는 일반인들을 위해 상당한 부분의 정보를 법적으로 공시하도록 하는 시스템이 돌아가고 있고, 민원 창구에서는 민원 최우선, 고객 최우선으로 처리하는 시스템을 갖추고 있다.

그런데도 억울하고 억울하여 신문고를 두드리는 절박한 마음으로 소통을 호소해야 하는 경우도 있는 모양이다. 그럴 때 불통이란 말이 나올 수도 있겠지만, 모르긴 몰라도 보편적인 공공성에 반(反)하는 개인의 요구나, 어느 이익 집단이 원하는 대로 들어주지 않는다고 소통 아닌 불통이라는 말을 남용하기도 하고, 정치적으로 상대에게 억지를 부리며 소통 부재를 거론하는 인사도 우리는 흔히 보고 있다.

가정에서의 소통을 생각해 보면, 부자간에는 친함이 있으면서도 장유유서(長幼有序)가 지켜지고, 부부간에도 각자의 역할 따라 서로 존중하는 가정에서는 진정한 소통이 있지만, 가족 상호간에 위계가 없고 상호 존중이 없는 천박한 니나돌이 풍조 속에 무너져 내리는 가정이 늘어나고 있는 것을 보면 참 안타깝다.

사회나 국가에서도 그런 분위기들이 만연하고 있는 것 같다. 한 예로 어떤 어려운 일이 있을 때마다 갑과 을의 이분법적 대립 구조를 설정해 놓고 서로 간에 불편함을 호소하거나 상대를 압박 혹은 공격하면서 서로 소통이 안 된다고들 야단이다. 모두가 상대를 향해서 소통을 요구하면서 자신이 소통하려는 모습은 보이지 않는 만성적 병리현상이 사회적 갈등을 키우고 있는 것 같다.

진정한 소통이란, 갑이든 을이든 각자 자기의 직분에서 상대를 위해 최선의 배려를 다하는 것이 아닐까 싶다.

오늘 내일이면 지루한 선거전을 끝내고 지방 선거의 결과가 판가름 난다. 민주적 선거 방식을 통해 국민과 시민의 소중한 한 표 한 표로 추대될 지도자들에게, 임기 중 모든 역량을 발휘할 수 있도록 힘을 모아주어야 한다.

지도자는 자신을 선택한 국민과 시민을 위해, 시민과 국민들은 우리가 선택한 지도자들을 위해, 또 그동안 서로 어깨를 겨루었던 모든 출마자들도, 이제는 노름판 같은 천박한 '니나돌이'가 아닌, 모든 이들이 상호 존중하고 배려하며 품격을 갖춘 아름다운 소통의 '니나돌이' 관계를 형성해 가기를 바란다. 〈2014. 6. 3〉

세상살이 힘겨워 감당키 어렵거든

젊은 시절 즐겨 올랐던 간월재에는 등산객들에게 음식을 파는 포장마차가 고갯마루 양쪽에 하나 씩 자리하고 있었다. 그런데 또 하나의 포장마차가 억새밭 비탈에 엉거주춤 기대어 전(廛)을 펴고 있었다. 뭔가 격이 맞지 않는 모습으로 파전을 굽는 여인과 훤칠한 미남형 남자에게 호기심이 발동하여 그 포장마차에 찾아 들었다. 그러고 보니 벌써 20여 년이나 지난 이야기다.

부산에서 무역업을 하다가 IMF의 직격탄을 맞고, 몇 차례 극단적 선택을 시도하다가 가까스로 마음을 추스르고 산을 찾게 되었다고 했다. 그러나 마지막으로 찾은 산 또한 호락호락하지 않았다. 먼저 자리한 터줏대감의 텃세로 몇 달 째 철거와 재도전을 수차례 반복하는 혹독한 통과의식을 치르는 중이라고 했다. 첫 만남에 마음이 통한 동갑내기 그 남자와 그날부터 산 친구가 되기로 결의했다.

그 후 한참 지난 어느 날, 그 친구로부터 전화가 왔다. 포장마차 개업 100일에 나의 축하를 꼭 받아야겠다고 했다. 꼭 가겠다고 약속을 하고, 평소 그 산에 오르내리며 받은 느낌과 그 친구의 사연을 담아 시 한 편을 써서 판에 새겼다. 서둘러 퇴근을 하고 달려 오른 간월재는, 빛바랜 늦가을 억새가 거센 골바람에 성난 파도처럼 뒤흔들리고 있었다.

세상사/ 힘겨워 감당키 어렵거든//

간월재에 올라/ 골바람에 몸 맡기고 영겁을 살아온/ 저 억새를 보거라//

세상 겁날 것 없는/ 당당한 친구야//

그래도// 신불산 바위틈에/ 숨어 핀/ 작은 풀꽃도 보아가며//

쉬어 살자//

내가 쓴 시를 읊던 그 부부는 눈물을 펑펑 쏟으며 목 놓아 통곡하였다. 그동안 참았던 그들의 절규는 어둠 깔린 신불산과 간월산에 메아리 되어 어지러이 울렸다. 젊을 때부터 산 좋아서 산을 찾는 사람도 많이 만났지만, 그 친구처럼 아픈 사연을 안고 산에 찾아드는 사람들도 의외로 많았다.

추석 전, 울산 어느 백화점 앞 8차선 대로 옆 인도(人道)로 걸어가는데, 한 남자가 길바닥에 양말을 펼쳐놓고 팔고 있었다. 대충 봐도 헐값이라 몇 묶음을 샀다. 당장 필요한 건 아니었지만, 저 물건들이 길바닥에 나오기까지의 사연들이 내 뇌리에 고속 필름처럼 스쳐 지나갔기 때문이다.

추석 연휴에, 20년 동안 주 1회 야간 산행을 함께 해온 대원들과 영남 알프스 가을 억새 능선을 걸으면서 피눈물이 젖은 양말을 신고 걷는다는 생각이 들었다. 어디 양말 공장뿐이겠는가? 세계를 선도하는 국내 대기업에서부터 골목 소상인까지, 지금 이 나라 여기저기 어렵고 힘든 사람들이 넘쳐나고 있음이 안타깝다.

IMF 직후에 포항MBC에서 기획하여 포항 실내체육관에서 나훈아 공연을 한 적이 있다. 당시 그 공연 방송 제작을 총괄했던 최부식 국장은, 나훈아 씨와 사진 리허설을 힘께 하면서 받은 그 감동을 '나훈아'라는 세목을 붙인 시로 표현했고, 그 후 발간한 그의 시집 『봄비가 무겁다』에 실어 전한다.

(전략) 무대 리허설 두 시간 넘게 한 뒤/ 땀범벅 얼굴로 말했다// 그 돈이 어떤 돈인 줄 아닝교/ 내 공연 한번 볼라꼬/ 자갈치 시장바닥에서/ 구겨지고 비린내 나게 번 돈/ 다림질해서 표 사갔고 오는데/ 우예 내가 연습을 이래 안 하겠닝기요///(하략)

이번 추석에도 KBS가 기획한 나훈아 공연 방송 'Korea Again'은 세간의 관심이 매우 컸다. 시대 상황이 그 때와 닮아 있고, 국민적 공감도도 상당히 컸는데, 아전인수격(我田引水格)인 노래 밖 뒷담화도 넘쳐났지만, 그는 오직 가수로서 이 시대의 희로애락을 있는 그대로 노래했을 뿐이다.

세상사 힘겨워 감당키 어려운 사람들아! 이럴 때는 나훈아 노래 한 곡 부르고, 또 한 고개 넘으면서 새로운 세상 기다려 보자. 〈2020. 10. 20〉

5장. 학교 종이 땡! 땡! 땡!

그러나 그럼에도 불구하고, 출근하기 전에 간과 쓸개… 오
장육부를 모두 집에다 내려놓고 오신 듯이, 오늘도 묵묵히,
초연히, 의연하게 아이들의 온갖 투정을 온몸으로 받으시며
교직의 본분에 충실하시는 선생님들의 면면을 생각하면 어
찌 눈물이 아니 날까?

나이와 계절 탓만 하기에는, 올 구월에 흘린 눈물은 너무
나 짜다.

애틋하고 지혜로운 밀땅

옛날에는 어머니께서 불쑥불쑥 전화 걸어/이렇게 물으셨다.//"…애비가? 다 잘 있제?/애들도 잘 크고 있고 애 애미도 무탈하제?"//한동안은 어머니께서 가끔씩 전화 걸어/이렇게 말씀 하셨다.//"내 걱정은 하지마라./느거가 걱정할 까 봐 걱정돼서 전화했다."//요즘은 어머니께서 통 전화를 안 하셔서/내가 문득 전화 걸면 울퉁불퉁 이러신다//"애비야 내 걱정 마라, 느거 엄마 안 죽었다."

무더위도 한풀 꺾이고 추석을 며칠 앞둔 아침저녁 공기가 서늘하다. 지난 여름 무더위에 내 몸 하나 건사하기도 벅차서 잠시 잊고 있던 피붙이들이 절절히 그리워지는 계절이다. 며칠 전 이종문 시인이 보내준 『그때 생각나서 웃네』라는 시집 중에 「느거 엄마 안 죽었다」는 시가 가슴에 찡하게 와 닿는 계절이다. 이 시를 몇 번이고 되씹어 보니, 원·근 거리에 떨어져 살면서 애틋한 혈연의 끈을 밀고 당기는 부모자식들 간의 아름답고도 애절한 사랑의 줄다리기가 눈에 선하게 그려진다.

아침저녁 농장에서 일을 하다보면, 끝 고른 벼이삭들이 초가을 바람에 일렁이는 들길 따라 불편한 몸을 이끌고 쉬엄쉬엄 마실 걷는 노인들이 하루하루 늘고 있다. 오늘 아침에도 필자의 농장 울타리 밖에서 여름 동안 잎 넓은 넝쿨 뒤에 숨어 굵은 누렁디 호박 들여다보는 저 노인은 무슨 생각을 하고 계실지 상상해 본다.

지난 주에는 한국을 대표할 수 있는 경주 어느 가문의 종부님을 만나 식사를 하고 차도 마시며 많은 이야기를 나누었다. 그분에게 들은 이야기 중에, 어렵게 시간을 내어 친정에 다니러 가서 저녁나절 돌아올 때쯤이면, 친정어머니께서는 어김없이 "니는 자고가면 안되제?"라고 하셨다는 이야기기를 들었다. 종부라는 막중한 소임을 짊어진 딸을 안쓰럽게 생각하는 친정어머니와 그 어머니의 마음을 너무나 잘 알고 있는 안타까운 딸의 마음은, 놓을 수도 없고 더 가까이 끌어당길 수도 없는 모녀간의 애틋한 사랑의 이야기가 아니겠는가?

여류시인 천수호의 「종가」라는 시가 생각난다. 필자가 이를 압축·재구성하면 "명절마다 후라이팬 모서리에 스쳐 입은 화상자국은 말 못할 고단한 속내를 드러내는 것이고, 까맣게 탄 속 긁어내어 보여주고 싶은 들끓는 몸부림"이라고 간추릴 수 있겠는데, 그 전하고자 하는 바가 가슴에 크게 와닿는다.

필자의 집안에서는 몇 해 전부터 추석 전날 벌초를 하고 있다. 예로부터 벌초는 풀의 성장이 멈추고 풀씨가 영글어 떨어지기 전인 처서와 백로 사이에 하는 것이 가장 적기라고 하는데, 몇 해 전부터 추석 전날 벌초하는 날로 정한 이유는, 외지에 나가 있는 젊은 사람들이 추석을 보름정도 앞두고 벌초를 위해 선산 찾기가 그리 호락호락 하지 않기 때문이다. 그래서 추석 전날 하는 벌초 행사는 현실적인 시대 상황과 형편을 감안하여 어른들과 젊은이들이 합의한 유연한 빌낭의 결과라 하겠다.

밀땅이라는 말은 요즘 젊은이들이 즐겨 사용하는 신조어다. 처음 만난 남녀가 서로 미묘한 감정으로 상대를 탐색하며 밀고 당기는 시간을 가진다. 그것은 참 어려운 일이라 어느 한쪽이 너무 강하거나 다른 한쪽이 너무 느슨해도 관계는 어려워진다. 오랜 기간 인내하며 조심스럽게 적절히 밀고 당기는 과정을 거쳐야만 좋은 관계로 맺을 수 있겠다.

부부 사이, 부모자식 관계, 친구지간은 물론이고, 노사관계, 기업 간의 큰 거래도 그렇지만, 나라의 정치적 대립이나 국제 외교관계도 저잣거리 상거래와 크게 다를 바 없는 '밀땅'으로 생각하면 그리 심각하거나 어려울 일도 아닌 것 같다. 그러나 말이 그렇지 그게 어디 말처럼 쉬운 일일까? 더구나 가까운 사이일수록 상대를 향한 세심한 배려가 없으면 겉은 멀쩡한 것 같아도 속은 곪아가는 관계가 될 수 있다.

추석 귀성차량들의 움직임이 시작되고 있다. 올해도 가가호호 모든 가족들이 서로를 배려하고 존중하는 지혜로운 밀땅으로 즐겁고 화목한 추석 명절이 되기를 바란다. 〈2019. 9. 10〉

학교 종이 땡! 땡! 땡!

작년 꽃피는 어느 봄날 토요일 이른 새벽에 출장을 갔다. 출장 업무를 잘 마치고 여유롭게 아침 식사를 하고 있는데, 여자 친구로부터 전화가 왔다.

'아뿔싸!' 친구들과 1박 2일 봄나들이 가기로 한 날인데, 깜빡 잊고 있었다. 그 친구는 화난 목소리로, "30분이나 기다리다가 전화를 했는데, 전화도 안 되고… 그래서 지금 고속도로를 달리고 있다."고 했다. 황급히 사정을 이야기 하며 미안하다고 하자, 퉁명스럽게 알았다고 하면서 전화를 끊어 버린다.

친구들과의 약속을 잊어서 나들이에 동참할 수 없음을 아쉬워하며 집으로 돌아오고 있는데, 또 다른 한 친구로부터 전화를 받았다.

"우리 지금 경산 휴게소인데, 너 올 때까지 기다릴 테니, 알아서 해라!"

내 대답은 아예 들을 생각도 않고 전화를 끊어버린다. 다시 전화를 하니, 이 친구 저 친구 아무도 받지 않는다. 그래! 그렇다면 방법은 하나뿐이다. 집사람에게 급히 전화하여 긴급 협조를 청했다. 고맙게도 아내는 내가 갈아입을 옷과 세면도구를 챙겨서 경주 요금소 근처 공터에서 대기하고 있었다. 아내에게 핸들을 맡기고 오던 길을 되돌아서 친구들이 기다리는 고속도로 경산 휴게소로 질주했다.

휴게소에 도착하니, 서쪽에서 친구들의 모습이 보였다. 모두들 목을 쭉 빼고 있다가 반가운 듯 손을 흔든다. 그러나 막상 가까이 다가가니 대뜸 욕부터 해대는 친구, 담배를 꼬나물고 눈에 성깔을 가득 담은 친구, 커피 잔을 들고 서서 무심한 듯 쳐다보는 친구… 자기들이 기다리겠다고 일방적 통보를 하고서는 반기는 폼들이 어찌 얄궂다 싶다. 그래도 여자 친구들은 속도 없이 반가운 듯 양팔을 벌리고 온몸으로 맞아준다. 비좁게 앉아가는 친구들의 봄나들이 승합차 안은 금방 화기애애한 분위기로 바뀌고, 1박 2일 동안 웃음이 끊이지 않은 즐거운 여행이 되었다.

하지만 환갑을 넘기고 나니, 몸 구석구석 아픈 친구들이 늘었다. 1시간 간격으로 쉬었다 가는데도 차 안에서 허리 통증을 호소하는 친구와 무릎이 저리다는 친구가 있고, 차에서 내려 멀지 않은 거리를 걸어가면서 다리를 쩔뚝거리는 친구도 있다. 거기다 젊은 시절에는 밤을 새워가며 말술도 겁내지 않던 친구들이 권하는 술잔에 지레 겁먹고 손사래를 치거나, 아예 한 잔 술조차 부담스러워 하는 모습들에서 마음이 아려 온다. 또 아직도 삶의 일선에서 바삐 움직이는 친구들보다 한발 물러선 친구들의 수가 매년 늘어나고 있는 것 또한 기분이 그렇다.

그래서 세월 보내기 하는 친구들과 시간 쪼개기 하는 친구들 간에 약간의 거리감을 느끼는 그런 나이기도 하다. 그러나 이 또한 불과 몇 년 지나면 잘난 친구, 못난 친구, 있는 친구, 없는 친구, 꺼벙한 친구, 빌빌하는 친구… 친구끼리의 그런 부질없는 경계는 다 없어지고 모두가 그 옛날 '고추친구'로 돌아가 한 곳에 모이게 된다. 그런 소박한 진실을 깨달을 수 있다면 천진스런 어린 시절 철부지가 되어 나날이 행복한 여생을 즐길 수 있으리라.

한 친구가 시골에 학교를 세웠다. 처음에 기차 길 옆 언덕배기 솔밭 큰 나무 밑에 컨테이너 박스를 갖다 놓더니, 얼마 후 그 옆에 자그마한 창고를 새로 지었다. 컨테이너 박스 안에는 숙식이 가능한 공간을 만들고, 창고에는 크고 작은 농기구들을 하나 둘 들여왔다. 밭에다 온갖 채소를 가꾸고, 둑에다 두릅나무와 약초도 심었다. 강아지도 한 식구가 되고, 토끼와 닭도 몇 마리 함께 하며, 도랑에는 웅덩이를 만들어 물고기들도 놀게 했다.

그곳에 그 친구 부인의 왕래는 거의 없다. 평생 금슬 좋은 부부였는데, 이제는 서로가 적당히 거리를 둘 수 있는 지극히 사적 공간이 필요했던 것 같다. 그러다보니 소나무 그늘 아래 학생들이 하나 둘 편안히 모여든다. 머리는 희끗희끗하고 자세는 꾸부정해져 가고 있지만, 긴 세월에 말투도, 손짓도, 각각의 버릇도 변함없이 그 옛날 그대로다.

해가 지날수록 함께 할 친구들은 늘고, 놀이터는 갈수록 커져 간다. 비바람을 막아줄 큰 아치형 천막집을 짓고, 그 안에 온돌방, 주방, 샤워실, 화장실도 마련했다. 그 옆에는 여러 공구들을 갖춘 작업실, 숯불을 피워 요리할 수 있는 공간, 여러 사람 편안히 둘러앉을 널따란 평상과 천막집 전체를 훈훈하게 해 줄 난로, 그리고 그 옆에는 차곡차곡 장작도 쌓아놓았다.

우리들의 편안한 휴식처! 허물없이 함께 할 친구가 있는 훌륭한 학교다. 먹고, 자고, 놀 공간은 물론이고, 불편과 부족함이 있으면 누구랄 것도 없이 간단한 연장 하나 들고 나서면 뭐든 즉석에서 뚝딱 자급자족이다. 지각이나 조퇴, 결석도 문제가 되지 않은 자율 학교다. 모두가 선생님이고 모두가 학생인 특수학교다. 간혹 일어나는 학생들끼리의 입 다툼은 흉이 될 겨를도 없이 더 큰 웃음으로 금방 바꿔버린다.

지난 주말 그 학교 친구들이 지난해처럼 1박 2일 여행을 다녀왔다. 나는 이래저래 일들이 겹쳐 함께하지 못하고, 아침 일찍 출발 약속 장소로 나가 친구들을 배웅을 했다. 그 며칠 뒤, 재미있게 놀다 왔는지 궁금해질 때쯤 내 마음을 들여다보는 듯이 친구의 전화가 왔다.

"점심시간에 잠시 왔다 갈래?"

"알았다!"

긴말 필요 없이 시간 맞춰 학교로 달려가니, 밖에서는 장어가 숯불에 노릇노릇 익고 있고, 방안 주방에서는 곰국 솥이 칙칙폭폭 김을 뿜어대고 있다. 장어구이로 허기진 배를 어느 정도 채우고 나니, 여자 친구가 방에서 들어오라고 눈짓을 한다. 곰국에다 밥 말아서 내 앞에 놓고 숟가락을 쥐어 준다. 파도 총총 썰어 한 줌 넣어 주며 많이 먹으란다. 자기 집도 아니면서 주방에서의 손놀림이 마치 안주인 행세다. 묵은 김치 썰어내며 잘 삭은 갈치 한 토막 내 입에 쏘옥 넣어준다. 그러고는

"얼-릉 먹고 학교 들어가야지!"

눈물이 쏟아질 것 같다. 근무 중 점심시간에 잠시 틈내어 나온 나의 입장을 생각하는 친구의 배려가 누님 같다.

밖에서 낮술에 취한 한 친구가 소나무에 걸린 종을 치고 있다.

학교 종이 땡! 땡! 땡! 〈경주문학 55호(2015)〉

외로운 섬들

젊은 시절에 버스나 기차를 탈 때면 옆자리에 어떤 사람이 앉을 것인지가 참 기대되면서 한편으로 부담스러웠던 기억이 있다. 필자의 경우는 숫기가 없어서 낯선 사람에게 말을 걸 용기도 없었지만, 이왕이면 옆자리에 또래의 멋진 여성이 앉아 주기를 은근히 바라기도 했다. 일반적으로 누구나 장거리 버스나 기차를 타고 갈 때면 옆자리에 앉은 사람과 대화 없이 장시간 서먹서먹하게 가기가 민망하여 가볍게 인사를 나누거나 공통의 화제를 찾아 어색한 대화를 나누기도 하는데, 간혹은 잠간 그 동석의 인연으로 아름다운 인연으로 엮어지는 경우도 보았다.

지난 주말 서울에서 KTX 열차를 타고 오는데, 승객의 대부분이 젊은 남녀들이었다. 하나 같이 귀에 이어폰을 꽂고는 눈은 손에 든 휴대폰에 집중하고 있었다. 내 옆자리 아가씨는 서울서 경주까지 오는 동안 한 번도 폰에서 눈을 떼지 않았다. 화장실 가면서 관심 갖고 둘러보니 모두가 똑같이 스마트폰에 매달려 있었다. 그리고 모든 승객이 옆자리 승객과는 단 한 마디의 대화나 눈인사조차도 없이 서로가 외로운 섬 같은 모습으로 앉아 있었다. 문득 사람간의 훈훈한 정을 나누었던 옛 시절이 생각났다.

다음 날 아침, 풀브라이트 장학재단에서 본교에 파견된 미국인 원어민 교사의 아버지가 딸을 만나러 학교에 왔다. 미국에서 변호사 활동을 한다는 그 신사와 짧은 시간 이런 저런 환담을 했었는데, 한국에 2주 동안 머물 계획이고, 한국에 오기 전에 한국에 관한 상당한 량의 책을 읽고 왔노라고 했다. 채류기간 동안 경주는 물론, 경남 통영과 한산도 등 남해안 쪽과 강원도 지역을 여행할 것이라며, 이순신 장군에 대한 이야기와 지리산을 배경으로 한 소설들도 읽고 왔다고 했다.

그런데 그가 한국에 오자말자 눈에 크게 보인 아주 놀란 일은, 인천 공항에서 서울, 서울에서 경주로 오는 KTX 안에서 거의 모든 사람들이 스마트폰만 들여다보고 있다는 사실에 크게 놀랐고, 반면에 책을 읽는 사람은 거의 보지 못한 사실을 두고 굉장히 흥미로운 표현을 했다. 그러면서 옆자리의 사람과 가벼운 눈인사조차 하지 않는 한국 젊은이들의 몰인정에 대해서도 슬쩍 언급을 했다. 처음 만난 그 외국 손님의 그 말에 내 자신이 갑자기 부끄러워서 몸 둘 바를 몰라 했다.

평소에 우리 스스로도 충분히 보며 느끼고 있는 일이지만, 책보다는 전자기기에만 빠져있는 우리나라 젊은이들의 모습을 외국인의 눈과 입을 통해 재인식하게 되었다. 가까운 이웃 나라 일본에만 가도 지하철에서 스마트폰에 빠져 있는 사람보다는 책 읽는 사람들을 더 많이 만날 수 있었다.

현재 우리나라 국민들의 스마트폰 보급률과 그 사용 빈도는 기하급수적이라 할 수 있는데, 그 스마트폰의 다양한 기능을 잘 활용하는 순기능도 크지만, 엄청난 역기능이 있음도 우리는 알고 있다.

간편한 자료(정보) 검색, 안전한 저장, 신속한 발송에다 무한대의 쌍방 간 정보 교환과 공유가 가능하여 개인 간의 교감과, 공·사적 업무처리는 물론이고, 정치적 소견과 여론 형성 등에서도 과거의 일방 소통에 개인:다중, 다중:다중의 쌍방 소통이 가능한 소위 정보의 천지개벽 시대에 살고 있다.

그런데 그 무한대로 열린 세상 속에서 그 시야는 오히려 점점 좁아지고 있고, 사람과 사람간의 소통은 날이 갈수록 닫혀져 가고 있다. 내가 필요로 하는 정보만 얻으려 하고, 나와 뜻을 같이하는 사람들과만 소통하면서 다른 사람이나 그 견해에 대해서는 아예 눈과 귀를 막아 버리고 살고 있다.

KTX 열차나 지하철 내에서 이어폰으로 귀를 막고 스마트폰에서 눈을 떼지 못하는 '군중 속의 고독'을 자초하고 있는 외로운 섬들처럼… 〈2014. 11. 17〉

뇌물과 선물

37년 전 무자격의 초보 교사 시절 이야기다. 학부형을 대신한 어느 분으로부터 돈 봉투를 받은 적이 있다. 거절할 틈도 없이 엉겁결에 돈 봉투를 받고는 다음 날 되돌려 주러 갔다. 지방의 국장급 공직자로 기억되는 그분은 노련한 화술에다 묵직한 경륜과 연륜으로 필자를 압도하였기에 되돌려 주러 간 그 돈 봉투는 꺼내지도 못하고 되돌아왔다.

돈 봉투 사건의 내막은 이렇다. 출산 휴가에 든 선배 여교사를 대신해 임시 담임을 맡고 보니, 한 학생이 한 달째 행방불명 상태로 있었다. 담임의 교무수첩에 붙어 있는, 한 번도 대면한 적 없는 그 학생의 사진과 기본 신상 정보를 들고 한 달여 추적 끝에 쪽샘 골목 안 어느 골방에서 심신이 소진되어 널브러져 누워 있는 그 여학생을 찾았다. 장기 무단결석에다 그동안의 행적이 문제되었지만, 학생을 찾기 위해 동분서주 좌충우돌한 필자의 젊은 혈기가 선배 교사들과 관리자로부터 동정 점수를 받아 그 학생은 학교로 정상 복귀하여 무사히 졸업을 할 수 있었다.

그 학생이 졸업하는 날이 공교롭게도 필자의 대학 졸업식 날이었는데, 졸업식장에서 나오면서 캠퍼스 안 우체국에 가서 그분으로부터 받은 돈을 우편환으로 바꿔 전날 밤에 쓴 장문의 편지와 함께 등기 우송 했다. 사회 초년생으로서 처음 받은 그 돈 봉투의 유혹에 굵은 선을 그었던 그때 그 일은 교직 생활 35년간 지켜야 할 기본 덕목으로 삼고 생활했다.

또 다른 이야기 하나. 학교 앞에서 자취를 했던 한 여학생이 어느 날 행방을 감추었다. 전화든 편지든 멀리 있는 부모님과의 연락 또한 쉽지 않았던 그 시절이었다. 학부모 주소를 들고서 버스를 네 번 갈아타고, 묻고 물어 길도 없는 산길을 한 시간 걸어 올라간 포항 기북 어느 산 7부 능선. 울도 담도 없는 화전민 움막에 도착하니, 퇴비를 뿌리던 학부모가 밭고랑에 넙죽 엎드려 큰 절을 했다.

학생은 생활이 어려워 대구 방직공장에 돈 벌러 떠나고 없고, 학부모님은 먹고 사는 일에 바빠 선생님께 연락도 드리지 못해 큰 죄를 지었다며 몸 둘 바를 몰라 하며 소박한 산채 안주에 산에서 캔 약초로 담근 술을 권하면서 진심어린 스승 존경의 마음을 드러내었다. 한 시간 거리의 산길을 걸어 버스 승강장까지 따라 와서는 비료 포대에 담아 들고 온 검붉은 수탉 한 마리를 기어이 차에 올려주고는 하염없이 손을 흔들며 배웅을 해주었다.

그 화전민의 딸은, 대구 어느 방직공장 산업체 특별학교를 졸업한 후, 공부를 계속하여 남보다 뒤지지 않는 참된 삶을 살고 있으니, 그 아버지의 스승 존경 마음이 딸의 삶의 거름이 되었던 것 같았다. 필자가 그때 조금만 경륜이 쌓였더라면 물심으로 도와 학교를 계속 다닐 수 있게 할 수도 있었는데, 담임으로서 도움을 주지 못했던 것이 늘 부끄럽고, 스승의 존재 자체를 진심으로 우러러 보시던 그 부모님의 마음을 새삼 생각해 본다.

선물과 뇌물의 차이는 뭘까? 뇌물과 선물은 주는 사람과 받는 사람 간의 상호 묵시적 교감으로 이루어진다는 공통점이 있지만, 그 온도 차이에서 선물이 뇌물이 될 수도 있고, 뇌물이 선물이 될 수 있나 하겠나. 낯 해 선 공직자 청렴 교육을 갔었는데, 강사님이 뇌물과 선물에 대한 정의를 내렸다.

'받고 밤에 잠이 잘 오면 선물이고, 잠 못 들고 뒤척이면 뇌물이라고…' 필자는 그의 농담성 정의에 동의하지 않았다. 뇌물 받는 일에 익숙한 사람들은 오히려 쾌감을 느끼며 편히 잠들고, 선량한 사람은 마음으로 전해주는 작은 선물에도 마음이 무겁고 부담스러워하니까 말이다.

최근 우리 사회에 팽배해 있는 뇌물의 폐해를 막아보려고 국민적 공감을 모아 '김영란 법'을 만들었으나, 추석을 앞두고 당장 피부로 느끼는 일반 국민들의 시장 경제 위축은 사회 정의 차원의 명분조차도 희석시키는 또 다른 국민적 우려와 반발이 만만치 않아서 정부와 국회가 그 시행을 주춤 거리며 고민을 하고 있는 듯하다. 생활 저변에 깔린 토속적 풍토나 정서적 사람 관계까지 돈의 수치로 급수 매김 한 법제정의 과도기적 논란이 아니겠는가 싶다.

인간사 모든 것을 법으로 다스릴 수는 없다는 생각이 든다. 법에 앞선 개개인의 도덕적, 종교적, 교육적 소양과 인격을 높이는 일에 가정과 학교가 중심에 서고, 종교 지도자와 올 곧은 공직자를 비롯한 사회 어른들이 모범적 실천 윤리를 생활 속에 심어가야 할 때다. 〈2016. 9. 6〉

무등산(無等山)과 수능산(修能山)

단풍이 한창인 지난 주말, 광주 무등산 동적골에 있는 지인의 별장에 머물면서 여유롭고 유익한 시간을 보냈다. 새벽에 무등산에 올랐다가 하산 길에 산자락 쉼터에서 아침 운동 나온 그곳 노인 한 분을 만났는데, 그의 말에 의하면 "무등산은 산봉우리들이 무덤처럼 생겼기 때문에 예로부터 무덤산으로 불리었다."고 했다. 실제로 산들의 모양을 보니 그런 것 같기도 하다.

그러나 일반적으로 무등산은 비교할 데 없이 높은 산, 또는 등급을 매길 수 없는 산이라고 알고 있다. 암튼 광주인들은 오랜 세월동안 봉우리의 모양과 높이가 그만그만한 그 산들을 통하여 모든 사람은 대등한 존재이기를 염원하고 희구하는 의식을 깊이 내면화 한 것 같다. 그러다가 역사적 고비마다 그런 내면 의식들을 뭉쳐서 강하게 집단 표출한 경우를 다른 지역보다 많이 보아왔다.

무등산은, 예로부터 생긴 모양으로 형상화한 '무덤산'이라고 칭해 오다가 평등 의식을 투영한 무등(無等)의 의미로 전이되지 않았을까 생각된다. 또 죽음 앞에서는 모두가 평등할 수밖에 없으니, 결국은 무등산=무덤산이라는 등식이 자연스럽게 성립 될 수 있었겠다고 필자의 주관적 관점으로 유추 해석을 해봤다.

흔히늘, 인생 여정을 산행으로, 또 사람을 산에 빗대어 표현해 왔다. 지난주에는 무려 64만여 명의 큰 무리가 큰 산으로 올랐는데, 다름 아닌 대학수학능력시험이라는 거대한 산이다. 그 수능이라는 산은 5개 봉우리를 9 등급으로 구분해 놓았는데, 산 치고는 너무나 힘들고, 가파르고, 재미없고, 험난한 산이라 할 수 있다.

무슨 시험이든, 그 점수라는 것이 철저하게 서열을 객관화 하는 척도가 되니, 등급을 넘나드는 한 문제 한 점수가 수험생들에게는 얼마나 소중할까! 그러다 보니 학생, 교사, 학부모들은 고교생활 3년 동안 오로지 시험 점수에만 매달릴 수밖에 없고, 그 노력으로 획득한 그 점수나 등급의 결과에 따라 울고 웃을 수밖에 없을 것이다.

그러나, 수능시험 응시자 중에 대학 졸업 후 취업률이 절반 정도에도 못 미치는 현실 속에서 입시지옥, 취업전쟁이라는 말은 오래 전부터 널리 회자되고 있는데, 엄청난 사회적 비용 손실과 부모님의 부담, 그리고 학생 개인의 상실감에 대해서 모두가 공감하면서도 그 해법을 찾지 못하니 안타까울 뿐이다. 사회가 이 문제를 계속 방치한다면 한창 자아실현과 사회적 기여를 해야 할 우리의 젊은이들의 생활은 그야말로 미래가 없는 무덤 속 같은 삶을 피할 수 없으리라.

수능시험의 결과가 젊은이들 각각의 총체적 재능이나 능력을 평가하는 잣대가 될 수 없거니와, 수험생 스스로도 결과에 너무 집착하여 최고 등급을 받았다고 자만할 일도, 최저 등급을 받았다고 의기소침할 일은 아니다 싶다. 그러면서도 그 결과에 대해서는 3년 동안 자신이 노력한 결실임에 승복 할 줄도 알아야 하고, 어렵게 올라온 수능이라는 산이 정상이 아니라, 산기슭 초입에 불과함도 깨달아야 할 것이다.

사람의 능력을 점수나 등급으로 평가하는 종적 서열도 중요하지만, 횡으로 마음껏 펼칠 수 있는, 남들과 다른, 혹은 월등한 자신만의 자질과 크기, 색깔과 향기를 일찍 깨닫고 찾을 수 있다면 남들과의 무모한 경쟁에서 자유로울 수가 있다.

그러나 이를 위해서는 사회의 구조적 모순을 최소화 하고, 교육정책 개혁을 통해 입시 위주로 편중된 학교현장을 정상으로 돌리고, 부모님들의 의식 변화를 통해 소중한 우리 젊은이들이 각각의 소중한 재능을 마음껏 발휘할 수 있도록 정성을 모아야 할 것이다.

3년간 최선을 다하여 어렵게 수능 시험을 치른 수험생들에게 진심어린 위로를 하며, 수능결과에 따른 자신의 능력과 자질을 잘 깨우치고 최선의 노력으로 슬기롭게 긍정적 미래를 열어가기 바란다.

모든 생명은 똑같이 존귀하고, 개인의 인격은 누구나 평등하게 존중 받아야 마땅하고, 그것이 우리가 추구해야 할 이상이고 가치다. 그러나 이 세상 도처에 능력과 개성에 따른 상대적 차등은 엄연히 존재하며 유토피아 같은 무등의 산은 없다. 있다면, 오로지 자신의 노력으로 쌓아올린 등급과 성실히 땀 흘린 만큼의 평등한 결과만 있을 뿐이다. 〈2015. 11. 18〉

설에 생각하는 어른의 존재

지난 주 설 연휴를 보냈다. 함께 했던 지인들과 피붙이들이 모두 떠나고 나니, 화기로 가득 찼던 집안이 갑자기 조용해지면서 공허한 기분이 든다. 그 허한 마음을 달래며, 지난 달 친구가 보내온 시집을 찾아 읽었다. 그 중에 어버이 '親' 자의 의미를 풀어서 해학적 감성으로 엮어낸 '그래도 안 갈까가?'라는 작품을 읽고 깊이 공감을 했다.

아이들의 안전을 살피기 위해 높은 곳에 올라있는 모습이거나 둥지를 떠나 있는 자식들을 기다리는 마음을 형상화한 한자어 '親' 자는 立+木+見을 모아서 만들었고, 그 '親' 자가 함축하고 있는 자식을 향한 어버이의 깊고 넓은 마음이 크게 느껴졌다. 더구나 그저께 설을 쇠고, 이제는 자식들을 모두 떠나보낸 모든 어버이들이 공감하는 이야기가 아닐까 싶다.

지금 필자는 컴퓨터 앞에서 이 글을 쓰고 있지만, 마음은 나무 꼭대기 위에 올라 발 돋음 하고, 내일 출근을 위해 고속도로를 달려가고 있을 자식들의 뒷모습을 따라가고 있다. 오지 못할 사정을 뻔히 알면서도 명절 때마다 목을 빼고 기다렸던 일들이 몇 번이었던가? 다행히 올해는 자식들 모두가 한 곳에 모여 즐거운 설을 보냈다. 그러나 찾아올 자식이 없거나, 있다고 하더라도 이런 저런 사정으로 자식과 함께 설을 보내지 못한 분들의 마음은 얼마나 춥고 허할까 싶은 생각을 해본다.

자식 놈이 아장아장 걷던 때나, 좌충우돌 덤벙대던 청소년기, 짝 맞추어

제 자식 낳고 어른으로 살아도 그 자식들에게 눈을 떼지 못하는 부모님의 자정이야 어느 누구 다르겠으며, 앞앞이 설명이 필요할까? 자식으로 반평생, 부모로서 반평생을 살아온 지금, 친구가 보내온 한 권의 시집, 한 편의 시 속에서 읽은 어버이 '親'자의 의미가 새삼 크게 느껴지는 설이다.

어릴 적 기억으로 설이 되면 어른들께서 덕담을 많이 해주셨다. 그때 상황과 상대에 따라 적절한 덕담들을 해주셨는데, 돌이켜 생각해 보니, 주로 칭찬과 격려의 말씀이었던 것 같다. 또 간혹은 말씀 대신 함축적이고 절제된 메시지를 담은 헛기침으로 대신 하셨지만, 상당한 무게와 존재가 느껴졌다. 또 따뜻하고 그윽한 눈빛으로 바라보시며 무언의 격려를 해 주시던 어른들의 모습은 나이 들수록 닮고 싶은 존경의 상으로 마음에 깊이 새겨져 있다.

가정이나 집안을 떠나서 사회생활을 하면서 만나는 어른들 중에도, 남들로부터 존경을 받는 분들은 대체로 말씀을 극히 절제하고 계심을 살필 수 있다. 그러면서도 남을 칭찬하고 격려하는 덕담은 아끼지 않으신다. 설혹 잘못을 하거나 부족함이 있는 사람들에게도 관용으로 포용하실 때는 감히 범할 수 없는 경외심마저 느껴진다.

이번 설 연휴를 보내고, 어버이 '親' 자의 의미와 어릴 적 어른들이 해주셨던 덕담에 대해 곰곰이 생각해 봤다.

나이 든 부모가 인세까시나 높은 나무에 올라가 자식들에게 눈을 떼시 못하는 것은 서로 불편한 관계가 될 수 있겠다는 생각과 함께, 부모와 자식

간의 정이 아무리 천륜이라고는 해도 지나친 내리사랑 몰입과 의존적인 집착에서 벗어나는 것이 현명한 노년의 삶이 아닐까 싶다. 그래서 이제는 자식을 바라보던 나무에서 내려와 자신을 들여다보는 연습이 필요할 것 같다.

또한 사람 사는 세상사에는 선악과 진위, 미추와 장단 등, 상반된 수많은 가치들이 있지만, 그럼에도 불구하고 좋은 덕담은 이 모든 쟁(諍)을 화(和)로 승화시킬 수 있어서 가정을 화목(和睦)하게 하고, 사람관계를 온화(溫和)하게 하며, 사회를 조화(調和)롭게 하고, 국력을 통합·융화(融和)할 수 있는 긍정적 에너지를 품고 있다는 생각을 해본다.

그래서 어린아이와 젊은이들이 긍정적이고 미래 지향적 자존감을 가지고 살아갈 수 있도록 밝고 맑은 기운을 듬뿍 담은 어른들의 덕담이 필요한 이유다. 〈2017. 2. 7〉

새댁이 돈을 모으려 작심한 이유

아르바이트를 하는 젊은 주부, 특히 공직자 가족에게 "왜 돈을 벌어야 하고, 또 알뜰히 모아야 된다고 생각합니까?"라는 질문을 하면 어떤 답을 할지 궁금하다.

'콩나물 값이라도 벌까 해서…'라거나 '아이들 과외비 보태려고…' 하는 고전적 현모양처 형이 있고, '매달 적금을 들고, 언제까지 내 집을 마련하고…'라며 치밀하게 재테크 하는 또순이 형 주부도 있지만, '남편 눈치 안보고 내가 벌어서 입고 싶은 옷도 사고, 친구들과 밥도 먹고…'라는 천진·담백한 젊은이도 있으리라.

35년 전의 일이다. 돈이 필요 없을 것 같은 사람들이 모여 사는 어느 거대 조직체에 경리직원으로 취직한 제자가 1년을 근무하고는 찾아와서 하는 말이, "쌤요! 돈 만지는 게 너무 겁이 나예."라고 하더니, 얼마 후 사표를 쓰고 나와 버렸다. "그 좋은 자리를 왜 그만 뒀느냐?"며 나무랐지만, 내심으로는 어린 그녀의 당찬 결단에 격려의 박수를 보냈다. 얼마 후, 다른 친구들이 부러워할 검찰지청 사무직원으로 다시 취직을 했다. 그리고 그곳에서 근무한 지 또 1년을 겨우 넘길 때쯤 집으로 찾아오더니, 나에게는 간단한 인사만 하고 나의 아내와 함께 아랫방에서 오랫동안 밀담을 나누더니 가버렸다. 그리고 얼마 후, 그녀는 그곳에서 또 다시 사표를 쓰고 결혼을 하게 되었다는 소식을 전해 왔다.

웃기는 이야기지만 그 제자는, 첫 직장에서 돈이 겁나는 물건인 줄은 알았으면서 새로 들어간 직장에서 남자도 조심해야 한다는 것을 미처 깨닫지 못하고 노총각에게 덜컥 잡혀버린 것이다. 이번에는 축하를 해주기 전에 갑자기 결혼 선언을 한 어린 제자가 걱정되었다. 암튼 남다른 미모에 총명하고 지혜로웠던 그 제자의 제2의 인생 새 출발은 그렇게 시작되었고, 그 후 30년 동안 자주 내왕이 없다가, 필자의 교장 승진 소식을 들었다며 떡 한 보따리를 들고 찾아와 축하를 해 주었다.

그 뒤 나의 퇴직 소식을 들고는 다시 찾아와 식사를 하고 산책을 하면서 그동안 살아온 이야기 보따리를 풀어 놓았다. 많은 이야기 끝에, 결혼을 하고 신혼여행을 다녀와서부터 돈을 모아야겠다는 생각이 들었다고 했다. 그 이유인즉, 검찰직 공무원인 신랑이 봉급 외의 검은 돈에 눈 돌리지 않도록 내조하는 것이 신랑을 지키는 길이라 생각했기 때문이라 했다. 어렸던 그 제자의 그 말은 상당히 신선한 충격으로 느껴졌고, 그 여운은 오랫동안 남아있어 특강을 할 기회가 있을 때마다 좋은 주제로 활용하고 있다.

함께 근무하며 어린 초년생을 낚아챘던 그의 남편은 검찰 일반직 서기관으로 영예롭게 정년퇴직을 했으니, 남편을 내조한 그녀의 당찼던 그 결기를 공직자 가족이라면 본받아서 마음 깊이 새겨도 좋을 덕목으로 손색이 없다고 하겠다.

2012년 이명박 정부 때 입법화 되었던 '김영란 법'은, 박근혜 정부 말기에 그 적용 범위와 수위를 정해 개정 하고, 2016년 9월 28일부터 시행에 들어갔었다. 그러나 시행 1년을 겨우 넘긴 현 문재인 정부 하에서 수·축산물 생산자들의 청원으로 재조정을 하고, 구정을 1달 앞둔 지난 17일 그 시행에 들어갔다. 앞으로 여기저기서 쏟아질 청원을 예상해 보면, 이 법의 기본 취지 유지에 어려움을 겪을 것으로 생각된다. 그래서 우리가 꿈꾸는 이상적인 정의 실현과 일반 국민들의 먹고사는 현실적 문제, 여기에서 심각한 정치적 딜레마가 있지 싶다.

현 정권은 국정과제 1·2호를 적폐청산과 반부패로 설정하고 힘겹게 달려가고 있다. 과거 적폐에 대한 국민적 분노와 상실감이 커서 기대와 호응도 많지만, 끝이 안 보이는 극한 정치 대립과 깊어가는 사회적 갈등으로 국민들의 피로감과 국력 소모가 심각하다는 여론 또한 만만치 않다. 정치 지도자들이 긍정적이고 맑은 에너지가 넘치는 미래지향적 국가 경영을 갈망하는 다수의 선량한 국민들의 마음을 찬찬히 살펴야 할 때가 아닌가 싶다.

2018년 새해를 맞아 모든 공직에 대대적인 인사 작업이 진행될 것이다. 이럴 때일수록 공직자가 권력에 꺼들리지 않고 중심을 잡을 때 건강한 나라를 지킬 수 있고, 검은 돈의 유혹으로부터 자유로울 때 사랑하는 가족과 소중한 자신을 지킬 수 있다.

공직자의 영욕이 '권력과 돈'에 달렸다. 어찌 두렵지 않으랴! 〈2018. 1. 23〉

시견머리 틔우고 두량 넓히기

정월 대보름을 쇠고, 땅속 벌레들이 겨울잠에서 깨어나기 시작한다는 경칩과 한 해 농사를 위한 첫 준비 절기인 춘분 사이 햇살 고운 날, 보문 남촌마을에 사는 어느 부부의 초대를 받았다.

해마다 이때가 되면, 그들은 정성들여 빚은 술과 안주를 마련하여 몇몇 지인을 불러서 겨우내 움츠렸던 심신의 기지개를 켜고 새 봄을 맞이하는데, 따뜻한 정과 멋스런 풍류가 넘치는 그 자리는 소박한 세시(歲時) 잔치가 되고 있다.

예로부터 선조들은 계절의 변화를 몸으로 느끼고, 세밀히 관찰하여 일년을 24절기로 나누고, 때를 맞추어 농사일을 했다. 그 힘든 노동을 하면서도 절기마다 벽사진경(辟邪進慶) 의식과 풍년을 기원하고, 함께 어울려 먹고 마시고 놀이하며 슬기롭게 쉼을 반복해온 세시풍속은 현대의 삶 속에서도 면면이 이어오고 있다.

얼마 전, 한 친구가 농지와 농막과 경운기를 제공하겠다고 제안하면서 의기투합한 다섯 친구가 영농조합(?)을 결성하고, 앞서 귀농한 한 친구를 고문으로 추대하여 자문까지 받기로 했다. 땅 갈고 거름 뿌려 이랑을 만들면서 초보 농군들이 시행착오가 수시로 드러내며 서로 왈가왈부하는 모습들이 참으로 가관이었지만, 뒤늦게 시작한 농사가 행복지수를 높이고 인격도야를 위한 좋은 방편이 되어 모두들 활기찬 모습이다.

교육자 페스탈로치는 모든 교육의 목표는 기초도야이며, 그 실천 덕목으로 노작활동을 꼽았다. 루터는 '노동은 신의 부름'이라 했고, 마르크스는 '육체적 노동을 한 자만이 먹을 수 있다.'라고 했다. 불가에서도 높고 낮은 소임에 관계없이 함께 하는 울력을 수행의 큰 덕목으로 꼽고 있다. 동양에서는 우주 순환 원리와 태양의 주기운동을 관찰하여 계절, 기후, 만물의 변화와 규칙을 체험한 철학적 교육 이론을 인간 기본 교육의 방편으로 삼아왔다.

농사일의 교육적 접근은 지·덕·체의 조화로운 발달을 통해 전인적 인간을 형성하고, 능동적 사회 참여 기회를 가능하게 하는 중요한 교육의 장이다. 또한 가르치는 주입교육에서 체험하고 탐색할 수 있게 이끌어주는 교육이며, 개인적 체험을 집단적으로 통합·누적하고, 이를 개인적 피드백(Feedback)을 통하여 자신과 집단의 또 다른 성장과 창작을 이룰 수 있다.

필자가 어릴 때는 노동하는 부모님들의 곁에서 그 모습을 보고 자라면서 농번기에는 수업일수에 포함시킨 가정실습기간에 집에서 어른들의 일을 도왔고, 학교 교육과정인 노작활동을 통해 다양한 체험을 했다. 그 후 성인이 되고 직장생활과 사회생활을 하면서 적극적, 능동적, 창조적으로 사고하고 실천하며 살 수 있었던 것이 농촌에서 노동과 다양한 놀이를 하며 자란 영향이 컸다고 생각된다.

필자는 시내 한 고등학교 근처에 살면서 매일 학교 담장 길 따라 집을 오가는데, 학교 운동장에 학생들의 모습은 거의 보기 힘들고, 학생들의 목소리나 웃음소리도 들어보지 못했다. 학교가 마치 거대한 수도원 같은 느낌이 든다. 이러한 현상은 전국 어느 학교나 비슷한 현상이고, 어제 오늘의 이야기도 아니며, 앞으로도 크게 개선될 것 같지 않다는 게 안타깝다.

현재 우리는 3차 산업사회를 거쳐 4차 산업 사회에 진입하고 있지만, 농사의 철학적·교육적 실천 덕목의 의미를 되새기면서 농심만 잘 깨우쳐도 가정과 학교, 사회와 국가에서 어긋나고 흐트러진 수많은 병폐를 치유하고, 인간 생활의 기본을 복원할 수 있겠다는 생각을 해보는 봄이다.

필자의 경험과 소견으로는, 농사일은 성장기 청소년들의 시견머리를 틔우고, 두량을 넓히는 최고의 체험 학습이라는 생각이다. 이 봄에, 사랑하는 아들과 딸, 그리고 자랑스러운 제자들의 손을 잡고 한 알의 씨앗, 한 그루의 나무를 심어보자. 그리고 정성들여 가꾸어 여름에 꽃 피우고, 가을에 열매를 거둘 수 있도록 북돋우어 보자.

열흘 후면 청명이자, 한식날이다. 〈2018. 3. 28〉

장군 부인이 무릎 꿇은 사연

평소 가까이 지내는 한 친구가 밥을 사겠다고 해서 몇 친구들이 부부동 반으로 식사 모임을 가졌다. 몇 차례 술잔이 오가다보니, 오랜만에 만난 부인네들이 의기투합하여 돌아가면 남편들을 성토하기 시작했다. 동서고금에 부부간 문제야 아무리 떠들어 봐도 거기서 거기고, 회갑을 넘긴 나이에 남편을 향한 부인네들의 그 정도 투정이야 친구들 사이에 큰 흉이 될 일도 아니라는 생각이지만, 여자들의 맹공에 남자들이 어설픈 능청으로 대응도 해보았지만 감당이 안 되는 상황으로 내몰리고 있었다.

분위기 전환을 위해, 그날 밥을 사기로 한 친구 부인에게 고마움의 덕담과 함께 술을 권하며, 그날 낮에 본 영화 '명량' 이야기를 슬쩍 했더니, 좌중의 화제가 그쪽으로 급선회 하였다. 각자 앞다투어 영화 본 소감들을 쏟아내기 시작했다. 어려운 시기에 나라를 구한 이순신 장군의 살신성인 정신에서부터, 올해 일어난 큰 사건들이 불필요한 갈등으로 번지며 국론이 분열되는 현상에 대해 하나 된 우려의 목소리를 높였다.

그러고 보니 올해는 이런저런 큰 사건들이 너무 많았다. 자고 일어나면 터지는 문제들, 그러나 문제 해결을 위한 본질은 뒷전으로 밀리고, 익명의 군중 속에 숨어 사회 혼란을 부추기는 악의에 찬 사람들에 의해 생산된 악성 유언비어늘이 온갖 정보 매체를 통해 난무하여 사회 분위기가 걱정스러웠다.

거기다 일부 언론기관의 유명 논객들이나 대담자 중에도 절제력 없는 비판과 전문적 식견이 결여된 편견들로 여기저기 들쑤셔대니, 정부는 급한 불이라도 끄기 위해 허겁지겁 수습에 정신없고, 중심을 잡아야 할 정치인들은 당리당략에만 혈안이 되어 민심의 향방을 저울질하면서 인기 발언이나 해대며 국민들의 눈과 귀를 혼란하게 하여 국론만 흐트려 놓았다.

올 한 해 국민의 관심이 집중 되었던 그 많은 문제들 중에는 군에서 일어난 일들 또한 빼 놓을 수 없었다. 군이라는 특수한 조직체에서 일어난 일들은 일반 사회적 문제들과는 달리 조심스럽게 접근하는 것이 맞겠으나, 장병들의 기본 인권과 안전사고에 관한 문제들은 모든 국민들의 관심이 집중될 수밖에 없다고 하겠다.

그런데 그 속을 들여다본다면, 군사력 강화를 위해 강도 높은 훈련과 복잡한 전술·전략에 전념해야 할 군 조직이 병사들 간에 생긴 문제들로 에너지를 소진시킨다면 엄청난 전투력 손실을 볼 수밖에 없을 것이다. 군의 힘은 장병들의 건강하고 건전한 육체와 정신이 바탕이 되어야 하는데, 전체 병사들 중 20%가 관심병사로 분류되어 있다는 보도 자료들을 보면서 군 내부에서의 문제들이 얼마나 심각한가를 감지할 수 있다.

필자는 학교 선생님들이 학생생활지도로 너무 힘들어 하실 때마다 위로와 격려를 하고 있지만, 선생님들의 정성어린 지도에도 불구하고 감당 못할 아이들의 언행들을 직접 접하면서, 현재 군내에서 진행되고 있고, 앞으로 더욱 심화될 관심 병사들의 문제와 그 문제 해결을 위한 군의 고충이 눈에 선하여 심히 걱정스럽다.

필자가 화기애애한 분위기 속에 술기운을 보태어 예비역 장성인 친구 앞으로 가서 무릎을 꿇고 술을 권하며 한 마디를 했다.

"장군님! 학교에서 우리 선생님들이 학생들 교육을 잘못시켰습니다. 잘못 배운 아이들이 군에 가서 문제를 일으키고 있으니, 대한민국 모든 선생님들을 대신해서 사죄드립니다."

취중이었지만 평소에 품었던 할 이야기를 했다는 생각이었는데, 저쪽에서 장군의 부인이 필자를 향해 몸을 굽히며 가라사대, "교장님! 그게 어찌 선생님들의 잘못이겠습니까. 집에서 아이들 가정교육을 제대로 못시키고 학교로 보낸 우리 여편네들의 잘못입니다. 면목 없습니다."

평소 말수가 적고 겸손하셨던 장군 부인의 그 말씀과 행동은, 순간 친구들의 술기운을 확 깨우면서 공감의 박수를 받았고, 올 한해 학교와 군에서 불행한 사건이 일어났을 때마다 국민 모두가 남 탓만 하며 소모적 논란을 하여 국론을 분열시킨 과오를 되돌아보게 했다.

갑오년이 저물고 있다. 밖으로 향한 눈과 귀를 돌려 나 자신, 내 자식, 내 가정부터 찬찬히 들여다보고 귀 기울일 때다. 〈2014. 12. 9〉

시월의 마지막 날 흘린 눈물

누가 노크를 했다.

깜짝 놀라 자리에서 일어서며 엉겁결에 들어오시라 했는데, 문을 열고 들어선 여선생님이 놀란 토끼 눈으로 나를 쳐다보다가, 민망한 듯 어렵게 말문을 연다.

"교… 장 선생님! 어… 디 불편하세요?"

"아… 아니, 아니오. 눈에 안약을 넣었더니…"

월요일 출근을 하니, 우편으로 보내온 친구의 시집 한 권이 나를 기다리고 있었다. 평소에 시라면 늘 어렵게만 느껴지지만, 이 친구는 쉽고 친숙한 시어들로 능청, 해학, 풍자를 담아내곤 했었다. 이번 시집의 시들도 역시 가벼운 마음으로 공감하고, 혼자 히죽히죽 웃으며 단숨에 읽어 가는데, 중간쯤 한 시에서 눈물이 쏟아져 앞을 가렸다. 참으려 하면 할수록 쏟아지는 눈물을 감당 하지 못하는 상황에서 한 선생님이 들어오셨으니 얼마나 당황스럽겠는가?

분주한 휴일을 보내고 출근한 10월의 마지막 주 월요일 전체 아침 직원회 시간에 그 시를 소개했다. 공적 업무 협의회 시간에 교장의 어설픈 시 낭송은 엉뚱한 개인 감성의 표출로 비춰져 비난을 받을 수도 있겠지만, 내 나름의 명분을 가지고 그 친구의 시를 소개했던 것이다.

처음 발령 받은 여학생 별명 참새.//한 밤중 다짜고짜 난데없는 전화를 해 울음보 확 터뜨리네, 뭔 큰일 났나보네.//"왜 그래? 왜 그래?"하고, 아무리 물어봐도 일체 대꾸도 없이 악머구리처럼 울다//급기야 몸부림치며 아예 대성통곡일세 //"그래 울어라 새야, 서럽거든 울어라 새야, 하지만 사연이나 말해주고 울어라 새야"//"선쌤예, 아─ 들이 당최, 말을 안 듣심더, 흐흑"

　　─이종문 시인의 「말을 안듣심더」

　어색한 낭송이 끝내고 선생님들의 반응을 살피니, 모두들 고개를 숙이고 표정이 없다. 애써 무표정한 자세로 반응을 않고 앉아 계시는 선생님들의 그 얼굴, 얼굴, 얼굴들을 어떻게 해석해야 할까?

　나이 탓인지, 계절 탓인지, 친구가 보내온 시집의 그 시 때문에 요 며칠 동안 눈물을 많이 흘렸다. 운전을 하면서도, 산책을 하다가도 그 시만 생각하면 눈물이 났다. 가만히 생각해 보니, 그 감당 못할 눈물은 나의 개인적 감성 때문만은 아닌 것 같았다. 사범대 교수로 재직 중인 그 친구의 그 시는 이 시대의 동업자로서 진한 공감을 했고, 철없는 어린 학생들을 지도하시느라 매일 고심하시는 모든 선생님들의 면면을 생각하니 어찌 눈물이 나지 않으리.

　선생님들께서 매일 학생지도 문제를 두고 너무 힘들어 하실 때마다, "아이를 사랑으로 안읍시다."들 뇌풀이 하고, "임는 아이를 너ㅗ러운 마음으로 넉넉히 보듬어 주세요. 복 짓는 일이라 생각시고 헌신하세요."라고 하거나,

"이 시대에 교사 노릇 제대로 하려면 성직자 같은 마음이 아니면 힘드실 테니, 어려울 때마다 내 마음 수양하신다는 생각으로 임하시라."라고까지 당부와 위로를 드리곤 한다.

수시로 눈물 글썽이며 교무실에 들어서는 30년 경력의 베테랑 선생님, 철없는 아이들이 감당되지 않아 창밖만 바라보시는 반백의 원로 선생님의 허허로운 뒷모습, 한 마디도 지지 않고 바락 바락 악다구리 하며 대드는 아이들을 넋을 잃고 쳐다보시는 젊은 선생님, 전화기를 통해 들려오는, 철없는 아이보다 더 철없는 아이 엄마의 앙칼진 목소리에 끓어오르는 자괴심을 꾸역꾸역 삼키며 인내하는 선생님의 지친 표정…들 들 들

선생님에게 입에 담지 못할 막말을 하며 행패를 부리는 학생에게 조차 교장이 회초리 한번 들 권한도 없는데, 교직 경력 34년이 무슨 대수며, 교장이란 직함이 선생님들이나 학생들에게 무슨 존재감이 있을까?

이럴 때마다, 사랑으로 감싸 안으시라는 말만 되풀이하는 교장의 당부를 선생님들은 어떤 마음으로 받아들일까? 허공으로 흩어지는 영혼 없는 메아리로 들리지 않을까 생각하니, 마음이 허허롭다.

그러나 그럼에도 불구하고, 출근하기 전에 간과 쓸개… 오장육부를 모두 집에다 내려놓고 오신 듯이, 오늘도 묵묵히, 초연히, 의연하게 아이들의 온갖 투정을 온몸으로 받으시며 교직의 본분에 충실하시는 선생님들의 면면을 생각하면 어찌 눈물이 아니 날까?

나이와 계절 탓만 하기에는, 올 구월에 흘린 눈물은 너무나 짜다. 〈2016년 그 해(?) 가을〉

6장. 안다이 똥파리

 그러나, 젊은 시절부터 장군멍군, 아웅다웅 서로 '갑질'하고 유세 떨며 살아왔는데, 늘그막까지 치사하게 밥주걱으로 유세 떨어 뭣하며, 또 남자가 앞치마 두르고 부엌에 들어선다고 흉 될 일도, 체면 구길 일도 아니다 싶다.

 그런다고 아낙들이 평생 무기삼아 유세 떨던 그 부엌살림 통째 내 놓기나 할까?

생고기 배나 따서 먹고 사는 동네

지난 주 이런저런 인연으로 통영시 관광과에서 마련한 팸-투어에 초대받아 유익하고 즐거운 여행을 하고 돌아왔다. 통영은 예로부터 천혜의 바다 경관이 수려하고, 풍부한 수산물로 활기가 넘쳐나는 도시로서 많은 사람들이 찾아들고 있다.

또 하나 내세울 만한 것은 다른 도시에 비해 많은 예술인이 탄생했고, 불러들인 문화 예술의 도시로 알려져 있다. 시인 김춘수, 김상옥, 유치환과 극작가 유치진, 음악가 윤이상, 화가 전혁림의 고향이고, 평안도 출신으로 방랑하던 화가 이중섭을 품어 안아 좋은 그림들을 그리게 한 것도 통영이다. 역시 평안도 사람 백석 시인은 1930년 통영을 여행하며 '자다가도 일어나 바다로 가고 싶은 곳'이라 읊었는데, 이는 현재 통영의 대표 홍보 문구로 쓰이고 있다.

대하소설 '토지'를 쓴 박경리 소설가 또한 이곳 출신으로 진주와 서울을 거쳐 원주에서 평생 집필에 전념하다가 50년 만에 고향을 찾아가 마지막 이곳에 묻히기를 소망했다. 돌아가시자 통영 사람들이 뜻을 모아 장엄하고 성대한 예를 갖춰 한려수도가 내려다보이는 미륵산에 모시고 문학관을 건립하였다

그러자 서울 쪽 일부 문인들과 원주 사람들 중에 '어떻게 생고기 배나 따서 먹고 사는 동네에…'라고 했다는 이야기를 통영 현지인으로부터 들으면

서, 4차 산업 시대에 참으로 고약한 말이라는 생각을 하며 웃음이 나왔다.

이번 팸-투어에서, 통영 지자체가 천혜의 자연 풍광과, 풍성한 먹거리, 그리고 역사 유적지와 문화 예술인들의 자취를 긴밀히 연계하여 관광 자원으로 개발하고, 공격적 홍보 전략을 통해 관광객을 끌어들이는 노력들을 하고 있음을 보았다.

필자는 문학인으로서 통영의 여러 문학관과 전시관들의 관리 상황과 운영 실태를 꼼꼼히 살펴보았고, 그곳 관계자들과 여러 의견도 나누어 보았다.

요즘은 관광객 유치도 예전과 달리 메스컴을 통한 광고홍보는 옛 이야기가 되었고, 카톡이나 페이스북 등 SNS를 통한 정보 전파와 공유는 가히 천지개벽이다. SNS에 올린 한 편의 시, 한 컷의 사진, 한 폭의 그림이 폭발적 위력이 있음을 통감한다.

그래서 큰 이벤트 행사장에는 늘 언제 어디서 왔는지 순식간에 젊은이들로 채워지고, 이색적인 볼거리와 먹거리를 따라 움직이는 젊은 관광객들의 동선(動線)도 감지할 수 있다. 그러기에 경주지자체에서도 황성공원 솔밭에 맥문동을, 첨성대 주변엔 핑크뮬리를, 농사 짓던 안압지 주변 논밭은 꽃 단지로 가꾸고 있는 것을 볼 수 있다. 또 이곳저곳 수시로 장소를 옮겨가며 실내외에서 다양한 문화예술 공연을 하기도 한다. 그러나 장기·지속적 관광객 유치를 위해서는 풍부하고 깊이 있는 '스토리 텔링'이 바탕이 되어야 하는데, 그 역할은 바로 경주 문인들의 몫이라 할 것이다.

2016년 『삿뽀로 여인』이란 소설로 동리문학상을 수상했던 강릉 출신 김순원 작가가 '은비령'이란 소설을 쓴 이후 상원노 산골마을에 관광객이 몰려들었고, 음식점, 휴게소, 찻집들은 앞다투어 은비령 간판을 내걸고 있다.

그런 면에서 세계적인 문인 최치원을 배출했고, 향가가 태어났고, 김동리, 박목월 선생이 배출된 경주 지자체와 경주 문인들의 역할은 무엇일까?

세 분과 버금갈 만한 차세대 작가가 배출되어 그분들의 자취와 문학 작품을 배경으로 한 품격 높은 문학 기행 코스로 조성, 그리고 경주 문인들의 각성이라 할 수 있다. 그분들의 그늘에서 마냥 나약한 매너리즘에 젖어 있는 원로 문인, 작품보다 잿밥에만 신경을 쓰며 목소리를 높이는 중견 문인, 눈 깜짝이는 것부터 먼저 배우려는 신출내기 석공 같이 습작을 게을리 하는 초보 문인… 필자는 과연 그 중 어떤 모습일지 이번 기회에 자성해 본다.

필자가 평생 좌우명으로 삼고 있는 '큰 나의 밝힘'을 설하신 청마 유치환은 경주에서 경주중고등학교와 경주여고에 재직하면서 많은 문학 활동을 하셨고, 윤이상은 경주중고 교가를 작곡했고, 김동리 선생의 제자 박경리는 아이러니 하게도 바닷가 출신이면서 '토지'를 썼다.

언젠가 바다를 주제로 세계적인 대작을 낼 경주의 특출한 작가가 나오기를 기대한다. 바다는 물류 유통의 길이요, 항구는 선전 문명의 나들목이다. 경주도 환태평양을 향한 긴 해변을 끼고 있기 때문이다. 〈2019. 6. 10〉

유월의 짙은 숲길을 거닐며

딸아, 아무 데나 서서 오줌을 누지 말아라./푸른 나무 아래 앉아서 가만가만 누어라./아름다운 네 몸 속의 강물이 따스한 리듬을 타고/흙속에 스미는 소리에 귀 기울여 보아라./그 소리에 세상의 풀들이 무성히 자라고/네가 대지의 어머니가 되어가는 소리를.//때때로 편견처럼 완강한 바위에다/오줌을 갈겨주고 싶을 때도 있겠지만/그럴 때 일수록/제의를 치르듯 조용히 치마를 걷어 올리고/보름달 탐스러운 네 하초를 대지에다 살짝 갖다 대어라.//그리고는 쉬이쉬이 네 몸속의 강물이/따스한 리듬을 타고 흙 속에 스밀 때/비로소 너와 대지가 한 몸이 되는 소리를 들어 보아라./푸른 생명들이 환호하는 소리를 들어 보아라./내 귀한 여자야.

문정희 시인의 시 「물을 만드는 여자」의 전문이다. 대자연의 성장과 번식이 왕성하게 진행되는 유월의 그늘 짙은 숲속을 거닐며, 이 시의 의미와 감흥을 새삼 음미해 본다.

사람은 물리적으로 대우주 속의 작은 한 티끌에 불과하지만, 존재론적으로 보면 개개의 인간 모두는 하나같이 존귀한 존재이며, 특히 여자의 존재는 성스러운 자연 그 자체고, 생명을 잉태하고 생산할 수 있는 신비롭고 소중한 소우주라 하겠다. 문정희 시인은 '물 만드는 여자'를 통해, 여자는 대자연 속의 독립된 한 개체이면서 자연과 합일(合一)하여 새로운 생명과 연결

하는 '내 귀한 여자'로 표현하고 있다. 이 시와 그녀의 또 다른 작품 '흙'의 내용을 함께 생각해 보면, '내 귀한 여자'의 몸에서 '따뜻한 리듬을 타고' 내보내는 오줌이 대자연의 모체인 흙과 하나가 됨을 더욱 선명하게 느낄 수 있다.

지난 해 35년의 공직생활을 마무리 한 필자는 10개 정도의 새로운 생활 지침을 마련했다. 그중에는 아내에 관한 것도 있다. 집밖에 나가서는 시대의 흐름에 맞는 신사고와 태도로 직장동료나 사회적 대인 관계를 원만히 해왔다고 자부했지만, 집에만 들어오면 전형적 경상도 가부장적 남편의 권위를 앞세우며, 아내에게 가족의 구성원으로서 여러 의무와 역할에 충실해 주기를 강요했었다. 늦었지만 이제는 아내를 위한 최선의 배려를 생각해야 할 때가 아닌가 싶다.

순수 여성으로서의 존재 가치와 가정이나 사회 조직 속의 한 구성원으로서의 여성의 역할은 다른 차원의 문제이긴 하다. 그러나 생활 속에서 아내의 고유한 여성성을 세심하게 살피지 못하고 긴 세월 함께 살아온 많은 남편들과, 알게 모르게 제도적 우위에서 무의식적으로 여성 위에 군림했던 숱한 남성들이 이 시를 통해 진정한 여성의 본질을 한 번쯤 깊이 생각해 보는 기회를 가지도록 권하고 싶다.

오래되지 않은 옛날에 비한다면 현대의 여성은 가정이나 사회에서, 아니면 직장에서 제도적으로 그 지위가 크게 평균화 되어가고 있고, 실질적 존재감 또한 급속도로 높아가고 있다. 많은 분야에서 여성의 영역 또한 급속도로 확대되고 있으며, 어떤 경우에는 남녀평등을 넘어서 역 평등까지 우려되는 여성 천국의 시대에 살고 있다는 생각이 들 때도 많다. 그러나 이러한 여성의 표면적 지위 향상과 존재감의 확대에도 불구하고 아직도 남성에 비해 약자로서의 불편하고 부당한 어려움을 겪는 경우가 허다하다.

생물학적으로 여성의 신체 구조는 남자와 달리 복잡하고 섬세하다. 달리 표현하면 신비하고 성스럽다고 할 수 있다. 더구나 1차 성징기(性徵期)에 접어든 여자 아이들은 신체적 변화에 따른 심리적, 정서적 징후들을 경험하고, 남자 아이들은 상상도 하지 못할 어려움을 겪으면서 어른이 되어가는 것이다. 그 후의 임신과 출산, 양육의 과정은 더더욱 힘든 일이 아닐 수 없다. 이러한 사실은 누구나 다 아는 일이나, 아는 것과 느끼는 것과는 다르며, 설사 알고 느낀다 하더라도 여성의 입장을 세심하게 배려하는 남성들은 흔하지 않다고 할 수 있겠다.

양성평등이라는 법적, 제도적인 여성의 권익과 지위 확보도 중요하지만, 여성 스스로 조물주가 내린 여성의 존재 가치와 정체성을 찾아가고 지키는 일이 중요하다고 할 것이다. 그 일은 단순한 여성문제뿐 아니라, 교육이나 사회 전반에 일어나고 있는 고약한 병리현상도 해소할 수 있을 것이란 생각이다.

여자들이여! 진정한 여성으로 돌아가자!

진정한 여성이 어떤 여자이며, 돌아가야 할 곳이 어딘지에 대한 답은 간단치 않아서 필자가 그 범주를 규정할 수도 없고, 지향점을 특정할 입장은 더더욱 아니다 싶다.

다만, '물을 만드는 여자'라는 시를 통해 성스러운 여자의 존재에 대해 새삼 생각해 봤다. 〈2016. 6. 22〉

치사한 유세 떨기

'엿장수 마음대로'라는 말이 있다. 엿을 만들어 본 사람은 이 말 뜻을 잘 알고 있다. 엿을 만드는 과정에서 엿가락을 가늘고 길게, 아니면 굵고 짧게 만드는 것도 엿장수 손에 달려 있기에 생겨난 말이지 싶다. 엿을 팔 때도 그렇다. 엿장수 가위 소리를 듣고 몰려드는 동네 꼬마들에게 들고 온 고물의 값을 매기는 것도, 그 값에 맞춰 엿가락을 집어 주는 것도 모두 엿장수 마음대로였다. 대체로 엿장수는 인심이 후하여 기분에 따라 듬뿍듬뿍 덤을 얹어 주었다. 그런데 가만히 보면 덤을 대충 얹어 주는 듯하지만, 엿가락이란 게 마음대로 늘이거나 줄일 수 있기에 한 개로 두 개나 세 개를 만들 수도 있어서 인심은 인심대로 쓰면서 자기의 실속까지 챙기니, 그야말로 엿장수 마음대로가 되는 것이다.

"주걱 쥔 놈이 임자다"라는 말도 있다. 그렇다! 사람이나 짐승이나 먹는 문제는 단연 일차 본능 욕구라 할 것이니. 주걱 쥔 사람은 선심을 베푸는 입장이지만, 받아먹는 사람 처지에서는 자칫 치사하게 느껴질 때가 많다. 하루 세 끼를 오로지 취사병이 쥔 밥주걱만 쳐다보고 살아가는 전방 오지의 군인들이나 이런저런 사정으로 지원 단체의 배급에 의존하며 살아가는 어려운 사람들의 입장이 되어보라. 또 어려움을 겪어보지 못한 사람들도 예상치 않은 재난을 당해서 사흘만 굶었다고 가정해 보면, 치사하게 느껴질 겨를도 없이 체면이고 위신이고 다 버리고 주걱 쥔 사람이 하늘처럼 느껴질 것이다.

　지방에서 사업을 하며 살아가는 어느 지인이 술자리에서 "최 말단이라도 좋으니, 내 자식은 꼭 공무원을 만들고야 말겠다!"라고 했다. 사업상 관공서 들락거리며 겪은 어려움에 대한 한 맺힌 절규가 아니겠는가?

　관의 입장에서는 당연할 것 같은 법적 규제와 정당한 절차도 그에게는 통제와 방해로 느껴질 수도 있었겠고, 담당 공무원의 무성의 한 태도 앞에서는 비굴해지기도 하고, 때로는 유세 떠는 그들을 상대하면서 얼마나 분통이 터졌을까 싶은 생각이 들었다.

　사람이 노동을 하는 것은 거룩하고도 신성한 것이지만, 삶의 현장에서 가족의 생계를 위해 온갖 유세를 다 참고 넘겨야 하는 그 일들이 그렇게 호락호락 하지가 않음은 누구나 겪는 일일 것이다.

　제 마음대로 하는 엿장수와 주걱 쥔 사람, 그리고 내 밥그릇의 여탈권(與奪權)을 쥐고 있는 세도가나, 그 모두가 요즘 세간에 유행하는 갑의 입장에 있는 사람들이다.

　원래 갑과 을은 공·사적인 일로 서로 상대적 입장에 있는 양자에게 편의상 붙인 지칭어일 뿐이다. 그런데 '갑'에다 나쁜 행위를 뜻하는 접미사 '질'을 붙여 '갑질'이라는 말이 생겼는데, 힘 있는 '갑'쪽에서 힘없는 '을'에게 부당하거나 치사하게 유세를 떠는 행위라는 뜻으로, 요즘 한창 유행하고 있다.

　자연의 생태구조는 피라미드식 먹이 사슬로 얽혀 있고, 그런 먹고 먹히는 모든 생물들의 갑과 을의 관계는 냉엄한 자연의 질서로 존재한다. 인간 역시 그런 자연 생태 구조에다 다양한 조직 체계를 유지하기 위한 나름의 약속된 위계질서가 존재한다.

그 약속된 위계질서 속의 균형 잡힌 갑과 을의 관계를 대승적 차원에서 보면 자연스런 자연 현상이 아닐까 싶다. 다만 그런 자연스런 위계의 균형이 어느 한쪽으로 크게 기울거나 갑의 개인적 유세가 턱없이 커지면 을들이 뭉쳐서 새로운 질서를 요구하게 된다. 이런 식의 사회적 갑을의 관계는 여간 복잡한 일이 아니라서 사회적 갈등 요인이 되거나 정쟁으로 번지고, 심하면 극단적 이념과 사상 대립으로까지 확대된다.

그러나 참 웃기는 일이지만, 사랑하는 가족끼리 갑을의 관계를 설정하여 서로 유세 떨며 공방을 한다면 얼마나 치사한 일일까?

퇴직 전 연수 출장을 갔었는데, 졸음이 쏟아지는 오후 특강 시간에 강사님이 들려준 재미있는 이야기가 있었다. 어느 지자체의 주민참여 교육 프로그램 중에 남자들을 위한 요리 실습 과정이 있었다고 한다. 어느 정도 교육을 받고 자신이 생긴 나든 남자들이 자신들이 만든 요리 시식회를 마련하여 동네 할머니들을 초대해 놓고, 한 분이 나서서 가라사대,

"꼴난 이거까 평생 그 유세를 떨었단 말이제!"

그동안 여편네들이 부엌에서 부린 유세에 남정네들이 상당히 마음이 불편했었는데, 직접 요리를 해보니 별것 아니라서 큰 소리 한번 쳐본 것이리라. 어느 집 없이 사람 사는 것이 별반 다를 바 없으니, 연수 참석자들도 그말에 공감하며 한바탕 함께 웃었던 것이다.

어떤 일에 종사했든 간에 지금은 현역에서 물러난 많은 남자들이 집안에서 별 대접을 받지 못하고 있음은 사실이다. 남자들의 입장에서 보면 억울하기 짝이 없다. 젊은 시절부터 가족의 생계를 위해 매일 일터에서 온갖 갑질과 유세 다 참으며 살아 왔었는데, 이제 와서는 퇴물 취급을 받는다는 생

각이 들어서 괴심 하기 짝이 없다. 젊은 한 때는 깨소금으로 범벅을 쑤며 솜씨 자랑까지도 하더니만, 이제 끼 때 되어 밥 한 그릇 차려 내는 것이 뭐가 그리 힘들고 귀찮아서 삼식이, 일식이하며 남자들 조롱하는 말까지 만들어 내며 유세를 떨어대니 말이다.

반면에 여자 노인들의 항변 또한 만만치 않다. 가장이 가족을 먹여 살리는 것은 당연한 의무인데, 그동안 돈 벌어 온다고 기세등등한 남편을 위해 숨죽이며 살아온 지난 세월이 너무나 억울하다는 것이다. 그리고 남편과 자식, 거기다 시부모님을 위해 매일 삼 시 세 끼 밥 차려내고, 설거지하고, 거기다 빨래까지 매일 반복하는 것도 쉬운 일은 아니라는 주장이다.

이쯤 되면 어느 쪽의 유세가 더 센 지 가늠하기도 어렵게 되었다.

그러나, 젊은 시절부터 장군멍군, 아웅다웅 서로 '갑질'하고 유세 떨며 살아왔는데, 늘그막까지 치사하게 밥주걱으로 유세 떨어 뭣하며, 또 남자가 앞치마 두르고 부엌에 들어선다고 흉 될 일도, 체면 구길 일도 아니다 싶다.

그런다고 아낙들이 평생 무기삼아 유세 떨던 그 부엌살림 통째 내 놓기나 할까? 〈2015년 11월 경북공무원 문예지〉

향기로운 말씀 종소리 울려 퍼지듯

갑년을 넘겼으면 적은 나이도 아닌데, 나는 때때로 장난기가 발동한다.

청순한 젊은 수녀님을 만나면 두건(頭巾)을 벗겨 보고 싶고, 배가 불룩 나온 비구(比丘)의 배를 손가락으로 꾹 찔러보고 싶고, 품격 갖춘 거동과 온화한 눈빛의 목사님을 만나면 억지 시비를 한판 붙어보고 싶은 충동을 느낀다.

그랬을 때, 그들은 나에게 어떤 반응을 보일지가 궁금하고, 그리고 그들의 반응 정도나 대처 방법에 따라 수행의 깊이나 그릇의 크기를 가늠할 수 있을까? 성직자들을 만나면 그런 생각을 하곤 한다.

수 년 전, 필자가 어느 문예지에 실었던, '걸림 없는 비구니'라는 수필의 첫 부분을 옮겨봤다.

성직자를 희학화(戱謔化)한 필자의 글을 두고 상당히 불편을 느낀 독자도 있었으리라. 그러나 이 글은 처음부터 성직자를 비난할 의도로 적은 것은 아니었다. 좋은 인연으로 만난 성직자로 인해 나의 어리석은 편견과 아집에서 깨달음을 얻었다는 이야기를 적으면서 일부 성직자들에 대한 잠재된 비판적 시각을 은연중에 드러내는 무례함을 범했던 것이다.

성직자들도 사람이지만, 보통 사람들의 기대에 미치지 못할 경우에는 세인들의 비난 강도는 상대적으로 상당히 높을 수밖에 없다. 그래서 속인들과 다를 바 없이 탐진치(貪瞋癡)에서 벗어나지 못한 성직자들을 향한 안타깝고 불편한 속내를 말이나 글로서 표출하는 사람들도 많은 것 같다. 그러나 이 또한 자신의 허물은 덮고 남의 잘못에만 눈 밝은 사람들의 성숙되지 못한 모습이고, 나 또한 그러하니. 수행의 길은 쉽지 않아서 멀고도 멀기만 하다.

어느 인류학자는 인간은 '언어를 사용하는 동물(호모로쿠엔스)'이라고 했다. 인간은 말과 글을 사용하면서 단순한 의사소통을 넘어 오욕칠정의 감정을 표현할 수 있어서 다른 동물들에 비해 고등동물이 되었지만, 우리 인간은 말로써 저질러지는 다툼과 사악함은 끝이 없기에 교육이나 신앙생활을 통한 반복적인 수행이 필요하다고 선지자들은 가르치고 있다.

기독교인들은 하루에도 수차례 주기도문을 읊조리고, 천주교인들도 기쁠 때나 슬플 때나 밥 먹을 때나 잠자리에 들어서도 성부와 성자와 성령의 이름으로 기도하며 신을 찬양하고 자신의 마음을 가다듬는다. 불가에서는 스님들이 하루에 세 번씩 예불을 올리면서 천수경을 독송하는데, 천수경 첫머리에 나오는 '정구업진언(淨口業眞言)'을 '입으로 지은 업(죄)을 깨끗하게 하는 진언'이라고 쉽게 풀이하고 보면, 말을 함부로 하는 일이 얼마나 큰 죄인지를 실감하게 된다.

이참에 천수경의 내용을 잠시 들여다보자. '정구업진언'에 이어 참회게에 들어가면 열 가지 악을 참회하는 내용이 있는데, 그 중에 네 가지가 말로써 지은 중한 죄를 경계해 놓았다. 寄語(교묘히 꾸며내는 말), 兩舌(이간질 하는 말), 惡口(악하고 독한 말), 妄語(거짓말)가 그것이다. 스님들이 매일 하루 세 번씩 열반에 늘 때까지 게송(偈頌)하면서 수행을 이어가는 것을 생각해 보면, 우리 같은 속인이 일상생활에서 남들과 주고받는 말들을 통해 얼마나 많은 죄를 짓고 있는지 알게 된다.

보통사람들의 일상도 그렇지만, 나라를 이끌어가는 각 분야의 지도자들과, 말과 글로써 사회와 국가의 중대사에 대해 여론을 형성해가는 지식인과 언론인들이 온갖 매체를 통해 쏟아내는 그 수많은 말들이 국민 정서에, 특히 자라나는 어린이나 청소년들의 도덕적 가치관과 인격 형성에 미칠 영향을 생각하면 그 걱정이 태산 같다.

간혹 성직자들이 그 갈등의 중심에 뛰어들어 어리석은 중생들을 더욱 헷갈리게 하는 분들도 계시지만, 이 땅의 모든 성직자들께서 이 모든 갈등과 대립을 넉넉히 덮을 수 있는, 차원 높은 성직자의 본연의 자리에서 우뚝 존재하시기를 우리들은 바라고 있다.

부처님 오신 날을 맞이하여, 연등에 불 밝히며 아름답고 향기로운 법어들이 종소리 울려 퍼지듯 온 누리에 번져나가기를 소망한다. 〈2018. 5. 22〉

안다이 똥파리

'안다이'란 말은 '안다'라는 말에다 사람을 뜻하는 접미사 '이'를 붙인 조어로서, 어디서든 남들보다 앞서서 아는 체 하고 나서기를 좋아하는 사람을 일컬어 하는 말이다. 뒤에 '똥파리'를 붙이면 그 말의 의미나 용처가 쉽게 드러난다. 실제로 많이 알아서 '안다이'일 수도 있겠으나, 대체로 '빈 수레가 요란하고 빈 깡통이 시끄럽다'는 뜻의 부정적 뉘앙스를 강하게 풍기는 말이다.

야외에 나가서 음식을 차려 놓으면 어디서 오는지 파리들이 금방 몰려와 극성을 부린다. 정말이지 똥파리들의 후각은 대단함을 느낄 수 있다. 그러니 예로부터 '안다이'와 '똥파리'를 붙인 '안다이 똥파리'란 말이 얼마나 재미있게 만들어진 말인가!

범법자들이 사용하는 은어 중에는 경찰, 특히 정보 형사들을 일컬어 똥파리라고 한다. 범죄자들은, 자기들이 저지른 사고나 계획하고 있는 음모를 온갖 정보 라인을 통해 냄새를 맡고 집요하게 찾아드는 형사들이 얼마나 성가시겠는가? 그러니 자기들의 천적을 그렇게 똥파리로 비하하여 칭하고 있는 것이리라.

젊은 시절, 극장에 가면 영화가 끝나기도 전에 여기저기서 의자 접히는 소리가 나면서 자리를 뜨는 사람들을 많이 보았다. 통로 쪽에 앉은 사람부터 차례대로 천천히 나가면 될 일을 서둘러 나가려고 분답 떠는 사람들로 인해 상당히 불쾌했던 기억들이 많다. 그런 무리들의 내면 심리에는 '나는 영화가 끝날 때를 이미 알고 있다'는 유치한 우월감이 작용하고 하고 있다고나 할까?

영화든 연극이든 마지막 장면이 참 중요하다는 생각이다. 장시간 보았던 내용들을 머릿속에서 정리하고 마지막 여운을 가슴으로 즐길 수 있는 중요한 때이고, 때로는 마지막 한 장면, 아니면 마지막 한 마디의 대사가 앞의 모든 내용을 뒤집는 극적 반전으로 종결되기도 하니까 말이다. 이럴 때 서둘러 자리를 떨치고 일어서는 극성스런 사람들을 '안다이 똥파리'라 하면 적절한 비유가 될까?

얼마 전, 런던 필하모니 악단 주요 멤버인 한국 여성 음악인이 '안다 박수'란 제하로 쓴 글을 어느 일간지에서 읽었는데, 공연장에서 연주가 채 끝나기도 전에 박수를 치는 사람들에 대한 안타까움을 적은 그 글에 상당히 공감했다.

필자도 연주회에 더러 가곤 하는데, 대부분의 나 같은 보통 사람들은 한 악장이 끝날 때나 전체 연주가 끝날 때, 그 끝이 언제인지도 잘 모르거니와, 그걸 알더라도 박수를 쳐야 되는지 아닌지, 친다면 언제쯤 쳐야 할지를 잘 모른다. 그래서 가만히 앉아 기다리다가 남들이 박수를 치면 뒤따라 열심히 박수를 친다. 그런데 이럴 때 음악에 문외한인 나 같은 사람도 이건 아니다 싶을 때가 많다.

얼마 전에는, 내 앞자리에서 시종 연주곡을 콧소리로 따라 부르며 지휘자를 따라 양손으로 지휘 흉내를 내는 극성 안다이 관객 때문에 공연 내내 나의 눈과 귀가 상당히 혼란스러웠다.

대중음악 공연 중에는 관객이 박수를 치거나 함께 따라 부르며 즐길 경우도 있지만, 보통 교향악 연주에서는 감상, 그것도 몰입된 감상이 우선이다. 각 악장마다 빠르다가 느리고, 높았다가 낮아지고, 부드럽고 감미롭다가, 때로는 거친 파도나 폭풍우 휘몰아치는 것 같은 격정으로 관객을 긴장시키기도 한다. 한 악장 안에서도 수시로 고저장단(高低長短), 유강강약(柔剛强弱)의 변화무상함이 머리를 맑게 하고, 가슴을 후벼 파기도 하고, 때로는 모두의 영혼을 흔들어 놓기도 한다.

그리고 마지막… 가파른 클라이맥스를 거쳐서 온 몸의 모세혈관이 이완 수축을 반복하는 희열에 찬 카타르시스를 맛본 후, 천천히 잔잔한 여운에 빠져들게 되는데, 항상 그놈의 '안다 박수꾼'들의 성급한 박수 때문에 아쉽게도 그 달콤한 꿈이 깨어져 버려 아쉬울 때가 많다.

10월은 수준 높은 다양한 문화 행사들이 연일 열리고 있어 시민들은 고급의 문화·예술을 접할 기회가 많아짐에 따라 문화 예술적 안목을 넓히고, 관심 갖는 관객층의 폭도 점점 두터워지고 있어 다행한 일이다.

그러나 음악회 연주 중에 관객과 연주자들의 심기를 심각하게 불편하게 하는, 지극히 기본적인 매너조차 지키지 못하는 사람들이 아직도 많다.

거기에 비한다면 '안다 박수꾼'들의 성급한 박수 정도야 애교로 봐줄 수도 있겠다. 〈2014. 10. 22〉

금기(禁忌) 줄

정월 대보름이 어수선한 사회 분위기 속에 지나가 버렸다. 국태민안과 개인과 사회의 안전, 풍요, 액운소멸…. 이 모든 소망을 담아 시민들과 관광객이 함께 하고자 했던 '정월대보름 달집태우기' 민속 문화행사가 코로나 바이러스 확산 방지 차원에서 취소되었다.

주기적으로 돌발하는 신종 바이러스에 전 세계가 바짝 긴장한 상황이다. 예로부터 돌림병이 창궐하면 그 지역 사람들의 진출입을 통제하거나 심지어는 완전 봉쇄하기도 하는데, 걷잡을 수 없이 확산되는 지경에 이르면 온갖 괴담들로 민심이 흉흉하여 사회는 혼란에 빠지게 된다.

돌림병이 아니더라도 개인의 건강이나 가족의 안위는 물론이고, 사회와 국가적 환란과 자연 재해를 오랜 세월 반복적으로 경험한 인간들은 한없이 나약하여 겸허한 마음가짐으로 천지신명과 일월성신을 찾아 삼가 행동했다. 그래서 민족과 나라, 지역에 따라 다양한 대상을 찾아 샤머니즘(Shamanism), 토테미즘(Totemism), 애니미즘(Animism) 류의 믿음을 가지게 되고, 이를 좀 더 체계화한 종교란 이름의 특정 신앙을 각자 가지기도 한다.

코로나 바이러스의 확산으로 불안한 때에, 전통 민속 문화 중에 '금기 줄'이라는 것에 대해 생각해 본다. 한자어로 쓰는 금기의 사전적 풀이는 '마음에 꺼려서 싫어하거나 금하여 피함.'이라고 풀이되는데, 여기에 '줄'이라는 명사를 덧붙인 '금기 줄'이 되면, 금기의 의미는 좀 더 다양하고 광범위하게 확장되어 쓰였다.

예로부터 아기가 태어났을 때 대문에 새끼를 꼬아 금기 줄을 쳤다. 산모와 아기의 건강을 위해 외부인들의 출입은 당연히 마음에 꺼리거나 싫어할 수밖에 없으니, 가장 신성하고 지엄한 금줄이 아닐 수 없다. 요즘 산부인과 병원 신생아실과 면회실 안과 밖을 갈라놓은 유리벽은 옛날의 금줄과는 비교가 안될 만큼 금기가 철저하여 할매와 할배의 출입은 말할 것 없고, 산모까지도 그 출입을 제한하고 있다.

섬이나 해변 마을, 산골과 농촌마을 등 지역에 따라 다양한 형태로 전해오는 동제도 예로부터 금기가 엄격했다. 주민들의 숙의로 제관과 집사로 선정된 사람들은 그날부터 동제를 올리는 당일까지 목욕재계하고 음식, 외부 출입, 사람 대면을 극히 제한했고, 동제를 지내는 당나무, 성황당, 용궁… 주변에도 금줄을 쳐서 잡인의 출입을 금하게 하여 신성화 했다.

간장독과 된장독에 새끼로 둘러쳐 놓은 금줄에 매단 숯과 고추 등은 따지고 보면 엄청 과학적이다. 유해한 균과 벌레들이 장독 안으로 접근하는 것을 막아주거나 새끼줄 속에 모이게 하는 과학적 지혜가 담겨 있다. 장독대 전체 둘레에 둘러친 금줄은 주부 이외 타인의 출입을 금하는 경고의 표시며, 어린아이나 가축들의 출입을 막는 바리게이트 역할을 했다.

그러고 보니 현대판 금기 줄도 참 많다. 사건 현장 증거 보존을 위해 일반인 출입을 엄격히 금하는 Police Line과 극성스런 기자들의 질서유지를 위해 설정한 Photo Line도 있고, 거물급 범법자나 V·I·P의 이동로에 경찰·경호 인력으로 겹겹이 둘러친 장벽도 그 중 하나라 할 수 있다.

관념적 의미를 담은 금기 줄도 있다. "정부가 어떤 부문에 대한 정책을 뒷받침하기 위해 설정한 규제의 범위. 혹은 방향이나 목표, 방법 등을 안내하는 지침"이라는 뜻으로 통용되는 가이드라인(Guideline)도 있고, 어떤 일이나 사안에 대해 받아들이거나 인정할 수 있는 최저 한계선을 뜻하는 마지노선(Magino線)이란 말도 있다. 이 모두가 우리가 살아가면서 지켜야 할 적절한 '금기 줄'이 아니겠는가?

나라 전체가 오랜 기간 동안 정치 대립과 사회 혼란이 계속되고 있어 안타깝다. 끝없이 내닫는 정치인들의 아집과, 정론이 어지러운 언론계는 뭐 그렇다 치고, 학자들과 종교인들까지도 편을 갈라 치졸한 뿔싸움을 하고 있으니, 어리석은 백성들까지 우왕좌왕하는 형상이다.

2020년 정월 대보름을 쐬면서 며칠 째 마을마다 소원성취와 화합을 다지는 풍물 소리가 들려온다. 눈과 귀와 입과 가슴에 신성한 셀프(Self) 금기 줄 몇 개쯤 단단하게 치고 겸허한 마음으로 살아갈 수 있기를 소망한다.
〈2010. 2. 11〉

당췌 무신 말인동 몰따

요세 테레비 보이 당췌 무신 말인지 모리는 외국말들을 와그래 마이 주
깨 샀는지 당췌 무슨 말인지도 모리겠꼬, 그라고 신문을 들바다 바도…

공원 벤치에 모여 노는 노인들의 이야기다. 그러나 노인들의 그 말씀들을
젊은이들이나 다른 지역 사람들이 못 알아듣기는 마찬가지다. 이 어른들이
못 알아듣겠다는 것은 쏟아지는 외래어와 외국어, 그리고 젊은 사람들 사
이에 유통되는 신조어와 비속어라 하겠고, 표준어에 길들여진 젊은 세대들
은 어른들이 사용하는 지방 토박이말을 못 알아듣겠다는 말이겠다.

말은 끝없이 신생·성장·소멸하는 역사성과, 개인이나 특정 단체가 마음
대로 변형 시킬 수 없는 사회성을 외면할 수도 없지만, 외래어의 범람이 너
무 심하다는 생각이 들어 안타까움을 느낄 때가 많다. 특히 오만한 지식인
들과 언론 논객들의 알량한 외국어 남용은 한심하고 분노마저 치민다.

우리의 말과 글은 과거 한글학회회원들과 정치 지도자, 그리고 언론이 한
글 사랑의 마음을 모아 문맹률을 낮추고 국민을 통합하는데 많은 공을 들
였다. 그러나 결과적으로 보면 한글학회 학자들과 국가 공권력으로 규정한
'표순어 제정'과 '한글 맞춤법' 체성은 우리발 유통 수틀 인위석으로 급삼시
키는 불행한 결과를 가져왔다.

1936년 한글학회에서 규정한 표준어는 9,000단어로 한정했다. 한 나라에 사용되고 있는 언어를 국가나 한 단체가 사정하여 한정한다는 것이 얼마나 어리석은 일일까? 또한 1989년 3월 1일 제정 발표한 표준어의 사정 원칙을 '교양 있는 사람이 쓰는 현대 우리말'이라고 규정하고 있다. 이 또한 웃기고도 통탄할 일이다. 도대체 '교양 있는 사람'은 어떤 사람이고, '현대 말'의 시대와 시간 범위는 어디까지며, 도대체 '서울 말'은 누가 무슨 자격으로 특정한단 말인가!

사정하고 한정한 표준어 이외 전국 방방곡곡에서 쓰고 있는 지방 토착어들은 다 교양 없는 천박한 말들일까? 또한 할아버지 아버지들이 쓰시던 옛말들은 모두 사장시켜야 할 말일까? 어휘도 어휘지만 지방인들 특유의 다양한 억양 또한 무시해도 된다는 말일까? 각 지역 다양한 계층이 예로부터 써왔고 현재 쓰고 있는 천층만층 양각색의 말들을 언제, 어디서나, 누구든 떳떳하고 풍성하게 말할 수 있도록 해야 할 것이다.

지난 달 말, 경주에서 국내·외 한글 작가들이 모여 세계한글작가대회를 열었다. 향후 이 지구상에서 많은 언어들이 소멸될 것이라고 미래학자들이 예견하고 있는 점도 함께 인지하고 공감하며, 한글의 소중함을 재인식하는 계기가 되었다. 또 작가는 묻혀가는 우리말을 발굴하고 쏟아져 들어오는 외래어를 아름다운 우리말로 탈바꿈시켜 전파할 책임과 의무가 있다고 마음을 모았다.

또 지난 주에는, 경주문화원 향토연구소와 경주예총 경주연극협회가 주관하고, 뜻있는 경주인들이 모여 올해로 두 번째 이어진 '우리말 겨루기' 대회를 했다. 이어지는 연구 발표와 자료집 발간 등을 준비하면서, 각 지방의 토박이말을 살리는 일이 한글 사랑을 실천하는 중요한 일임에 공감하고 모두가 마음과 힘을 모으고 있는데, 이 활동이 경주는 물론 전국에 널리널리 확산되어 표준어 규정에 갇혀 있던 아름답고 풍성한 지방의 토속어들이 활기를 찾아 우리의 말들이 온 누리에 넘쳐나기를 소망한다.

요즘 정치 민주화와 경제 민주화라는 말을 많이 듣고 있는데, 서로 저급한 막말과 거친 몸짓들로 '당췌 무신 말을 하는지 몰따' 며 갈등하는 이 시대에, 그 두 민주화가 '너무 나가고 있는지?', '아직도 멀었는지?' 혼란스럽기만 한데, 필자는 '언어의 민주화'라는 덕목을 주창해 본다. 언어 민주화는 곧 문화 민주화로 확대되고, 저급하지 않고 품격 갖춘 건강한 문화 민주화는 균형감 있는 정치 민주화와 경제 민주화를 이끌어갈 가치 있는 견인차가 될 수 있겠다는 생각이 든다.

세종대왕이 훈민정음 서문에서 한글 창제 취지를 밝힌 '자주 정신, 실용 정신, 애민정신'을 생각하며…. 〈2017. 10. 24〉

걸림 없는 비구니

갑년을 넘겼으면 적은 나이도 아닌데, 아직도 나는 때때로 어린아이 같은 장난기가 발동한다. 버스 안에서 청순한 모습의 젊은 수녀님을 만나면 머리에 쓰고 있는 두건(베일)을 벗겨 보고 싶고, 배가 불룩 나온 비구의 아랫배를 손가락으로 꾹 찔러 보고 싶으며, 품격 갖춘 거동과 온화한 눈빛의 목사님을 만나면 억지 시비를 한판 붙어 보고 싶은 충동을 느낀다. 그랬을 때, 그들이 나에게 어떤 반응을 보일 지가 궁금하고, 그리고 그들의 반응의 정도나 대처 방법에 따라 수행 깊이나 그릇의 크기를 가늠할 수 있을까 싶은 호기심이 생긴다. 성직자들을 만나면 늘 그런 생각을 하곤 한다.

한번은 성당에서 운영하는 노인 요양병원에 봉사활동을 하러가서 나도 모르게 실수를 한 적이 있다. 나는 식당에 배치되었고, 마침 동짓날이라서 팥죽을 끓일 새알을 만드는 임무가 주어졌다. 그때 주방에서 젊은 수녀님이 한 분 걸어 나오셨다. 단정한 용모에 청순하고 아름다운 모습을 보고는 인사 겸 뭔가 덕담을 해드려야겠다는 생각에 "수녀님! 너~무 예쁘셔요!"라고 했다. 말을 던진 순간 이런 인사말을 해도 되나 싶은 생각이 들었는데, 아니나 다를까, 동행했던 동료가 수녀님께 그런 말을 하는 것은 큰 결례라며 진지한 충고를 해주었다.

평소 등산을 하면서 늘 들렀다 오는 암자가 있다. 몇 년 동안 비워두었던 암자였는데, 그날은 멀리서부터 들리는 목탁소리에 이끌리듯 그 암자로 가니, 마애불 앞에는 아주 조그마한 체구의 낯선 비구니가 한 점 흐트러짐이 없는 단아한 자세로 저녁 예불을 드리고 있었다. 뒤에 서서 예불에 동참했다가 스님과 인사도 나누지 않고 하산 했다. 세 번째 갔을 때는 그 비구니의 제안으로 마애불 앞 도량에서 무릎을 마주하고 늦은 시간까지 도반으로서의 첫 인연을 맺었다.

그 후 가을 달밤에 몇몇 지인과 함께 예불 시간에 맞추어 암자에 갔다. 예불이 끝나고 잠시 참선을 한 후, 스님께 무리한 제안을 했다. 달도 밝고 분위기도 좋을 것 같아서 막걸리를 몇 병 가져왔는데, 부처님 앞에서 한 잔 했으면 좋겠다는 짓궂은 청을 했다. 그런데 그 스님은 조금도 망설임 없이 그렇게 하라고 하면서 "거사님께서는 '분별심'이 너무 강하신 분 같아요. 왜 부처님 앞에서 술을 마시면 안 된다는 생각을 하시지요?"라며 오히려 나를 이상하다는 듯이 쳐다보셨다.

나는 막걸리 마신 취기를 앞세워 스님과 함께 마애불 뒤 바위 벼랑 위에 올랐다. 거기서 나 같은 속인들이 생각하는 그 어떤 경계에도 억매이지 않는 젊은 비구니의 자유로운 영혼과 수행의 깊이를 나는 보았다.

그날 밤, 별은 총총하고 달은 휘영청 한데, 나의 청을 흔쾌히 받는 스님이 부른 노래 소리가 청량한 밤공기를 타고 낭랑하게 흐를 때, 조금 전 도량에서는 무심코 들었던 그 '분별심'이라는 말이 엄청난 크기로 내 가슴에 와 닿았다. 깨달음이라는 것이 이런데서 오는구나 싶은, 형용할 수 없는 희열을 맛보았다. 오랜 수행생활을 하던 고승들이 노무 깨지던 오도송(悟道頌)을 읊었다고 하던데, 그 맛을 이제 알 것 같았다.

암튼 그날 이후 시비지심(是非之心)의 그 두텁고 거추장한 옷을 한 껍질 씩 벗겨 내면서 경직된 나의 생각을 바꿔보려고 노력하고 있다. 평소에 내가 그토록 자신 있게 주창했던 말들과 믿고 있던 사실들이 어느 순간 뒤집힌 경우를 경험하면서, 석가가 열반에 들기 직전에 설한 "이 세상 영원한 진리는 없다."는 그 말이 새삼 크게 들렸다. 그런데도 나는 평생 그 가변(可變)의 진리에 매달린 습(習)이 마음과 몸에 배어 있었으니, 젊은 비구니의 눈에 내가 어떤 모습으로 보였겠는가?

사실 나는 초등학교 시절에는 착한 답답이였고, 사춘기 전후해서는 까칠한 모범생이었으며, 내 정체성을 찾아가던 대학시절에는 사리에 맞지 않는 일이나 다른 사람들의 잘못된 언행을 보고 그냥 넘어가는 일이 없는 정의의 청년이었다. 교직에 몸담고부터는 모범 교사로 자처하면서 내 기준의 틀 속에 학생들을 가두려 했고, 밖에서는 나의 잣대로 주변사람을 저울질 했으며, 가족에게는 가장이라는 명분으로 거의 폭군 행세를 하고, 나를 스스로 옥죄며 힘들게 살았다.

그동안 세상 살면서 하잘 것 없는 일들에 매달려 일희일비(一喜一悲)하고, 매사에 옳고 그름을 가리며 우둔하고 까칠하게 살아온 나를 크게 깨우쳐 주신 그 젊은 비구니에게 감사하고, 예쁜 수녀님께 결례를 했던 일을 반성하며 앞으로도 끝없는 마음공부를 계속할 수밖에⋯ 〈경주문학 56호(2015)〉

간호사들의 아름다운 셀프(Self) 훈장

이런저런 인연으로 나이팅게일 선서식에 수차례 참석한 적이 있는데, 매번 참으로 성스러운 의식이라는 생각이 들었다. 선서식에 참석해 본 사람이라면 성스러운 의식이라는 표현에 공감할 것이다. 간호사는 간호전문대학과 일반대학이나 의과대학 간호학과에서 소정의 교육과정을 마치고, 국가고시인 간호사 자격을 취득하여 병원에 근무하게 된다.

간호사가 다른 전문직업인과는 달리 졸업 전에 선서식이라는 특별한 의식을 치르는 이유는 사람의 고귀한 생명을 지키는 전문직업인이기 때문이다. 그래서 이 의식은 간호사로서 갖추어야 할 전문지식과 기능 이외에도 사명, 책임, 헌신, 봉사, 긍지 등의 덕목들을 갖추고 실천하려는 통과의례라할 수 있다. 이는 절대자 앞에서의 맹세이며, 앞으로 만나게 될 모든 환자들과의 약속이고, 내 스스로 마음을 다잡는 의식이기 때문에 성스럽고도 숭고하다 할 것이다.

어느 직업인들 힘들지 않은 곳이 있겠냐마는, 일반적으로 병원에서 간호사의 역할과 업무량은 상당히 어렵고 벅차다고 알려져 있다. 밤낮을 넘나들며 근무해야 하는 물리적 어려움과 함께 온갖 병원균에 감염될 개연성을 감수해야 하고, 환자에게는 어떠한 경우에라도 천사와 같은 마음과 자세로 근무해야 하는 내면석 고충 또한 상당히 크나고 알 수 있기 때문이다.

8년 전 이맘 때, 몸이 아파 병원 신세를 진 적이 있었다. 입원하여 치료하던 중 위급상황이 생겨 급히 대구 큰 병원으로 옮겨 갔는데, 응급실 복도 바닥에서 돗자리 깔고 하룻밤, 복도 간이침대에서 이틀, 그리고 입원 대기실에서 일주일 머문 뒤 열흘 만에야 어렵사리 입원실에 들어갈 수 있었다. 지금도 긴박하고 처절했던 그 순간들을 간간히 떠올리며 건강의 소중함과 가족과 주변인들의 고마움을 생각한다.

입원 3개월 동안 일상에서 경험하지 못한 많은 느낌과 생각들을 병상일기로 꼼꼼하게 적어보았는데, 간호사들에 대한 이야기가 많이 적혀 있다. 극도로 신경이 예민해져있는 여러 유형 환자들의 짜증과 투정은 물론이고, 일부 보호자들의 자기중심적 불만 토로나 터무니없는 막말에도 항상 밝은 표정과 친절한 말씨로 유연하게 대처하는 모습은 말 그대로 백의의 천사로 느껴졌다. 특히 지방에서 환자들이 몰려드는 큰 병원 응급실은 늘 전쟁터 야전병원이 연상되었지만, 어떤 상황에서도 침착하면서도 순발력 있게 움직이는 간호사들의 모습에서 의료전문인의 권위와 신뢰가 느껴졌다.

그럼에도 불구하고 환자와 보호자의 눈에 비친, 의사 앞에서의 간호사의 존재는 너무나 작아 보였다. 병원에서 의사와 간호사는 늘 함께 호흡을 맞춰 일하는 동료고, 진료와 간호라는 엄연히 구분되는 고유의 역할 영역이 있다. 그러나 환자나 일반인들의 눈에는 의사의 고압적 권위의식이 너무 강하여 간호사가 의사의 보조역할이나 하는 상하·종속관계처럼 잘못 인식되어 있고, 실제로 현장에서 업무 시스템 또한 그렇게 돌아가는 듯하다.

두 달 넘게 계속되는 '코로나19' 사태에 국가의 모든 행정력을 쏟아 붓고 있고, 뜻있는 사회단체들의 봉사와 지원이 줄을 잇고 있다. 그러나 그 환란의 중심에 몸을 던진 의료진들의 노고는 말로는 다 표현할 수 없겠다. 특히 최 일선에서 혼신을 다해 환자를 돌보고 있는 간호사들의 역할이 얼마나 중요한지를 이번 기회에 절감하고 있다. 아마도 이번 사태가 진정되고 나면 간호사들의 처우개선과 위상정립을 위한 공감대가 형성될 것으로 추측되고, 또 그렇게 되기를 응원한다.

사태가 장기화 되면서 일반 국민들의 피로감과 우울감은 심화되고 있지만, 근무 후 답답한 방호복을 벗고 이마에 주름 방지 밴드를 훈장처럼 붙인 채 병원을 나서는 여자 간호사들의 순수 여성성은 활짝 피어난 봄꽃처럼 아름답게 느껴진다.

누군가의 소중한 딸이며, 성스러운 아기 엄마이자 사랑스런 아내고, 또 그 누군가의 귀한 며느리인 그대들에게 감사와 격려의 박수를 보낸다.

이 시대 최고의 영웅인 그들에게! 〈2020. 4. 17〉

7장. 아내와 여자

할아버지가 어린 손자의 말을 귀담아 들어주고, 시아버지가 며느리의 말발을, 사위가 장모를, 딸이 아버지를, 아버지가 아들의 말발을 세워주면 서로가 따르고 존경하는 마음이 커지게 된다.

명절을 전후하여 보이는 집안 풍경에서, 그 가문의 내력을 읽을 수 있고, 현재 가족들 개개인의 품격 가늠할 수 있고, 후대에 이어질 가풍을 점칠 수 있다.

아~들 갈무리는 다 했지러?

"게으른 나그네 석양에 갈 길 바쁘다." 이보다 더 실감나게 표현한, "게으른 놈 섣달 그믐날 지게 지고 나무하러 가고, 게으른 년은 빨래한다고 나댄다."는 속담도 있다. 일의 경중과 차례와 때를 생각지 않고 있다가 뒤늦게 철없이 허둥대며 분답을 떠는 못난 사람들을 풍자한 의미 깊은 교훈이라 하겠다.

기원 전 300년에, 중국의 순자는 "봄에 씨 뿌리고 여름에 가꾸고 가을에 가두어 겨울에 갈무리하며 사철 그때를 놓치지 말라. 春耕夏耘 秋收冬藏 四時不失時(춘경하운 추수동장 사시불실시)"라고 가르쳤다. 오랜 농경사회를 거치고 공업사회를 넘어 지구촌 구석구석이 글로벌화 된 정보화 시대도 지나 4차 산업사회에 진입한 현대인의 일상에서도 2,300년 전 순자가 가르친 이 덕목은 절실히 유효하다 할 수 있다.

어릴 때 재미있게 읽었던 우화 '개미와 배짱이'가 생각나는 계절이다.

필자는 산을 좋아하여 남달리 즐기는 편인데, 특히 겨울 산행 중 깊은 산 속 눈 덮인 암자나 산장의 굴뚝에서 피어오르는 연기와 가지런히 쌓아 놓은 장작더미를 보면 안온함을 느낀다. 겨울이 오기 전에 미리미리 겨울나기 준비를 했을 산 사람들의 움직임을 상상해 보면 몸과 마음이 따뜻해진다. 관심을 가지고 산사 여기저기 눈여겨 살펴보면 겨울 채비가 어디 장작뿐이겠는가? 도심에 사는 보통사람들도 추위가 닥치기 전에 갈무리해야 할 일들과 해가 바뀌기 전에 마무리해야 할 일이 얼마나 많을까?

옛 어른들은 길거리에서 오랜만에 옛 지인을 만나 주고받는 여러 인사 중에 꼭 빠뜨리지 않고 하는 인사가 있었다. "우쨌노? 아~들은 다 갈무리 했지러?"이다. 그러나 요즘 교양 있는 사람들 사이에서는 혼기에 든 자녀의 근황을 묻는 일은 상호간 금기 사항으로 되어있다. 가까운 친척이나 심지어 부모 자식 간에도 참 조심스럽게 되어버렸다.

앞에 적은 속담처럼 게을러서도 아니요, 어떤 결함이 있는 것도 아니요, 교육이 덜 되었거나 잘못 가르친 것도 아닌데, 마무리와 갈무리가 되지 않으니, 본인은 말할 것도 없고 부모님들의 애간장을 녹이는 일이 아닐 수 없다. 어디 그뿐일까? 이제 이 문제는 개인이나 가정의 문제가 아니라, 그 원인과 대책도 국가와 사회가 풀어가야 할 큰 과제로 대두되어 있다.

필자는 간간히 주례를 할 때가 있다. 늘 그렇지만, 해를 넘기기 전에 하는 겨울철 결혼식에서는, 자식을 낳아 기르고 가르쳐서 짝 맞추어 갈무리하고 책임을 마무리하고자 하는 부모의 마음이 각 장면마다 보이고 느껴지면서 눈시울이 붉어질 때가 더러 있다. 살아가면서 제 때 마무리하고 갈무리해야 할 일을 미루어 두었거나 해결하지 못했을 때 느끼는 부담은 큰 바위에 눌린 듯 가슴이 답답할 때가 많지만, 그 중에도 나이 찬 자식의 마무리와 갈무리가 늦어져 애태우는 부모들의 부담이 만만찮음을 공감한다.

무술년 새해를 맞이한 지 엊그제 같은데, 마지막 달력은 벌써 반을 넘어서고 있어 가정에서나 직장에서 공·사적으로 마무리하고 갈무리해야 할 일들로 분주한 때다. 차분히 한 해를 되돌아보며 곧 맞이할 새해를 기다린다.

혹여나 개인이나 가정에서 미쳐 마무리와 갈무리 못한 일이나, 새해에 닥칠 세태에 대한 불안한 마음이 있다면, 차분히 합장하고 명상에 잠겨보자, 이도 아니면, 옛 조상의 유훈을 되새겨 보거나, 곰팡이 냄새 나는 속담 사전과 먼지를 뒤집어 쓴 고서를 뒤적이며, 느긋하게 한 박자 쉬어 감은 어떠하리? 〈2018. 12. 19〉

제사상 밑에서 똥 싸는 놈도 있어야

야들아! 이제 우리 그냥 좀 쉬게 놓아다오./너희들도 넥타이 풀고 반바지에 슬리퍼 끌며/훌훌 멀리 떠나 쉬고 싶지 않더냐.//이제 우리도 너희들 잊고/우리들 세상에서 편히 잠자게/그냥 좀 놔 두어라./온 산천 뒤흔드는 예초기 굉음에 놀라 깨어보니,//세상 힘들게 살아가는 너희들이/다시 눈에 밟힌다.//우리도 이제 너희들 잊고/솔바람 그늘과 춤추는 억세 밭에서/산새와 풀벌레 노래 들으며/우리끼리 흙 되고 바람 되어/그렇게 살도록 이제 좀 그만 놔 두어라.//예초기 잠 재우고/소맷자락으로 젖은 땀 훔쳐내며 재배 올리니/단아하신 모습으로 또 한 말씀//이제 됐다 카는 데도 야들이, 와 자꾸 귀찮쿠로…/돌아오는 길 한참을 걷다 되돌아보니,/도래솔 가지 너머에서 손 흔들고 계신다./야들아! 산다고 바쁘고 길도 위험한데,/내년앨랑 올 생각 마래이…

조상 섬기는 일에 소홀하면서 그럴듯한 핑계거리를 찾으며 조상님들의 목소리를 빌려 불경스런 감정이입으로 표현한 필자의 시답잖은 시 형식의 글이다. 모르긴 몰라도 무한경쟁의 글로벌 시대를 살아가면서 먹고 사는 일에 바쁘다고, 게으르고 관심이 부족하여, 아니면 시대 상황을 앞세워 궁색한 변명을 하려는 사람늘에게는 '올커니!' 하면서 쾌재를 부를 내봉일 수도 있겠다.

평생 동안 고향 지키고 살면서 조상 섬기는 일에 정성을 다하고, 외지에 흩어져 사는 혈족들을 어우르며 구심적 역할을 해 오신 어른들조차 변해버린 시대 상황과 젊은이들의 의식변화 앞에서 무력감을 느끼고 있는 상황이다. 이 문제는 어느 집안 가릴 것 없이 조심스런 고민과 함께 새로운 방법을 찾아 가고 있다. 지난해 보건 복지부 통계 자료를 보면, 화장률이 76.9%로 20년 전 대비하여 4배가 증가 되었다고 한다. 이런 추세는 핵가족화, 글로벌화, 도시인구 집중, 효 의식의 변화와 함께 자연스런 현상임에는 틀림없고, 각 문중과 대소 집안에서도 새로운 대안마련이 급속히 진행되고 있음을 보고 있다.

그런데도 추석 몇 주 전부터 주말에는 전국의 고속도로와 지방도로는 벌초와 성묘를 위한 차량 행렬로 극심한 정체 현상이 일어나는 것을 보고 있다. 그래서 아직도 혈연 중심의 대소가의 우애와 화목을 이어가는 것은 어른들의 든든한 벼리(綱) 역할과 이를 받드는 후손과 자식들의 효심에서 비롯된다는 생각이 든다. 그래서 급변하는 현실적 문제들 속에서도 그 정신만은 아름답게 이어갈 가치관의 재정립이 필요한 때다.

성묘와 벌초의 어려움과 함께 명절에 피붙이끼리의 만남도 점점 복잡해져가고 있다. 여성의 사회 진출이 늘고 지위가 향상되면서 가정에서도 여성의 역할이 상당히 커졌다. 그래서 가부장적 부계중심의 명절 분위기가 모계 쪽으로 그 축이 차츰 이동하면서 명절 행사나 집안 행사에서 그 절충점을 찾기 위한 미묘한 갈등들도 보이지만, 슬기로운 어른들은 이미 시대 상황을 감지하고 젊은이들의 고민들을 유연하게 수용하고 이끌어 주고 계신다. 그 밖에 종교적, 문화적, 정서적 차이로 생기는 문제들도 조상 섬김과 자녀 훈육의 근본정신만 굳건히 지킨다면 형식이야 어떻든 문제가 없겠다.

명절 이야기를 하다 보니 갑자기 삼강오륜 중 "부위자강(父爲子綱)—어버이는 자식들의 '벼리'다."라는 말이 떠오른다. '벼리'의 뜻을 새삼 풀어 본다. 그물의 날줄과 씨줄들이 낱낱이 흩어지지 않도록 단단히 엮어 그물 역할을 할 수 있게 하는 그물의 코(테두리)를 '벼리'라 하지 않던가?

부모가 든든하게 존재해야 자식들의 관계 형성이 원만하게 되는 것처럼, 명절에 조상을 위하는 일에 정성을 다하는 혈족들은 시대 흐름과 상관없이 융성한 기문을 이어갈 수 있으리라.

향교 석존대제 때, 유림의 어느 어른께서 한 말씀이 생각난다.

"제사상 밑에서 똥 싸는 놈도 있어야 그 집안이 흥한다!"〈2015. 10. 6〉

헛기침과 말발

새벽 5시/서울 며느리 집//조심스레 거실에 나가/먹, 벼루, 붓, 화선지/노점상 전 펴듯 늘어놓는다.//이 방 저 방/달콤한 새벽 잠/숨소리들 살갑다.//도심의 아침 기지개 소리/하나 둘 들려오고//손자 놈/이제 막 일어난 것 같다.//쪽-쪽-쪽/젖 빠는 소리./물고에 물들어가 듯/꼴깍꼴깍 꿀~꺽/흡족하게 넘어간다.//잠에 젖은 목소리로/새끼에게 전하는/애미의 속삭임이 성스럽다.//화장실 문소리/애비 일어났나 보다./변기에 쏟아지는 오줌발이/폭포수로 넘친다.//뒷방 문 열린다./늘 그렇듯,/마눌님 잔소리가 아침을 연다.//"아~들 푹 좀 자게 놔두지!"

서울 며느리 집에 일주일 머물면서 친구들 '단톡방'에 올렸던 아침의 단상이다. '간 큰 시아버지구나.' '며느리 고생 시키지 말고 빨리 내려오너라.' '보기 좋다.' 순식간에 여기저기서 친구들의 댓글이 날아든다.

그러나 가족이란 서로 부대끼며 함께 하는 시간을 많이 가질수록 유대감과 친밀도는 높아질 것이라는 것이 나의 생각이고, 한편으로는 적절히 거리 두고 수위조절을 잘 할 수 있는, '밀땅('밀고 당긴다'는 뜻의 젊은이들의 신조어)'의 테크닉도 필요하다는 생각이다.

그래서 새벽에 간단한 간식을 챙겨서 아내와 산을 오르고, 낮에는 그늘 짙고 물 좋은 계곡에서 쉬거나, 도심 깊숙이 들어가 영판 시골 영감 모양새로 여기저기 기웃거리다가 입맛에 맞는 음식 찾아 놀다가 집에 들어가기도 하고, 며느리가 시간이 되는 날에는 문화 예술 공간에서 함께 즐기고, 쇼핑도 다니며 가족의 소중함과 혈육의 정을 생각해 보는 좋은 시간을 가졌다.

세상은 4차 산업 사회에 진입하면서 가정의 구조와 개념이 급격하게 변하고 있다. 옛날에는 어른들의 말씀을 젊은이들은 받들어 따르는 것이 미덕으로 알았으나, 지금은 어른들이 시대 변화에 적응하지 못하면 그 존재감은 상당히 어려운 상황에 놓이게 된다. 한편으로 가정의 유지·계승과 가족 사랑의 소중함을 깨우치지 못하는 젊은이가 있다면 부평초처럼 떠도는 자아 정체성의 혼란을 겪게 될 것이다.

예나 지금이나 점잖은 큰 어른일수록 함부로 말씀을 하지 않으신다. 어쩌다 간간히 '어험!'하는 헛기침으로 대신 하셨으나, 그 헛기침이 상당한 무게감이 있었다. 그런 어른들은, 여러 사람이 모여 논란을 벌이는 일이 있을 때, 그 문제에 대해 정확한 통찰력과 판단으로 간단·명쾌한 해법으로 대중의 논란을 잠재우는 힘이 있었다.

젊은이들이 분별없이 날뛸 때는 꾸중과 질책, 주의와 경고의 메시지를 담은 짧은 헛기침을, 언행이 온전한 젊은이에게는 칭찬과 격려, 신뢰와 응원의 마음을 담은 나직한 헛기침이나 따뜻한 눈빛으로 대신했다. 지혜로운 젊은이는 기침 소리의 높낮이와 장단과 강약 정도만 들어도 그 어른의 심기를 읽고 신중한 언행으로 처신하면서 그 어른을 추앙했다. 헛기침이 이쯤은 되어야 권위가 있다 하겠다. 이처럼 어른의 권위는 묵직한 '말발'이나 '령(令)'에 있나.

'말발'이나 '령'은, 듣는 이로 하여금 그 말을 따르게 하거나 받아들이게 하는 힘'이라고 사전에서 풀이하고 있다. 동서고금에 예를 갖춘 가문과 화목한 가정에서는 나이와 관계없이 서로의 말발을 세워준다. 할아버지가 어린 손자의 말을 귀담아 들어주고, 시아버지가 며느리의 말발을, 사위가 장모를, 딸이 아버지를, 아버지가 아들의 말발을 세워주면 서로가 따르고 존경하는 마음이 커지게 된다.

추석을 며칠 앞두고 있다. 명절을 전후하여 보이는 집안 풍경에서, 그 가문의 내력을 읽을 수 있고, 현재 가족들 개개인의 품격 가늠할 수 있고, 후대에 이어질 가풍을 점칠 수 있다.

이번 추석, 모두가 가정의 소중함과 가족 사랑을 깊이 생각해 보는 명절이 되면 좋겠다. 〈2018. 9. 18〉

아내와 여자

　15년 전 일이다. 서울에 사는 친구가 예고도 없이 찾아 왔다. 뭔가 할 말이 있어 온 듯 했는데, 밤늦게까지 술만 마시고는 다음 날 올라가더니, 몇 달 뒤 다시 와서는 다짜고짜 아내와 이혼을 해야겠다고 했다.

　그런데, 그 이혼 사유가 아내와 손을 잡아도 전기가 통하지 않기 때문이란다. 물론 그 말은 말 못할 많은 말들을 담은 말이겠으나, 시골에서 어머님과 함께 살면서 두 동생이 졸업, 취직, 결혼, 분가할 때까지 오붓한 부부정을 모르고 살아온 나의 입장에서는 서울에서 홑 살림을 하는 그 친구의 그 이혼 사유가 얼마나 사치스런 일일까?

　그래서, 나의 심통을 보태어 심한 핀잔을 했더니, 그 친구는 매우 섭섭한 표정으로 서울로 돌아가고는 소식을 끊었다. 그리고 3년이 지난 어느 날, 그 친구가 아내와 함께 다시 나의 집을 찾아왔다. 하룻밤을 함께 보내고 다음 날 남산 순환도로를 따라 같이 걸었다.

　"이혼 한다 카디, 우째 된기고?" 두 여자와 멀찍이 거리를 두고 산모롱이를 돌아 걷다가 옆구리를 푹 찌르니, 친구는 고개를 돌리며 씨-익 웃기만 했다. 사실은 3년 전 그 친구의 속사정을 넉넉하게 들어주지 못한 그때 일이 늘 마음에 걸렸었다.

　부부간 일들이야 어느 집 없이 거기서 거기지만, 그 무렵 우리 부부에게도 재미난 일이 있었다.

어느 날, 퇴근하고 집에 들어오니, 나이 오십 줄을 넘어선 아내가 좀 모자라는 사람처럼 열 손톱에 봉선화 꽃물 들인다고 정신이 없었다. 퇴근 후 허기진 상태에서 제 때 저녁밥을 얻어먹지 못한 내가 강한 불만을 터트리면서 부부간 시끄러운 밤이 되어버렸다.

다시 1년 후, 아내는 또 다시 어린애 같이 손가락 10개를 치켜들고 작년과 똑같은 일을 반복하고 있었다. 그러나 어릴 때 누님들이 손톱에 봉선화 물 들이던 기억들도 되살아나서 나든 아내의 그 일을 애써 좋게 보려고 배고픔을 꾹꾹 눌러 참고 기다렸다.

늦은 저녁 식사를 하면서 그 꽃을 어디에서 구했는지 물었더니, 산책 갔다 오면서 어느 집 대문 옆에 피어있는 꽃이 너무 예뻐서 따 왔다는 것이다. 순간 화가 나서 따발총 같이 쏘아 붙였다.

"정성들여 가꾸어 놓은 남의 꽃을 무슨 염치로 따 왔느냐? 그건 절도야! 그리고 당신은 절도범이고!"

그날 밤, 아내는 어린아이처럼 소리 내어 슬피 울었다. 그러면서도 봉선화 잎으로 감은 열 손가락은 치켜든 채로….

다시 1년 후, 아내의 그 병이 또 도지면 어쩌나 은근히 걱정을 할 무렵, 남산 기슭에 토담집 짓고 사는 어느 어른의 초대를 받았다. 초가 정자에 마주 앉아 술을 마시며 정담을 나누었는데, 밤이 깊어 취기 어린 나의 눈에 뜰 안 가득 지천으로 피어있는 봉선화가 보름 달빛을 받아 흐드러지게 아롱거리고 있다.

그 순간, 1년 전 봉선화 잎으로 감싼 열 손가락을 치켜들고 바보처럼 울고 있던 아내의 모습이 떠올랐다. 맨발로 단숨에 정자 아래로 내려가 꽃잎을 따서 술잔에 띄워 마지막 잔을 비웠다. 그리고 그 어른의 허락을 얻어 커다란 비닐봉지에 원 없이 봉선화 가득 따 담아 들고 집으로 달려갔다.

문을 와락 열고 불을 켜자, 놀라 일어난 아내가 눈을 비비며 나를 쳐다보았다. 나는 봉선화 꽃잎을 한 움큼 쥐고 몇 차례 천장을 향해 흩뿌렸다. 흩뿌린 봉선화 꽃잎이 이불, 화장대, 아내의 머리 위로 점점이 내려앉았다. 자다가 난데없이 꽃 벼락을 맞은 아내의 놀란 기색도 잠시, 헝클어진 머리카락에 흐트러진 잠옷차림으로 실성한 사람처럼 엉금엉금 기면서 꽃잎을 줍기 시작했다.

평소 내 아내의 모습이 아니었다. 두 아이의 엄마도, 어머니의 맏며느리, 손위 세 시누이의 올케, 두 시동생의 형수도 아니었고, 더구나 품위를 지켜야 할 사모님의 모습은 더더욱 아니었다. 가려지고, 억눌리고, 덮여있던, 그리고 감춰온 아내의 여성성이 불꽃처럼 피어나고 있었다.

그날 밤 나의 눈에서 감당 못할 눈물이 소리 없이 흘러 내렸다.

그래! 그랬다.

아내는 그냥 여자일 뿐인 것을…. 〈경주문학 54호(2014)〉

어린 시절 만난 어떤 스승

어머니께서는 막 삶아낸 국수를 손으로 건져 채반에 모둠모둠 얹어 담아 이고, 누나들은 멸치 우린 물, 양념장 그릇, 빈 그릇, 수저를 담은 소쿠리를 들고 나서면, 나는 막걸리 담은 두 되 들이 주전자를 양쪽 손에 들고 그 뒤를 따랐다.

농번기에는 논바닥에 엎드려 일하는 일군들은 말할 것도 없고, 점심과 오전 오후의 참을 준비해야 하는 아낙들도 힘들고 분주하기는 마찬가지다. 특히 오전 새참이 끝나기 바쁘게 집으로 돌아가서 점심을 준비하여 운반하는 일 또한 만만찮은 일이다. 점심때는 밥과 반찬을 담는 그릇 수가 많아 일꾼 중 한 사람이 지게로 운반해야했다. 빛바랜 근대 농촌 소설에나 나올 법한 풍경이지만, 불과 50년 전 내가 보고 겪었던 이야기다.

언덕에 오르면 사람들이 논에서 열심히 모를 심고 있는 것이 보였다. 이른 아침 못줄을 대어 미리 만들어 놓은 망에 한 사람씩 들어가 뒷걸음질 치며 모를 심어나가고 있다. 중간 중간 허리를 펴고 잠시 쉬었다가는 다시 빠른 손놀림으로 모를 심어나갔다. 우리가 도착하면 일꾼들은 하던 일을 멈추고 한 사람씩 비틀비틀 걸어 나와 다리에 묻은 흙과 손을 씻고, 넓은 논둑 공터에 차례대로 둘러앉는다. 그럴 때마다 어떤 사람은 뭐가 그리 바쁜지 오전 내내 자기 손으로 힘들게 심었던 그 모를 짓밟고 허겁지겁 나오기도 했다. 이른 아침부터 고된 일을 했으니, 배가 고픈 그들의 그런 행동도 이해가 된다.

그런데 특별한 한 분이 계셨다. 당시 열 살을 겨우 넘긴 어린 나의 눈에 잡힌, 그 많은 일꾼들 중에 어느 한 분의 특별난 행동을 평생 잊지 않고 생활해 왔다. 그 사람은 다른 사람들이 밥을 받아먹기 시작할 때까지 논바닥에서 일을 하고 있었다. 지금까지 심은 모 중에서 잘못 심어 물 위에 떠오른 것은 바로 꽂고, 모포기가 적은 것은 보식을 하고, 많이 심어진 것은 다시 뽑아 적당한 포기로 나누어 심기도 하고, 또 다른 사람이 급하게 나가면서 밟아버린 모를 다시 심거나 바로 세워 심고 있었다.

그 특별난 행동을 한 그분은 오전 참 때나, 오후 새참 때도 그랬다. 뒤늦게 논에서 나와 남들 뒷전에 앉아 말없이 식사를 하곤 했다. 그런 그의 모습은 다음 날 앞들 모내기 때나, 그 다음 날 뒷들에서도 그랬고, 그 다음 해도, 또 그 다음 해도 늘 그랬다. 또한 자기 농사든, 남들과 품앗이를 할 때도 한결같은 마음으로 그랬다.

그러니 그분의 그런 모습이 어린 나의 눈에 크게 보였고, 그 후 내가 사춘기를 넘기고 성인으로서 인격을 형성해 오는 동안, 그분의 그런 행동과 마음 씀씀이를 가슴에 깊이 내면화 하여 내 삶의 소중한 스승으로 삼게 되었다.

그 후 우리나라는 정치, 사회, 경제적으로 암울한 시절을 극복한 뒤 고도 성장을 이루게 되면서 농촌의 젊은 인력들이 대거 도시로 유입되었다. 생계를 걱정했던 사람들이 삶의 질을 희구하는 시대로 변하면서 각 직장마다 노사 관계가 사회적 문제로 느러나기 시작했다. 그러나 모니 구성원들의 개인적 욕구가 도를 넘어서서 소중한 직장이 전쟁터와 같은 혼란에 빠지는 경우도 보게 되었다.

그럴 때마다 한나절 자기 손으로 심은 모를 짓밟고 나오던 일꾼과, 남이 밟은 모를 정성스럽게 다시 심으며 천천히 나오던 그분의 삶의 자세에 대해 생각하게 되었고, 상반된 그 부류의 사람들과 자녀들이 그 후 직장과 사회생활을 어떻게 하고 있는지에 대해 관심이 가지게 되었다.

그분은 어느 산촌에서 살다가 우리 동네로 이사를 오셨다. 집이 없어 남의 집 곁방을 얻어 하루하루 힘들게 생활을 했는데, 수년 후, 마을 사람들이 '돌땡이'라고 부르는, 마을 어귀 바람 많은 언덕배기에다 집을 짓기 시작했다. '돌땡이'란 곳은 얕은 산자락 척박한 돌땅이었기에 붙여진 이름이 아닐까 싶다.

암튼, 가을 농사를 끝낸 늦가을에 집터를 고르고, 산에서 나무를 해 와서 기둥을 세우고, 짚을 썰어 넣은 흙을 맨발로 곱게 밟아 흙벽돌을 만들어 쌓고, 벽에 붙였다. 그 추운 날씨에 삽을 짚고 서서 맨발로 흙을 밟던 그때 그분의 그 모습이 나의 기억에 한 장의 사진처럼 또렷이 박혀있다. 집을 마련한 후 본격적으로 마을 여러 집의 땅을 얻어 농사를 짓기 시작했고, 틈틈이 남의 집 품도 들며 살림을 꾸려나갔다. 그러나 워낙 어려운 형편에 아들 5형제에게 학교 교육을 제대로 시킬 수는 없었다. 그러나 그 집 아이들은 다른 어떤 집 아들들보다 훌륭하게 성장하여 살림도 윤택해졌고, 사회생활을 잘 하고 있는 것을 지켜보면서 인과(因果)의 이치를 깨닫게 된다.

사람이 살아가면서 배우고 깨우치는 것으로 말한다면, 학교 교육이 전부가 아니며, 사회 교육도 소중하지만, 부모님의 헌신과 바른 언행이 자식들에게 얼마나 오랫동안 소중하게 대물림을 하는가를 그분을 통해서 다시 깨달을 수 있었다.

 우리 가족 사진첩에 나의 아내와 어린 딸과 함께 찍은 그분의 사진 한 장이 들어있다. 나는 직장일이 바빠서 가지 못했지만, 30여 년 전에 마을 사람들끼리 전세 버스를 내어 먼 나들이 갔을 때 찍은 것 같다.

 그 사진 속 그분의 얼굴 표정과 자세는 그 어려웠던 시대에 힘겹게 살아온 사람답지 않게 여전히 평온하고, 단아하고, 인정스런 모습 그대로다.

 먼 훗날, 나는 과연 어떤 모습으로 남들에게 기억이 될까? 〈실상문학 72호 (2015년 여름호)〉

동글이를 위한 기도

부모님이 돌아가신 상황을 하늘이 무너져 내린다는 뜻으로 천붕(天崩)이라고 했다. 대우주 속 소우주인 나를 생성하신 부모님이 소멸하셨으니, 생각할수록 적절한 표현이라는 생각이 든다. 그러나 부모님의 서거는 어쩌면 생로병사의 자연 순리로 생각하여 자연스럽고 담담하게 받아들일 수도 있겠다.

정년을 3년 남겨두고 35년 몸담았던 학교를 갑자기 그만 두게 되었다. 서툴렀던 젊은 시절에는 순수 열정만으로 열심히 뛰었고, 중년에는 높은 자긍심으로 교육 실현을 위해 나름으로 노력하였다. 또 노모를 봉양하고, 아내를 건사하며, 자식 양육을 책임진 직업인으로서 부끄럽지 않는 밥값 하려고 최선을 다했다.

덕분에 임명권자로부터 교장이라는 소임을 받아 3년 6개월 동안 나름 교육철학 구현과 학교 발전을 위해 심신을 소진해가며 마지막 불꽃을 피우고 있었다. 그러나 어느 날 갑자기 나의 거취에 대한 임명권자의 부당한 조치가 하늘이 무너지는 것 같은 충격으로 내리쳤다.

많이 아팠다.
그리고
그 마음 추스르기까지는 길고도 긴 시간이 필요했다.

퇴임식 당일 아침, 잠깐 출근을 했다가 숲속 산책을 마치고 호텔 로비에서 차를 마시며 정들었던 동료들에게 마지막으로 전할 짧은 인사말을 적고 있었다. 그런데 마침표를 찍고 탁자에 만년필을 탁 내려놓는 순간 전화벨이 울렸다.

딸의 맑고 밝은 목소리가 전화기를 통하여 로비 넓은 공간에 짜랑짜랑하게 울렸다. 여느 때와는 달리 인사도 없이 다짜고짜,

"아빠! 아빠! 지금 병원인데… @#!&^%*&^%$#@8*&^%$#…"

"뭐라꼬?"

순간 눈물이 왈칵 쏟아져 내렸다. 결혼한 지 3년이 넘도록 소식이 없더니, 이제 아기를 가지게 되었나 보다. 우째 오늘 같은 날에, 더구나 이 순간, 이런 상황에서, 이런 반가운 소식을 전해올까! 무릎을 탁 치며 나도 모르게 소리를 질렀다.

"그래! 이래서 세상은 살맛이 나는가 보다!"

40년 전 생각이 난다. 학교에 첫발을 딛고 일 년, 그 후 일 년 만에 아내를 만났고, 그리고 다시 1년 만에 아내는 산부인과 분만실에서 오랜 진통을 겪고 예쁜 딸 딸아이를 낳았다.

어머니께서는 손녀를 낳아 안고 집으로 들어오는 어린 며느리를 대견하고 살가운 마음으로 맞이했다. 그리고 미역국에 정성들여 차린 밥상을 며느리 앞에 놓고 숟가락을 쥐어주셨다. 또 가마솥에서 받은 밥물도 가지고 오셨다. 내가 어머니로부터 받은 그 맑고 뽀얀 밥물을 티-스푼에 떠서 아기의 입에 넣어주는데, 그 어린 것이 쪽쪽 소리 내어 받아먹고는 빈 스푼을

입에서 놓지 않고 빨아 당기는 그 엄청난 힘에 깜짝 놀랐다. 태어난 지 이틀도 넘기지 않은 저 작은 생명이 어디에서 저런 힘이… 그 강한 흡입력이 나의 정신을 번쩍 들게 했다.

순간 눈물이 핑 돌았다. 그래! 이제 나는 저 어린 생명을 먹여 살리고 보호해야 할 아비가 되었다는 생각이 들었다. 그랬다. 새끼를 위한 본능이 어떤 것인지를 실감하는 순간이었고, 내 어머니와 아버지, 할머니와 할아버지께서 그러셨듯이, 지식을 위한 핵임과 역할이 무엇인지도 생각하게 되었다.

그러던 딸이 지 아기 태명을 '동글이'로 지었다고 자랑을 했다. 사위는 건강한 아이만 낳으면 된다면서 '튼튼이'라고 부르고 싶었는데, 흔쾌히 동글이에 동의 했다고 한다.

내가 딸의 이름은 지을 때, 며칠 동안 여러 생각 끝에 '지혜롭고 참되라.'는 뜻으로 '예진'이라 이름 지었다. '지혜'는 다른 사람들과 더불어 살아가는 처세를, '참됨'은 스스로 심신을 정하게 가꾸고 바르게 다듬어야 한다는 의미를 부여한 셈이다. 그리고 딸에게 어릴 때부터 나의 작명 의도를 조금씩 전했고, 철 들어서도 그랬다. 고맙게도 딸은 나이가 들어가면서 내가 지어준 이름에 흡족해 하며 여러 차례 고마운 마음을 드러내었다.

동글이가 태어나자 사위가 작명 부탁을 해왔지만, 친 할아버지께 의논하는 것이 좋겠다고 했고, 사돈께서는 애비 애미가 의논하여 직접 작명하는 것이 좋겠다는 말씀을 하셨다고 한다.

그래서 딸 부부는 지혜롭고 원만하게 살아가라는 바램을 담아 '혜원(惠圓)'이라고 이름 지었다. 그리고 보니, 내가 딸에게 준 이름과 거의 비슷한 의미를 담은 이름이었다.

나는 어릴 때부터 주변 사람들로부터 착하다, 올바르다. 정직하다 등의 말을 많이 들었는데, 중년의 나이에 처음 만난 어느 젊은 비구니께서는 나를 보고 '분별심이 너무 강한 분'이라고 했다. 순간 그 말에 눈을 번쩍 뜨이는 것 같았다. 그 후 나의 생각과 말과 행동은 상당히 부드러워졌다. 착하고, 올바르고, 정직하고, 분별심이 강한 나의 성격은 부모님으로부터 받은 훌륭한 유전인자임에는 틀림없지만, 험한 세상 살아가며 수없이 밀려드는 험한 파도를 헤엄쳐가는 데는 몸에 휘감기는 거추장스런 옷이었다.

나의 정체성을 찾아가던 대학 시절부터 이런 나의 성격에 대해 많은 생각들을 해왔는데, 자식들에게는 매사 둥글둥글 부드럽고 원만하게 살아가기를 바라는 마음을 이름을 통해 딸에게 전하고자 했던 것 같다.

정년을 눈앞에 두고 아무 잘못도 없이 중도 하차한 이 사건은, 하늘이 무너진 것 같은 주체할 수 없는, 내 생애 최고의 모멸감, 배신감, 슬픔. 분노, 원망으로 나를 혼란하게 했다.

그러나 기나긴 아픔의 시간을 넘긴 지금 생각해 보니, 유연한 대응, 적절한 밀땅, 실리적 협상… 그리고 남들은 잘도 하는 비굴한 읍소, 합법적 대응, 세속적 거래까지… 수많은 길이 없었던 것도 아닌데, 그 허망한 자존심과 분별심에 갇혀 어리석고 무능한 남편과 아버지가 되어버려 참으로 미안하다.

그러나 사랑하는 딸 예진이가 지혜롭고 참된 마음으로 나의 귀한 3세 혜원이를 지혜롭고 원만하게 잘 키우고 있으니, 앞으로 착하고, 올바르고, 정직하고, 분별심이 인정받는 그런 세상과 함께 둥글둥글 슬기롭고 참되게 살아가기를 마음 모아 기도한다.

늦가을 황룡골 '왕의 길'을 걸으며

경주 덕동 호수 둘레 길을 굽이굽이 돌아 관해동 넘어 감포로 가는 좌우 함월산과 토함산의 경관은 사계절 절경이다. 추원마을에서 모차골 지나 수렛재를 넘어 기림사로 걷는 '왕의 길'은 최근 많은 사람들이 즐겨 찾고 있다.

단풍의 고운 빛이 사방으로 둘러쳐진 추원마을을 가다보면, 듬성듬성 보이는 폐가마다 늙은 감나무에 조롱조롱 달린 빨간 감들이 행인의 시선과 발길을 잡는다. 감나무가 많았던 내 고향 집 생각도 나고, 저 집에서 올망졸망 모여 살았을 사람들의 모습도 상상해 본다. 가까이 다가가 보면 집은 내려앉아 풀 넝쿨로 뒤덮였으나, 돌담은 잡초에 묻혀서 오랜 세월 집을 지키고 있어서 가슴이 뭉클하고 눈시울이 뜨거워진다.

문득 이여명 시인의 시집 『가시뿔』에 실린 「돌의 얼굴」이라는 시가 생각난다.

돌 쌓아 있다 중간중간 납작한 돌 끼워 층층이 쌓아 있다 작은 돌이 큰 돌을 괴고 모난 돌이 둥근 돌을 괴고 짤막한 돌이 길쭉한 돌을 떠받치고 있다 큰 돌이 작은 돌을 모난 돌이 둥근 돌을 잡고 있다 길쭉한 돌이 짤막한 돌 안고 있다 검은 돌 옆에 흰 돌 잘난 돌 위에 못난 돌 머리 맞대고 있다 서로 볼 비비고 있다 올라앉고 혹은 서고 말 타기 하고 있다

아랫돌 위해 윗돌은 서고 선 돌 위해 앉은 돌이 제 몸 깎아 들어오게 하

고 있다 앞돌 위해 뒷돌이 물러나고 작은 돌 위해 큰 돌이 허리를 굽히고 있다 서로 당겨주며 비좁게 박혀 있다 어깨동무하고 있다 하나라도 빠져 달아나면 석축은 무너질 것이다 한 공간을 꿰매고 있는 돌 자신을 위해 있지만 서로 섞이지 않으면 한 벽 만들 수 없다 한 곳에 오래도록 모여 사는 돌 바람과 햇볕을 품어 넉넉하고 유순해진 저 얼굴들

여러 모양과 크기의 돌들이 각자 앉을 자리를 찾아 앉고, 서고, 굽히고, 누워서 모두가 한 몸이 된, 어설픈 듯 견고한 석축을 눈앞에 떠올리면서 따뜻한 온기와 정겨운 시적 감흥에 젖었었다.

필자는 지인들이 시집을 보내오면 단숨에 훑어 읽다가 가슴에 와 닿는 시가 있으면 두고두고 되 읊으며 오랫동안 혼자 즐기는 버릇이 있다. 집에서 읽을 때 별 감흥을 느끼지 못한 시들도 여행지 숙소에서나, 여름철 깊은 계곡에 발 담그고 읽노라면 새로운 느낌과 깊은 사유의 화두를 얻을 수도 있다.

또 마음에 드는 시들은 암송하여 회식 자리에 건배사를 하거나 특강 기회가 있으면 그분위기에 맞는 짧고 진한 한구절의 시를 읊으면 분위도 돋우고 친화력도 높일 수 있다.

이여명 시인의 「돌의 얼굴」을 조용히 생각해 보면, 작가의 시작 모티브나 의도와는 별개로 지금의 정치 갈등과 혼란한 사회 분위기가 떠오른다. 여당과 야당, 진보와 보수, 기업주와 노동자는 물론이고, 경우에 따라서는 남자와 여자, 늙은이와 젊은이들이 마치 짱돌, 칼돌, 주먹돌, 도끼 돌이 되어 남을 밀쳐내고 서로 돌팔매질 하는 형상으로 보인다. 언론도 편 갈라 제각각 목소리를 높이니 흑백이 헷갈리고, 정의와 불의가 혼미하여 진실도 애매하

며, 맞붙은 고소와 고발이 넘쳐나니 미래를 짊어질 젊은이들의 가치관 형성이 걱정이다.

어제 아침 둘째 누님께서 늦가을 단풍 나들이 '번개팅'을 제안하시어 두 누님 내외분을 모시고 황룡계곡으로 갔다. 오후 햇살 받은 고운 단풍을 배경으로 카메라 앞에 선 누님들의 표정과 웃음은 아직도 소녀처럼 밝고 맑았다.

우리 6남매가 철들고 지금까지 얼굴 한번 붉힌 일 없이 서로의 허물은 덮어주고 모자람은 북돋아 채워주며 살았고, 짧지 않은 긴 세월 함께 맞추어 살아오신 제수씨와 자형들이 고맙다. 무엇보다 맑고 밝은 DNA와 바른 가르침을 유산으로 물려주신 부모님이 오늘 따라 새삼 고맙고 그립다.

이제 사회의 중심에 선 2세들과 자라고 배움의 과정에 있는 3세들이 장차 언제, 어디서나 '돌의 얼굴'처럼 모두를 어우를 수 있는 따뜻하고 넉넉한 돌들이 되를 기원한다. 〈2019. 11. 14〉

대물림 바톤 터치(Boton-Touch)

한라산 백록담 정상에서 애비의 카메라를 향해 서 있는 앙증스럽고 대견한 손자의 모습을 보며 가슴 벅찬 감격에 젖었다. 아내도 힘든 산행에 피곤한 기색 없이 손자에게 잠시도 눈을 떼지 못하며 싱글벙글 이고. 백록담 포토 존(Photo Zone) 주변에 몰려 있던 등산객들도 격려의 덕담과 축하의 박수를 아끼지 않았다.

"나도 새로운 인생 목표가 생겼어! 나중에 내 아이가 태어나면 한라산에 데리고 와야지…"라는 젊은 아가씨도 있고, '저 어린 애를 여기까지…. 아동 학대 아닌가요?'라고 농을 걸며 환한 표정으로 엄지를 척 내보이는 젊은 청년도 있었다. 그 틈에서 한라산 기운을 온 몸으로 받아 생기발랄하게 움직이는 손자의 모습이 보기 좋았고, 임신, 출산, 그리고 육아를 위해 온 정성을 쏟아온 애미의 정성이 기특하게 생각되어 이번 가족 산행의 의미가 더 크게 느껴졌다.

지난 3월에 손자의 첫돌 잔칫날, 첫돌 기념 한라산 백록담 산행을 가자고 제안했다. 그러면서 며느리에게,

"느거 아들 델꼬 가는 거, 허락하는 거제?"

아들 내외는 주저 없이 흔쾌히 동의를 했고, 한 달 뒤에 잡힌 한라산 등반을 위해 기본 장비들을 하나하나 챙겨가며, 주말에는 인근 산으로 몇 차례 적응 훈련까지 하였다고 했다.

제주도 여행 당일 이른 아침, 서울, 대구, 경주에서 각각 출발하여 오후 제주공항에서 만났다. 늦은 점심 식사 후, 해변 올레길 따라 가볍게 산책하고 내일 산행을 위해 숙소로 돌아와 일찍 잠자리에 들었다.

2019년 4월 20일, 새벽에 일어난 아내는 산행 중 먹을 주먹밥과 간식을 준비하고, 나는 간단히 챙겨온 지·필·묵으로 한라산 가족 등반을 자축하고, 안전한 산행을 기원하며, 손자의 건강과 밝은 미래를 축원하는 마음을 담아 정성들여 붓글씨를 써서 백록담 정상에서 축하 이벤트를 할 첫돌기념 가족 등반 작은 현수막을 만들었다.

새벽 6시, 딸 내외는 외손녀와 함께 시내 관광을 위해 남았고, 아내와 아들, 며느리, 손자와 함께 숙소를 나와 한라산 백록담 등산로 초입인 성판악에 도착하였다. 배낭형 유아 캐리어에 손자를 태운 아들과 아내가 먼저 출발하고, 나는 며느리와 그 뒤를 따라 천천히 산을 오르기 시작했다.

4월의 제주 한라산 새벽 공기는 너무나 상쾌했다. 계곡에 흐르는 물소리, 둥지에서 막 깨어난 온갖 새들의 지저귐 소리, 여명 속 희뿌연 산안개 사이로 보이는 온갖 크기와 모양과 빛깔의 야생화… 애미의 표정도 산기운을 받아 맑고 밝아 보였다. 서울에서 태어나 거기서 자랐고, 그 후 도심에서 직장 생활을 해왔는데, 난생 처음 걷는 새벽 산길에서 만난 이 모든 것들이 신선한 충격으로 기억되리라 생각된다.

문득 젊은 시절 어린 딸과 아들을 데리고 함께 한 수많은 산행들이 생각났다. 지금도 집 거실 벽에는 아들·딸과 함께 산행했던 사진들이 걸려 있다. 특히 세 살배기 아들과 깊은 산속 고목둥길에 걸터앉아 어깨동무하고 찍은 사진과, 대학수능시험을 치른 후 클라이밍 스쿨에서 암벽타기 기본과

정을 마치고 신불산에서 암벽을 타며 찍은 사진은 첫 수필집 표지 사진으로 담아 두기도 했다. 그동안 수많은 산행을 통해 조금 씩 부자간의 정을 쌓아왔는데, 오늘 며느리와 손자와 함께 하는 이 산행이 혈연의 연을 이어가는 '대물림 바톤-터치'라는 뜻 깊은 의미를 부여하고 싶었다.

"애미야! 내가 퇴직 후 농사를 지으며 새삼 느끼는 건데, 농사도 때를 놓치지 말아야 하겠더라. 그리고 정성을 쏟은 만큼 거두게 되고… 그래서 예로부터 '자식농사'라는 말이 생겼나 보다. 오늘 이렇게 함께 산행하니 참 좋구나. 그리고 우리 손자 잘 낳아 건강하게 잘 키워주니 너무나 고맙구나."

며느리와 대충 그런저런 이야기를 나누며 쉬엄쉬엄 걸어 올랐다. 며느리는 경이로운 아침 산행의 즐거운 기분을 밝은 표정과 맑은 목소리에 담아 화답했다.

많은 이야기를 나누며 쉬엄쉬엄 4시간 쯤 걸어 진달래 대피소에 도착했고, 애비와 함께 먼저 도착한 손자가 아장아장 걸어와 애미의 품에 쏘옥 안겼다. 잠시 휴식 후, 1시간 정도 마지막 코스를 힘들게 걸어올라 정상에 도착했다. 하늘은 맑고, 공기는 청량했다. 마치 우리 가족을 위해 축하라도 하듯 짙은 안개가 걷히고 백록담 분화구 호수의 맑고 깨끗한 풍경도 선명하게 볼 수 있었다.

"우리 시우 사랑해! 한라산 등반 성공!!! 2019. 04. 20"이라는 문구에 예쁜 그림을 그려 넣어 만든 피켓과, 내가 새벽에 일어나 붓으로 '최시우 첫돌 기념 한라산 가족등반'이라 쓴 작은 현수막을 펼쳐 들고 아름답고 뜻 깊은 가족사진을 찍었다.

하산 길에는 잠이 든 아이를 어른 넷이서 번갈아 가며 안고 내려왔다. 콩

닥콩닥 뛰는 심장박동, 따뜻한 온기, 새록새록 숨소리, 땀 냄새… 편안히 잠든 애기와 교감하며 할매, 할배, 엄마, 아빠의 책임과 의무와 사랑이 무엇인지…? 무언(無言)의 교감을 나누며 공감하는 소중한 시간이었다.

가파르고 험한 내리막길이 끝나고 막바지 편안한 계곡을 따라 내려오며,

"애미야! 우리가 니 아들 경주 데리고 가서 키워주고 싶은데, 니 생각은 어떻노?"

"안돼요! 절대 안돼요! 전 내 아들과 떨어져선 절대 못 살아요."

평소와 다른 며느리의 단호한 반응에 아내는 순간 당황한 듯하더니,

"그래, 그래 알것다. 아이고 무시라…"

한참 뒤 아내가 조심스럽지만, 작심한 듯 다시 말을 꺼냈다.

"그런데 애미야!' 시우 동생은 계획하고 있나?"

"아이참~ 어머님도… 나중에 시우 동생 나면 그땐 우리 백두산 가요."

"??? 아… 그래, 그래!"

아내는 환하게 웃으며, 몇 번이나 며느리 등을 쓰다듬었고, 나는 장장 12시간의 손자 첫돌기념 한라산 가족 산행 마무리로 사랑스럽고 대견한 며느리를 꼬옥 안아 주었다. 전하고 싶은 많은 이야기 가득 담아서…

나는 언제쯤 산을 닮을 수 있을까?

산에는 많은 소리들이 있다.

얼음장 밑으로 흐르는 물소리, 휘파람 불어대는 겨울 솔바람 소리, 이 나무 저 가지를 넘나드는 새소리, 발밑에 바스락 거리는 낙엽 소리와 크고 작은 나무들 서로 등 비벼대는 소리도 있다. 마음을 열고 천천히 걸으면, 소나무 껍질을 타고 노는 다람쥐 발톱으로 뜯는 경쾌하고 섬세한 바이올린 소리가 들리고, 봄이면 팔 벌린 나뭇가지마다 분주히 물을 끌어 올리는 소리도 들리는 듯하다. 이 정도가 되면 산의 소리를 제대로 들을 줄 아는 사람이며, 이런 경지에 다다른 사람의 귀에는 산의 모든 물상들은 각각의 소리를 내는 훌륭한 악기가 된다.

이보다 더 훌륭한 명품 악기가 어디 있으며, 그보다 더 많은 악기를 동원할 수 있는 연주회가 또 있으랴! 봄, 여름, 가을, 겨울, 그리고 밤 낮 없이 온갖 장르를 넘나들며 계속되는, 그러나 질리지 않는 거대하고 영원한 산의 오케스트라! 이름 하여 '산의 합주'라 할까? 아니면 '신의 연주'라 할까? 불후의 명곡을 남긴 이름난 작곡가들은 이런 자연의 소리, 산의 소리들을 한 순간, 한 소리도 놓치지 않으려 미친 듯 오선지에 옮겨 그렸으리라.

연초록 뒤덮인 새 봄의 깊은 숲속에서, 눈바람 휘몰아치는 겨울 산 정상이나 폭포수 떨어지는 여름 계곡 바위 위에서, 또 끝없이 펼쳐지는 억새 능선에서 가슴을 활짝 펴고 산의 소리에 맞춰 양팔을 벌리고 서면, 어느새 나는 지휘봉을 잡고 오케스트라 악단 앞에 선 '산 들린' 신선이 되고….

　또한 산에서는 눈에 보이는 것들도 무한하니, 사계절 시시각각 변하는 온 갖 물상들의 참 모습들을 사람들은 과연 얼마나 볼 수 있을까? 땅에다 뿌리를 내리고 있는 모든 나무와 풀들, 그리고 꽃, 이끼, 열매들 각각의 색깔과 모양. 그리고 살아 움직이는 큰 짐승이나 하찮게 생각되는 미물들의 작은 움직임까지 눈에 보인다면 산을 찾는 즐거움은 한층 더 커진다. 거기다생명이 없을 것 같은 바위, 돌, 흙, 죽어서 썩어가는 나무 등걸과 산짐승의배설물까지도 서로가 한 몸이 되어 순환하는 모습이 눈에 보인다면 지적 감성으로 산과의 깊은 교감이 가능하다.

　거기다 여명, 일출, 햇살, 황혼, 어둠으로 반복되는 미세한 시간과 거대한산의 공간이 만나 연출하는, 우리의 눈에 잡힌 그 수많은 현상들을 어찌말로 표현하며, 골의 깊이와 산의 높이만큼이나 그득하게 품고 있던 온난건습(溫暖乾濕)한 대기가 바람을 만들어 내고, 안개로 변하고, 얼음과 눈으로보이고, 비 되어 뿌리고…. 한순간도 머물지 않는 그 경이로운 변화무상함에 감탄하지 않을 수 없다.

　높은 산 바위꼭대기에 홀로 앉아, 저 멀리 산 위로 떨어지는 황홀한 일몰의 찰나들을 미동도 없이 응시하노라면 산신이 되어 천지를 창조하고 운행하는 절대자의 존재와 영성의 세계를 마음의 눈으로 만날 수 있으리라.

　이디 보고 듣는 깃뿐이랴! 친친히 긷거나 힘들게 오르먼시, 또는 편안한자리 찾아 앉아 산의 온갖 내음에 취하고, 땅에 엎드리면 생명의 모태인 흙의 내음을 맡을 수 있다. 흘린 땀을 씻어주는 산바람의 그 상쾌한 스침, 썩은 고목 등걸 위 이끼 융단의 부드러운 쿠션, 하늘을 보고 벌러덩 누워 느끼는 낙엽의 온감, 까칠한 바위의 질감과 냉기, 또 있다. 걷다가 갈증이 나면 그냥 엎드려 입대고 쭉 빨아 들이킬 수 있는 청정한 계곡물, 손만 뻗으면 맛볼 수 있는 산열매, 꼭 그런 단 맛이 아니더라도 걷다가 눈에 익은 약초 한 잎 따다 잘근 잘근 씹으면 그 쌉쌀한 맛은 산행 내내 입안에 감돈다.

이때 대충 앉을 자리를 찾아 가부좌라도 틀고 앉아 충만한 산의 에너지를 오감으로 만나면 내 몸과 마음은 또 하나의 작은 산이 되고…

산에 가면 많은 사람을 만난다. 온갖 모양과 별난 색깔의 사람을 만난다. 나와 같은 어리석은 사람과 나와 다른 지혜로운 사람과 내 마음 같지 않는 별난 사람들도 만난다.

오로지 산꼭대기만을 향해 돌진하는 사람, 세월아 네월아 이리저리 살피며 여유롭게 거니는 사람, 이어폰을 귀에 꽂고 땅만 보고 걷는 이, 모자, 선글라스, 마스크, 목도리, 장갑으로 중무장 한 사람, 산 초입 계곡에 자리 깔고 둘러앉은 행락객, 천하의 산해진미를 산정에 펼쳐 놓고 화려한 오찬을 즐기는 미식가들, 시원한 솔 그늘에 가부좌 틀고 앉은 반풍수도… 참 재미있다.

그러고 보니, 산을 찾는 사람들은 나름으로 사연들을 안고 오는 듯하다

그냥 산이 좋아 걷는 사람, 세상 다툼 싫어 숨어든 사람, 마음 줄 곳 없어 찾아 든 사람. 몸 아파 산 오르는 사람, 넘치는 기운 주체 못해 오는 사람, 마음 비우러 오는 사람, 허한 마음 채우러 오는 사람, 자신을 찾으러 온

사람, 자신을 잊으러 온 사람, 산의 영(靈)과 접신(接神)하려는 들어온 사람, 사람, 사람들…

언젠가 불가에서 수행자들이 자주 읊는 참회문에 이런 구절을 봤다.

'내가 본 것이 전부라고 생각한 어리석음을 참회 합니다.'

그렇다. 산에서 내 눈으로 본 것은 과연 얼마이며, 그 본 것 또한 실상일까 허상일까? 내가 들은 것은 과연 무엇이며, 듣지 못한 것은 그 또 얼마나 될까? 내 입으로 맛보고 코로 맡은 향기와 내 피부에 닿은 느낌은 나만의 것일까? 아니면 남들은 다를까?

나는 과연 산에서 어떤 모습을 한 어떤 사람일까? 그리고, 언제쯤 산과 한 몸이 될 수 있을까? 그냥 바라만 보도 넉넉히 품을 수 있는 산이 될 수 있을까! 〈Pen문학 126호(2015)〉

8장. 바람과 빛 그리고 사랑

불빛이 바람을 타고 하나 둘 날아오른다.

온갖 빛깔 사랑이 풍등을 타고 서라벌 밤하늘로 점점이 날아오른다.

어머니가 태워 올린 소지(燒紙)처럼, 지구촌 모든 액운 흔적 없이 사라진다.

서출지의 전설은 지금도 이어지고

　나이가 들수록 사랑에 취해 있는 젊은 청춘 남녀들의 모습이 참 아름답게 보인다. 그런 감정은 젊은 시절 한 때 뜨거웠던 자신의 사랑도 떠올리지만, 혼자서만 속 태우며 이루지 못했던 사랑에 대한 대리 만족이나 보상 심리가 잠재되어 있기 때문일 것이다.

　제 눈에 안경이라고, 남들이 볼 때는 전혀 어울리지 않을 것 같은 남녀가 사랑에 빠져 주체를 못하는 경우도 있고, 이룰 수 없는 애틋한 사랑이나 해서는 안 될 위험한 사랑의 덫에 걸려 헤어나지 못하는 남녀들도 보게 된다. 내가 하면 로맨스요, 남이 하면 추잡한 불륜이 된다는 '내로남불'의 아이러니한 두 얼굴의 사랑은 아마도 동서고금의 보편적 진실이라고 한다면 필자의 지나친 억측일까?

　"낮말은 새가 듣고, 밤말은 쥐가 듣는다."는 속담에서 보듯이, 처녀총각 바람나서 온 동네 사람들이 숙덕거려도 정작 그 부모들만 까맣게 모르고 있다가 뒤늦게 알게 되고, 그 후 우여곡절을 거쳐 좋은 인연으로 이어지는 경우도 많지만, 가정 가진 남녀 간의 로맨스는 그 비극적 종말과 그 반작용이 엄청나다 할 것이다.

　그러나 권력의 마력은 사랑보다 더 위험하여 한 나라를 이끄는 지도자나 그 주변인들이 그 늪에 빠지거나 덫에 걸려 자신의 낭패는 물론 나라를 근간을 뒤흔드는 경우도 역사를 통해 어렵잖게 보고 있다.

왕이 남산 행차를 떠나는데 쥐와 까마귀가 나타나더니 쥐가 말하기를, 까마귀를 따라가라 하여 왕이 따라가는데, 돼지 두 마리가 나타나 싸우는 것을 보느라 까마귀를 놓치게 되고, 마침 연못에서 나온 노인이 전해주는 편지를 받게 되는데, 편지 겉봉에 "뜯어보면 둘이 죽고, 안 뜯어보면 한 명이 죽는다." (중략) 일관이 왕에게 이르기를 그 한 명은 왕이라고 조언하여 왕이 뜯어보니, '거문고 갑을 쏘라.'고 적혀 있었다. 왕이 급히 궁으로 돌아가 왕비와 중을 죽였다.

『삼국유사』에 적힌 경주 동남산 기슭 서출지에 얽힌 전설의 한 부분이다. 표면적으로 보면 궁궐에서 왕비와 중이 내통을 하다가 왕에게 죽임을 당했다는 남녀 간의 단순 불륜사건이지만, 당시 정치, 사회적 배경을 감안한다면 사학자들의 다양한 역사적 해석이 가능하겠다. 그러나 필자는 문학을 전공한 사람으로서 일연스님이 문학적 수사로 기술한 함의(含意)를 주관적 추정으로 풀어본다.

기록에 등장하는 왕, 왕비, 승려, 일관, 노인, 그리고 까마귀, 쥐, 그리고 돼지 두 마리의 존재와 역할은 무엇일까? 추정컨대 까마귀와 쥐는 '밤말'과 '낮말'을 들어서 세상 돌아가는 정황을 정확히 짚고 있는 궁 밖의 무지렁이 백성들일 것이고, 싸우는 돼지 두 마리는 왕의 판단을 흐리게 하고 시선을 가리는, 대립 혹은 갈등하는 두 세력으로 추측할 수 있다. 또 일관은 전후 사정을 사전 눈치를 차린 왕의 최측근으로 상상해 보면 재미있다. 요즘 시각으로 볼 때, 편지를 전해 준 노인의 존재는 통찰력 있고 균형 집힌 언론인이거나 경륜 많은 재야 원로쯤으로 생각하면 되겠다.

지난 해, 박근혜 전 대통령의 탄핵 문제로 세상이 시끄러울 때, 그분란의 단초가 된 정치적 비선(泌線) 인물 최순실을 생각하니, 서출지 전설 속의 왕비와 내통한 중이 떠올라 국민의 한 사람으로서 참으로 안타까웠다. 지금에 와서 그의 잘잘못에 대한 언급은 그만두더라도, 우리나라 역대 지도자들은 하나같이 외우(外憂)가 아닌 내환(內患) 때문에, 그것도 내 눈을 가리는 최 측근의 내 편 관리를 못해 불행한 말로를 걸었다는 생각을 하니, 1530년 전 신라 서출지에 얽힌 역사적 교훈이 새삼스럽다.

박근혜 대통령 탄핵 이후 과거의 부정부패에 대한 국민적 분노와 구태에 벗어나지 못한 보수 정치인들에 대한 실망으로 새 정부에 대한 국민적 지지도는 상승했고, 지난 주 지방 선거에서 여당의 압도적 승리 또한 그 연장선상에 있다고 하겠다. 그러나 이럴 때일수록 새 정권과 여당은 몰락한 보수 진영보다 더 겸허한 마음으로 국정을 운영해야 한다는 생각을 해본다. 정부에게 유리한 자료, 우호적 언론 논평, 극열 지지층의 목소리에서 벗어나 균형감을 찾아 자기관리(Self Control)에 충실하여 성공하는 정권이 되기를 소망한다.

사랑에 빠진 남녀는 아름답게 보일 수 있으나, 권력에 취하면 나 자신은 물론 나라가 혼돈 속에 빠져들었던 지난 과거들을 잊지 말아야 한다. 안타깝게도 역사는 늘 반복되는데…. 〈2018. 6. 19〉

개토제(開土祭)와 평토제(平土祭)

며칠 전, 전라남도 구례에서 태풍으로 희생된 500마리 소와 사전(死前) 도축한 200마리 소들의 넋을 기리는 위령제 장면을 TV 보도를 통해 보았다. 갓 숨을 거둔 송아지를 제단 앞에 놓고 엎드려 절하는 농민들의 처연한 모습과, 정부의 물 관리의 잘못에 항의하는 분노의 목소리와, 죽은 소들의 혼을 달래기 위한 소복한 노인의 살풀이 춤사위… 뭐라 형용할 수 없는 마음으로 지켜보았다.

올 여름 몇 차례의 태풍이 할퀴고 간 상처는 너무나 크고 깊어 대자연의 위력 앞에서 인간이 한없이 나약한 존재임을 새삼 느낀다. 그러나 인간의 지혜로 축적한 과학 지식으로 태풍의 발생 원인과 진로 방향, 크기와 속도를 정확하게 사전 감지할 수 있어 피해를 최소화 할 수 있다. 그리고 조직적인 인적·물적 자원 투입과 시스템 가동을 통해 신속한 복구도 가능하다. 그럼에도 그 후유증은 너무나 크다.

그런데 과거와 비교했을 때, 오늘 날 과학문명사회에서 입은 피해는 상대적으로 훨씬 더 크다고 할 수 있다. 그 근거는, 태풍 피해의 크기는 인간의 활동 영역이 확장되면서 자연에게 준 상처에 비례한다는 등식에서 찾을 수 있다. 자연은 언제, 어디서, 어떤 형태로든 원래의 상태로 되돌려 놓으려는 반삭봉을 끊임없이 하고 있는데, 그 중 하나가 태풍이라 할 수 있다.

사람이 죽으면 '돌아가셨다.'고 하는 것은 자연으로 환원한다는 것인데,

지구상의 모든 인종들은 사후에 각각의 자연 환경과 문화에 따라 가장 자연스럽게 자연과 하나 되는 방법을 좇아 화장, 수장, 조장, 풍장, 매장 등의 방법으로 장례를 치르고 있다.

요즘 우리나라의 장례는 거의 90%에 가깝게 화장을 하고 있지만, 과거에는 대체로 매장이 일반적이었는데, 상당히 복잡한 상례 절차를 거치는 것으로 보아왔다. 그 중에 묏자리 땅을 파기 전에 토신과 조상에게 허락을 얻는 '개토제(開土祭)'와 봉분을 완성한 후 원상 복구를 신고하는 '평토제(平土祭)'가 있었다. 최소한의 누울 자리를 빌어서 주변 자연과 최대한 닮은 봉분을 만들어 자연스럽게 자연과 하나가 되고자 하는 의식인 것이다. 요사이 표현을 빌면, 친환경적 자연보호 의식을 담은 상례의식이라 하겠다.

흔히들 명당이라는 개념은 자연을 거스르지 않은 가장 자연스런 자연의 한 부분이 명당이 아니겠는가? 평소에는 잘 모르나, 자연재해를 겪어보면 깨우칠 수 있다. 깎아서는 안 될 산을 깎고, 막아서는 안 될 물길을 무리하게 막은 탓이요, 들어와서 안 될 터에 도시가 들어오고, 자리하지 않은 자리에 주택이 앉았으니, 비가 와서 집이 떠내려 가고, 산사태가 나서 마을이 묻히고, 강둑이 터져 도시 전체가 물에 잠기는 현상이 일어나는 것인데, 이는 자연 순리를 거스른 결과라 하겠다.

집을 짓거나 대단위 산업기반 시설을 시작할 때, 흔히들 "첫 삽을 뜬다."라고 하고 그 의식을 기공식이라고 하는데, 장례 절차의 '개토제'과 같은 의미라 하겠다. 그리고 공사가 마무리 의식인 준공식은 평토제에 준하는 의식이라 하겠다. 개토제와 평토제는 애니미즘, 샤머니즘, 토템이즘이 융합된 자연에 대한 경외심이 담겨 있어 흙 한 삽을 건드리는 것도 상당히 신중하게 생각했다. 그러나 지금의 오만한 현대인들은 대형장비를 동원하여 성스러운 땅(흙)을 너무 쉽게 디자인하려는 경향이 짙다.

그리고 보면 요즘의 기공식과 준공식이 사람 중심의 의식(儀式)이라면, 과거 개토제와 평토제는 자연 중심의 의식이라고 볼 수 있겠다. 그 결과 고도로 발달한 인간의 과학 문명도 자연 앞에서는 한순간 힘없이 무너져 내리는 수많은 천재(天災)와 인재(人災)를 보면서, 인간이 자연과 어떻게 공존해야 할지에 대한 답은 간단하다 할 것이다.

인간이 저지른 자연 훼손에 대한 응징이자 반작용인 태풍, 온난화, 해일, 산사태, 대기오염, 수질오염과 '코로나 19'와 같은 괴질(怪疾)들의 출현은 인간에게 전하는 자연의 준엄한 경고임을 심각하게 깨달아야 할 때다.
〈2020. 9. 15〉

느거 아부지 땜에 울 아부지가

무덤도 없는 원혼이여! 천년을 두고 울어 주리라.
조국의 산천도 고발하고, 푸른 별도 증언한다.

황성공원 도서관 서편 숲속에 '한국전쟁 민간인 희생자 위령탑 추모비'에 새겨진 글귀이다. 한국 전쟁을 전후하여 정치, 군사, 사회적 혼란의 와중에서 적법한 절차 없이 희생된 경주지역 감포읍, 안강읍, 건천읍, 내남면, 양북면, 천북면, 양남면 그리고 동지역의 민간인 희생자 860명의 명단이 새겨져 있다. 올 봄 이른 아침에 운동 갔다가 처음 그 앞에 섰을 때, 다른 위령탑에서 느끼는 것과는 다른 큰 울림이 가슴 뭉클하게 밀려왔다.

전쟁 직후 태어난 필자가 열 살 전쯤에, 동네 형들을 따라 마을 근처 산에 소 먹이러 다녔는데, 소이끼리를 소뿔에 감아 산골짜기에 풀어 놓고는 산 능선에 올라 씨름, 말뚝 박기, 땅 따먹기 놀이를 했다. 어느 날은 재미있게 놀다가 사소한 다툼이 일어났는데, 갑자기 한 명의 형과 세 명의 형들이 "느거 아부지가 울 아부지 죽였다. 아니다! 느거 아부지 때문에 울 아부지가 돌아가셨다."며 서로 마주보며 울부짖더니, 막판에 말 그대로 피 터지는 싸움으로 번졌다.

해 질 무렵 소를 몰고 마을에 내려온 후, 한 집 식구와 셋 집 가족 간에 패싸움이 벌어졌는데, 특히 그 형들의 어머니와 할머니들이 서로 뒤엉켜 싸우는 광경은 어린 나의 눈에 너무 큰 충격이었고, 검은 연기와 불꽃도 솟아올랐던 것 같은데, 엄청 무서웠던 기억이 남아있다. 나중 철들어서 마을 어른들로부터 그 싸움에 대한 이야기를 몇 차례 듣게 되었다.

6·25전쟁 중 어느 달밤에 정체를 알 수 없는 세 사람이 한 집을 습격했다. 그 집 남자는 대나무 숲속으로 숨었으나 뒤쫓아 간 세 명의 죽창에 배가 찔려 창자를 끌며 도망가다가 나락 밭에 쓰러져 죽었다고 한다. 날이 밝자 군인들이 들이닥쳐 동네는 발칵 뒤집혔고, 곧바로 평소 의심을 받은 동네 젊은 세 남자가 인근 야산에 끌려가 총살당했다고 한다.

한국 전쟁 중 희생된 수많은 억울한 죽음과 기막힌 사연들을 생각하면, 이 비극은 백사장에서 집은 한 알의 모래에 불과 하리라. 전쟁터도 아닌 후방 작은 마을에서 화목하게 지내던 이웃끼리 겪은 이 비참한 사건의 앞뒤 진위는 미궁에 빠지고, 오직 넷 사람의 억울한 죽음과 그 가족들의 한만이 명확한 사실로 남아 오늘까지 전한다.

누군가 인간의 역사는 사랑과 전쟁의 역사라는 말을 했는데, 공감이 간다. 방어전쟁, 침략전쟁, 응징전쟁, 독립전쟁, 식민지전쟁… 또 사상과 이념이 달라 쪼개지는 내란, 정권 찬탈이나 새로운 질서 도래를 꿈꾸는 민란도 있다.

어디 그 뿐이랴, 요즘은 일상의 삶 자체가 전쟁이다 싶을 때가 많다. 취업전쟁, 입시전쟁, 학교폭력과의 전쟁, 조폭범죄와의 전쟁… 거기다 'ㅇㅇㅇ 사수 하라'는 류의 자극적 현수막들이 방방곡곡에 펄럭이고, 심지어 어느 어린이 방송 프로그램에서 조차 '동심을 사수하라!'는 타이틀까지 보면서 인간사 목숨 건 전쟁 아닌 곳이 없다는 생각을 해본다. 이런 현상은 역사적으로 전쟁을 많이 겪었고, 지금도 남북이 첨예한 대립 상태에 있는 우리 국민들의 잠재적 정서 표출일 것 같다.

경주 황성공원에는 5곳에 위령탑과 추모비가 있다. 그 위령탑을 지날 때마다 역사를 생각한다. 그 숱한 외침에 어떻게 짓밟혔고, 동족 간에 얼마나 처참한 전쟁을 치렀는지를 보고 있다면, 그 역사가 보여준 준엄한 가르침을 마음에 새길 것이요, 나라를 위해 몸 바친 선열들의 고귀한 정신을 안다면, 국가 안보 문제만큼은 오직 강한 국력만이 답임을 우리 모두는 깨우칠 일이다.

지구상 모든 나라들이 자국의 이익과 영토와 국권 수호를 위해 그렇게들 안간힘을 쓰는데, 어찌하여 이 나라는 둘로 갈라진 것도 모자라 사분오열 찢어져 집안싸움만 하고 있으니, 한탄스러울 따름이다.

지금도 국외적으로 전개되는 외교·군사적 각축과 끝없이 치닫는 국내의 정치·사회적 정쟁을 보면서 총성만 들리지 않을 뿐 무색, 무취의 무서운 전쟁이 진행 중이란 생각이 든다.

지난 주말 '호국 보훈의 달' 유월을 보내면서… 〈2017. 7. 3〉

한여름 밤, 황룡사지 별빛 아래에서

불볕더위가 연일 계속되고 있는 가운데 당분간 비 소식도 없으니 뜨거운 태양의 위력 아래 심리적 체감 더위는 절정을 치닫고 있다. 그래도 대자연의 생명들은 태양이 뿜어내는 강한 에너지를 받고 무성한 잎, 아름다운 꽃, 그리고 온갖 여름 과일들 하루하루 다르게 풍성하게 영글어가는 계절이다.

여름휴가가 시작된 요즘 전국의 고속도로에는 차량들로 가득하고 관광지와 여름 휴양지에는 젊은 피서 인파들로 활기가 넘친다. 그러나 한편으로는 직사광선에 노출된 현장 노동자들의 하루나기는 말할 것도 없고, 종일 실내에어컨 바람 마시며 더위에 맞서 일하는 사람들도 힘겹기는 마찬가지고, 활동 반경이 제한된 도심의 노인들이나 소외계층 사람들의 여름 하루하루 보내기가 만만찮은 계절이라 건강에 각별한 신경을 쓰면서 몸과 마음에 가득 찬 불(火)의 기운을 스스로 잘 다스리는 세심한 지혜도 필요하지 싶다.

서울서 온 손주들을 데리고 계곡 물놀이 간 친구에게서, 휴가철인데도 사람들이 크게 많지 않아 참 좋다는 문자가 왔다. 요즘 젊은 세대나 여유 있는 사람들은 계곡이나 바닷가 백사장 같은 야외보다는 최신 물놀이 시설을 갖춘 실내 피서를 즐기는 편이라 그렇지 않겠느냐고 답을 보냈다. 각자의 형편과 취향에 따라 더위를 피하고 즐기는 방법은 참 다양하다는 생각이다.

이글거리던 태양이 진 여름밤은 에너지가 충만한 또 다른 아름다움이 있다. 어린 시절 마당에 모깃불 피워 놓고 가족끼리 평상이나 멍석에 둘러 앉아 여름 음식을 먹던 기억과, 새까맣게 탄 발가숭이 몸으로 어둠 속 냇가에서 멱을 감으며 천진하게 놀던 여름밤의 추억도 새삼 그립고, 캠프파이어에서 넘치는 열정을 발산하던 젊은 한 때도 생각난다.

청춘 남녀들은 뜨거운 여름밤을 오히려 로맨틱한 분위기로 즐기는 편이며, 실내외 문화·예술 공간에서의 각종 공연 열기 또한 뜨겁다. 셰익스피어의 희곡 '한여름 밤의 꿈'의 극 중 맨델스 존의 서곡은 많은 사람의 사랑을 받고 있다. 작품 줄거리와 곡을 잘 모르는 사람들도 제목만으로 한여름 밤의 낭만적이고 드라마틱한 분위기를 공감하며 막연한 기대감을 가지기도 한다.

경주의 여름밤은 역사 유적을 이곳저곳 찾아 거닐기에 참 좋다. 어젯밤에는 별빛이 쏟아져 내리고 사방이 확 트인 황룡사지에 가서 쉬엄쉬엄 걸으며 낮 동안 달궈진 더위를 식혔다. 몽고군에 의해 불타버리고 금당 터와 회랑에 커다란 초석들만 남아있는 아픈 역사의 흔적을 보면서 무상한 권력과 국가의 흥망성쇠를 생각해 봤다.

말 탄 몽고 기마병들은 무자비한 살육과 잔악한 방화로 세계사에 악명이 높았으니, 우리 고려사에도 몽고족에 의한 치욕적인 굴욕과 잔악한 흔적들은 곳곳마다 서려 있고, 이곳 호국사찰 황룡사도 불길에 휩싸여 허무한 잿더미로 변하고 말았다.

밤이 깊어가면서 여기저기서 더위를 피해 모여든 몇 노인들이 저쪽 금당 터 초석에 둘러 앉아 세상 돌아가는 이야기들로 시끌시끌하다. 바람결에 들려오는 난상토론의 주제는 남북관계, 적폐청산, 국내 경제상황, 한·미·중·일 간의 외교, 최근 일본과의 극한 갈등으로 시작된 경제전쟁 등 국내·외 복잡한 상황과, 여·야 정치인들의 극한 대립에 대한 각자의 생각들을 쏟아내고 있었다.

겉으로는 수더분하고 어수룩한 나든 시골 노인의 모습들인데, 세상 바라보는 균형감과 현실을 짚어가는 예리한 통찰력은 TV 화면에서 갑론을박하는 논객들보다 훨씬 명료하여 참 신선하게 들린다.

국내·외 현안들의 향방과 갈등은 휘몰아치는 불길처럼 불안하기만 하다. 황량한 황룡사지에 누워 하늘을 쳐다본다. 수많은 별들이 여름밤을 수놓고 있다. 예나 지금이나 위대한 정치 지도자들은 힘들고 어려울 때 혼자 하늘을 쳐다보았을 거라고 상상해 본다. 하늘을 보고, 별을 보고, 산을 보고, 물을 보면서 우주의 이치와 자연의 순리를 깨닫고 싶지 않았을까?

밤이 늦어 자리를 털고 일어나는데, 노인들 중 한 분이 필자의 향해 들으란 듯이 말을 던졌다. 누구를 겨냥한 말인지 모를 애매한 그 말은 모기 소리처럼 황량한 황룡사지에 허망하게 흩어졌지만, 필자에게는 금당터 거대한 초석만큼이나 무겁게 들려온다.

"이 노무 자슥들 도대체 우짤라고 이러는지 몰따!" 〈2019. 8. 6〉

여수 밤바다와 신라의 달밤

여수 밤바다 이 조명에 담긴/아름다운 얘기가 있어/네게 들려주고파 전화 걸어/뭐하고 있냐고/나는 지금 여수 밤바다 여수 밤바다/아 아 아 아 아/너와 함께 걷고 싶다/이 바다를 너와 함께 걷고 싶어…(하략)

2012년에 여수 국제해양박람회가 열리면서 여수는 새로운 관심을 받게 되었고, 이후 많은 관광객이 찾는 계기가 되었다. 여수가 아름다운 바다 풍광과 풍부한 해산물로 좋은 관광자원을 갖고 있지만, 삼면이 바다로 둘러싸인 우리나라의 자연 조건으로 볼 때는 다른 해양도시와 크게 다를 바 없다. 그러나 그 즈음에 아티스트 버스커버스커가 부른 노래 '여수 밤바다'는 여수를 홍보하는 데 크게 기여하였고, 아직도 젊은이들은 물론이고 중·장년층들의 감성을 자극하여 여수를 찾게 하는 묘한 마력을 지니고 있다.

자연 조건이나 역사·문화적 조건으로 따진다면 경주의 관관자원은 무궁무진하다. 그러나 냉정하게 생각해 보면, 6, 70년대부터 관광인프라 조성과 관광객 유치를 위한 홍보를 정부가 적극적으로 지원하는 특혜를 입은 셈이다. 그래서 한때 경주는 제주도와 함께 관광특구로 지정되어 사시사철 학생 단체수학여행과 신혼여행은 물론이고, 일반 단체 관광객들과 외국 관광객들까지 몰려들어 최고의 관광 특수를 누렸다.

그 즈음에 대중가수 현인이 불렀던 '신라의 달밤'은 경주를 알리는 역할을 톡톡히 했다. 가사의 1절은 '신라의 달밤' '불국사의 종소리' '금오산 기슭' '지나가는 나그네' '고요한 달빛' 등의 노랫말을 동원하여 신비로운 경주의 풍광과 낭만적 분위기를 띄웠고, 2절은 '화랑도', '천 년 사직', '궁녀', '대궐' 등을 동원하여 화려했던 신라 역사의 자취에 젖어들게 하였다.

그러나 지금 전국 관광의 흐름을 속속들이 살펴보면, 관광객 개개인의 목적과 취향이 너무나 다양하여 전반적인 관광 패턴과 트렌드가 그 전과는 확연하게 다름을 알 수 있고, 그 변화 속도와 범위는 변화무상하다.

거닐고 싶은 한 컷의 사진, 머물고 싶은 그림 한 폭, 다시 찾고 싶은 맛집, 사랑하는 사람과 함께 서고 싶은 포토존. 가슴 설레는 한 줄의 시구, 멀리서 달려와 줄서고 싶은 공연장….

그러다 보니, 각 지역지자체들은 기발하고 참신한 발상으로 유·무형의 매장 관광 자원을 발굴·운용하여 관광객의 오감을 충족시키고, 칠정(七情)을 만끽하고 치유할 수 있 관광 상품계발에 앞다투어 많은 공을 들인다. 그런 중에 말 그대로 대박을 터트리는 사례들은 볼 수 있는데, 그 결과는 지자체의 살림 규모와 인구나 면적과는 비례하지 않는다. 경주처럼 특별한 조건을 갖추어도 기존의 틀이나 자만한 선입견을 벗어나지 못하면 관광객 유치 경쟁에서 뒤처지는 경우를 어렵잖게 볼 수 있다.

얼마 전 친구와 오랫동안 국내 여행을 한 적이 있다. 서울서 캠핑카로 인천을 거쳐 서해안을 따라 내려오던 친구와 군산에서 합류하여 서·남해안 열 두 시·군의 주요 명승지와 문화·예술 공간, 재래시장 등을 돌면서 많은 생각을 하며, 보고 틀었나. 그러면서 관광객 유지를 위한 경주의 문화·예술·관광 정책에 대한 나름의 생각도 해봤다.

짧은 지면에 어설픈 소견으로 감히 언급하기가 두렵지만, 여행 중 마음에 담았던 몇 가지를 적어 본다.

경주는 다른 지역과는 달리 무궁무진한 유·무형의 관광자원이 널려있다. 흔히 경주를 역사·문화 도시라고 칭하지만, 하루 지난 어제도 소중한 역사이고, 철없어 보이는 젊은이들의 문화도 관심 가져야 할 문화다. SNS를 따라 시공을 넘나드는 젊은이들의 '소리 없는 흐름'을 세심히 살피면 답이 보인다. 그래서 이제는 경주도 신라와 불교 역사·문화의 그늘에 가려 있던 새로운 얼굴을 적극적으로 드러낼 때가 되었다.

문학을 전공하고 작품 활동을 하는 경주인의 입장에서 문학부문에 한정한 소견으로 글을 마무리를 하려한다.

다른 지역에서는 작은 흔적 하나라도 아름답게 포장하여 이야기 거리로 만들고 관광자원화 하는데, 세계적인 문장가 고운 최치원 선생과, 한국 근대문학의 거장 김동리 소설가와 박목월 시인의 흔적이나 주요 작품 배경에 대한 경주인들의 무관심이 안타깝다.

노벨문학상 최종 심사까지 올랐던 김동리 선생의 소설 「무녀도」의 배경인 서천과 '애기청소'도 관광정책에 반영시키지 못하고, '강나루 건너서 밀밭 길' 또한 살리지 못하는 자괴심이 크다. 〈2020. 6. 16〉

나라를 잃었던 자들아, 그날을 기억하라!

설 연휴를 보낸 다음 날 월요일에 전라남도 영암 월출산을 올랐다. 화강암 맑은 기가 충만한 괴석협곡과 기암능선을 걸어 오르며 몸과 마음이 건강한 한 해가 되기를 소망하고, 안정된 사회와 미래지향적 긍정의 에너지가 넘쳐나는 나라가 되기를 기원했다.

하산 후에는 월출산 절경을 마주하여 집 짓고 사는 경주 출신 젊은 부부의 초대로 편안한 밤을 보내고, 일찍 길을 나서 화순 지역 선사시대 유적을 걸으며 인간의 삶과 죽음의 역사를 생각해 보았다. 오후에는 군산에 있는 군산근대역사박물관과 그곳 출신 채만식의 소설『탁류』의 배경이 된 근대 거리 곳곳을 탐방했다.

군산은 일제강점기에 호남지역에서 수탈한 물자를 일본으로 송출했던 항구도시로, 지형 조건과 역사 상황이 동해 구룡포항이나 남해 부산항과 유사하다. 그날 '군산근대건축관'에서, 경술년 국치일을 상기시키는 "나라 잃었던 자들아, 그날을 기억하라."는 한 폭의 현수막을 보고 느낀 바가 크다.

1919년 2월 1일 중국 길림성에서 신채호, 안창호 김좌진 등 39명의 독립투사들이 모여 '대한독립선언(무오독립선언)'을 했고, 일주일 후에는 일본 동경에서 유학생 중심으로 2·8독립 선언으로 이어졌다. 그리고 이는 국내 3·1운동의 기폭제가 되었는데. 이번 설을 앞두고 중국 심양에서 '무오독립선언 100주년 기념식'이 있었다.

현재 200만 명의 교민들이 거주하고 있는 중국 동북3성(요령성, 길림성, 흑룡강성) 민주평화통일 자문회의에서는 동포들의 평화통일 역량을 결집하고 이를 실현하기 위하여 선양 협의회를 결성하고, 5년 전부터 무오독립선언 100주년 기념행사를 준비를 해왔다고 했다.

기업인 남편과 함께 15년째 심양에 거주하는 '방선희'라는 제가 있는데, 심양동부대학에서 한국어를 가르치고, SNS를 통하여 '요기요기 모여라'라는 청소년 한글 사랑동아리도 운영·지도하면서 민주평통자문위원과 선양협의회 여성위원장으로 활동하는 그녀가 이번 행사 준비를 하면서 축하 동영상 메시지를 보내 달라는 요청이 있었다.

행사의 의미와 규모를 고려하여 정성을 모으고 생각을 다듬어 원고를 만들고, 이른 아침 현곡 용담정과 최제우 묘소와 생가를 거쳐 황성공원 최시형 선생 동상에 참배한 후, 공원 솔숲 충혼탑에 계양된 태극기 앞에서 셀프 동영상을 찍어 중국으로 보냈다.

"배달겨레의 자존을 우뚝 세운 무오독립선언 100주년을 축하하며, 조국의 평화통일을 기원합니다!"

39자로 된 10초짜리 축하 메시지 동영상을 찍는다고 혼자서 분답을 떤 이유는, 경주가 동학의 발상지이고, 3·1독립선언 33인 대표 중에 동학의 교도가 15인이 포함되었다는 사실을 통해 경주에서 3·1운동의 씨를 뿌리고 움을 틔운 수운 최제우 선생과 해월 최시형 선생의 족적을 통해 3·1운동의 발생과 경주가 밀접한 연관이 있음을 재인식하고 싶었다.

3·1운동 100주년을 열흘 앞두고 경주에서는 또 하나 의미 있는 일이 있다. 경주문화원에서 발행한 『일제강점기 그들의 경주, 우리의 경주』라는 책

이 출판되었다. 저자 최부식 씨는 서문에서 "나라를 잃은 서러움에도 자존·자긍심으로 살았던 경주인들의 모습을 최대한 되살리고, 일제치하에서 그들이 지켜낸 민족혼과 경주의 정체성을 새롭게 되돌아보고자 했다"고 밝히고 있다. 오랜 기간 많은 자료를 수집·정리하여 우리 근대사의 소중한 기록을 남긴 큰일에 시민들과 함께 박수를 보낸다.

　3·1운동 100주년을 맞이하여, 나라 잃었던 기억을 잊지 말자! 짓밟혀온 백의(白衣)의 아버지와 어머니, 아들과 딸들의 고통을 더 이상 반복하지 않고, 선열들의 희생이 헛되지 않기 위해서. 그리고 이제, 지금, 앞으로 중요한 것은 치졸한 국내 정치 분열과 이념 갈등을 극복하고 조국의 평화 통일을 대비하자. 믿을 건 오직 힘. 국력만이 답이다. 〈2019. 2. 20〉

남산 옥돌처럼 빛나는 경주 사투리

이등병 계급장 달고 휴전선 최전방 초소에 투입되어 근무하던 시절, 사투리가 심하다고 고참병에게 엄청 당했던 기억이 있다. 군이라는 특수 조직 속에서 졸병이었던 필자의 눈치 없는 경주 사투리 남발이 문제가 되긴 했어도, 그 고참병은 지역감정을 보태어 두고두고 나를 괴롭혔다.

고교시절 고전문학 공부를 하면서 신라어에 뿌리를 둔 전래 고어나 중세 국어의 정겨운 운치와 감칠맛 나는 표현들에 흠뻑 빠져들었다. 대학시절에 장차 경주방언 보유자로 지정받겠다며 촌놈 행세를 한 덕분에 갑년이 지난 지금도 그 친구들은 나의 이름과 직함은 뒷전이고 경주 촌놈으로 부르고 있다.

보통 사람들은, 사투리보다는 표준말이 더 지적이고, 세련되고, 품격이 있어 보이고, 사투리는 저급하고, 천박하고, 투박하고, 촌스럽다고 느낀다. 그러나 뒤집어 생각해 보면, 사투리는 정감 있고, 다양하고, 훈훈하고, 멋스러운 표현을 무궁무진 표현할 수 있는 반면에 표준어는 사무적이고, 공적이고, 이지적이고, 현학적이고, 무미하고, 건조하게 느껴진다.

말 뿐 아니라 글을 쓰는 분들도 제각각 특유의 표현 스타일이 있어서 이 코저코 평을 할 처지는 아니지만, 읽은 후 받아들임과 느낌은 사람마다 차이가 있는 듯싶다.

문맹퇴치와 국민통합의 방편으로 표준어를 강조하던 시대에는 표준화된

국어나 남이 잘 쓰지 않는 한자어와 외래어를 능란하게 구사하는 소수 지식층들의 지적 존재감이 상당히 높았었다. 그러나 교육수준의 상향과 기회가 평균화 된 정보화와 세계화 시대를 살아가는 지금은 인간적인 정감과 감성을 풍성하게 할 수 있는 옛말과 토박이말들을 발굴하고, 되살리어 사용하는 것이 가치 있는 일이라 하겠다.

대도시의 음식점이나 백화점, 공공기관의 민원창구, 각종 행사장에서 세련된 모습으로 완벽한 표준말을 상냥한 '솔톤'(가장 상냥하고 친절하게 느껴지는 7음계 중 '솔' 높이의 음성)에 담아 손님을 대하는 사람들을 만날 수 있다.

그런데 지방 촌사람인 필자에게는, 이들 모두가 전자음을 내는 마네킹이나 로봇처럼 느껴질 때가 많다. 정해진 매뉴얼에 따라 하나 같이 똑같은 자세, 억지 표정, 영혼 없는 웃음과 목소리에 정확한 표준어로 인사하고, 안내하고, 설명하는 그들에게서 질려버릴 때가 많다. 그래서 다소 투박하고 거친듯하지만, 훈훈하고 인간적인 정을 느낄 수 있는 각 지방 사투리가 그리워진다.

얼마 전, 며칠 동안 여러 지방으로 여행을 다녀왔는데, 여러 고을 관문인 고속도로 요금소를 빠져 나오면서, 통행료를 받는 직원들이 그 지방 특유의 사투리로 방문객을 맞이하면 참 좋겠다는 생각을 했다.

진지한 공식적인 자리나, 중요한 행사에서 매끄럽고 정확한 진행도 좋지만, 정감 어린 토속어 몇 마디씩 곁들이면 분위기가 훨씬 부드러워질 수 있겠다 싶다.

작가들은 자신의 생각이나 느낌을 풍부한 어휘로 표현하여 독자들에게 감동을 준다. 잊히는 아름다운 말들을 되살리고, 참신한 신조어를 생산하여 우리의 언어생활을 풍성하게 하며, 그 말과 글에 녹아있는 정신문화를 후대에 전한다. 특히 순수 지방 토속어의 발굴과 사용은 문학인들의 사명이자 긍지라 할 것이다.

최근 경주 어느 원로 시인께서는 새로 낸 시집 서두에 '모국어의 아름답고 풍성한 광맥을 두고 서투른 괭이질만 해왔고…'라고 적으셨다. 평생 시를 쓰신 그분의 그 말씀이 크게 들린다. 근년에 여성 시인이 토속 경주 사투리를 잘 살린 시로써, 한 여류 소설가는 풍부한 어휘로 담아낸 작품으로 각각 귀한 문학상을 받았다. 또 시골에 농사짓는 어느 시인은 경주 토속어 찾기에 온 정성을 다하고 있고, 어느 교수는 보석 같은 토박이말과 그 용례를 10년 넘게 신문에 기고하고 있다.

경주 뿐 아니라 전국 방방곡곡에 묻혀 있는 지방 토속어를 잘 발굴하고 닦아서 독창적이면서 보편적 공감을 느낄 수 있는 작품을 낳아 우리의 말글이 더욱 아름답고 풍성해지기를 소망한다.

9월에는 경주에서 '세계한글작가대회'가 열린다. 우리나라 아름다운 말과 글들이 남산의 옥돌처럼 더욱 빛나는 계기가 되었으면 좋겠다. 〈2015. 4. 14〉

바람과 빛 그리고 사랑

연(鳶)이 날아오른다. 바람을 타고 반월성 위 푸른 하늘을 향해 솟구쳐 오른다. 연줄에 매달린 아이들의 뜀박질에 맞춰 수많은 연들이 춤추고 있다. 그 속으로 드론을 띄운 젊은 아빠와, 손녀의 손을 잡은 백발의 할아버지도 천진한 아이로 돌아가 첨성대 주변 고분공원은 활기가 넘친다.

어릴 적 연 날리던 추억을 떠올리며 걷고 있는데, 반월성에서 신라 취타대(吹打隊)를 앞세운 여왕의 행차가 첨성대를 향해 오고 있다. 사람들이 몰려든다. 마차 뒤를 따라 걷는 금발의 아가씨, 음악에 맞춰 춤추는 아이, 사진을 찍는 교복 입은 여학생들, 아름다운 여왕의 모습에 넋을 잃고 쳐다보는 남자 아이도 있다.

문득, 신라 선화공주의 모습이 떠오른다. 마 팔러온 시골 총각이 왕의 행차를 따라 나들이 나온 선화 공주를 보고는 짝사랑에 빠져 거짓 소문을 노래로 지어 아이들에게 퍼트려 공주를 아내로 맞이하고, 나중에는 백제 무왕이 된 사랑 이야기다. 신분의 콤플렉스를 뛰어넘은 서동의 용기와 기지는, 지금의 젊은이들이 사랑을 얻기 위한 전략적 모델로 삼아도 손색이 없겠다.

경주의 산과 강, 그리고 들과 마을을 거닐다 보면, 역사 속 인물들과 신비스러운 진실을 만나고, 소박한 민초들의 삶과 아름다운 예술인들의 흔적을 찾을 수 있는데, 그 중에 신라인들의 이런 특별한 사랑 이야기들은 더욱 흥미롭다.

도당산 북쪽 기슭 마을에는 슬프고도 화나는 사랑의 이야기가 서려 있다. 김유신 장군이 말을 타고 집으로 가는 길에 깜빡 잠이 든 사이 애마가 장군이 평소 즐겨 찾았던 애인 천관녀의 집 앞에 당도했고, 잠이 깬 장군이 말의 목을 칼로 베었다. 큰 뜻을 이루기 위해 사랑했던 여인과 야멸차게 절교한 장군의 매정함과 여인의 비애가 담긴 사랑의 이야기다.

동남산 기슭 서출지에는 궁궐에서 임금 몰래 왕비와 중이 내통한 사랑 이야기가 전해온다. 그들의 애정 행각은 헛된 애욕과 정치적 음모가 뒤섞여 있다. 그런데 궁궐 밖의 백성들과 궁궐 안의 측근들도 다 아는 이 사실을 정작 왕만 몰랐던 그 사건은, 지금도 정치 권력자나 그 측근들이 마음 속 깊이 되새겨야 교훈으로 남아 전해오고 있다.

원효스님과 요석공주의 사랑은 참으로 아이러니한 이야기다. 처음에는 신분상 서로 극심한 내적 갈등을 겪으면서 숨이 막힐 정도로 긴장되고 아름다운 사랑으로 시작된다. 그러나 나중에 주고받은 편지와 대화는 너무나 선정적이어서 종교적, 사회적으로 지탄 받아 마땅하나, 결국 두 사람의 사랑은 설총을 낳으면서 결실을 맺게 된다.

지금도 분황사에서는 수많은 신도들과 스님들이 모여 '원효대제'를 성대히 올리고 있는 것을 보면서, 사랑의 힘과 진실은 인간에게 그 어떤 법과 계율보다 높은 덕목이라는 생각이 든다.

따가운 햇살이 서쪽으로 기울고, 발갛게 물들었던 저녁노을이 선도산으로 넘어가면 신라의 옛 터전은 서서히 어둠이 깔리기 시작한다. 경주는 역시 밤이 화려하다. 특히 경주의 달빛과 별빛은 확실히 사람을 홀기는 신비함이 있다.

처용이라는 이국의 사나이가 서라벌 달빛 아래 밤늦도록 노닐다가 집으로 돌아와 방문을 열고 들어가니, 아내가 외간 남자가 엉켜 있었다. 처용은 조용히 문을 닫고 한 수의 시를 남기고 달빛 속으로 사라졌다.

처용이가 아내를 두고 밤늦도록 노닌 것도, 아내가 외간 남자와 통정을 한 것도, 그리고 아내의 불륜 현장을 보고도 초연할 수 있었던 배포와 관용도 달빛 탓이라고 한다면, 나의 달빛 예찬이 너무 지나친 것일까? 요즘 같으면 처용의 아내를 향해 두고두고 시끄러울 스캔들이지만, 천 년의 세월동안 수많은 사람들의 입을 통해 아름다운의 이야기로 전해 온 것을 보면 참으로 신비롭다.

신라인의 사랑 이야기에 잠시 젖어있는 사이, 첨성대 주변에 삼삼오오 사람들이 몰려들기 시작한다. 서라벌 옛터에서 문화·예술인들과 국내·외 관광객들이 함께 어우러져 한바탕 흐드러지게 노래하고 춤추며 그 옛날 화려했던 태평성대를 질펀하게 즐기고 있다.

그리고 밤이 깊어 첨성대 위 서라벌의 하늘에 달과 별빛이 보석처럼 반짝일 때, 누구를 향한 기도일까? 무엇을 위한 기도일까? 모두가 성스러운 모습으로 초롱 등불과 연꽃 풍등에 불을 밝히고 정성을 모아 기도를 한다.

어릴 적, 부뚜막에 촛불을 밝히고, 가마솥에 오곡밥 지어 식구들의 숟가락을 꽂아 놓고 영둥(바람의 신)에 소지(燒紙)를 태워 올리니 가족의 건강과 소원성취, 그리고 액운 소멸 기원하시던 어머니 모습이 떠오른다.

그랬다. 어머니의 기도는 특별했다. 정초 새벽이 되면 정화수 떠 놓고 기도하셨고, 보름달 뜨면 달님에게 빌고, 길 가다가 큰 바위 만나면 바위에게 빌고, 거목 있으면 목신에게 부탁하고, 깊은 물 만나면 용왕님께 청탁 넣으셨다. 나는 그런 어머니의 지극한 기도와 영적 교감을 하며 사랑을 듬뿍 받고 자랐다.

어머니의 사랑밖에 몰랐던 나에게 갑자기 찾아온 사춘기 징후, 알 수 없고 설명할 수도 없는 혼돈과, 보이지도 잡히지도 않는 요상한 그 병은 오래동안 답 없는 사색과 뜬구름 같은 감성에 젖어들게 했다. 그때 그 감정은 아마도 어머니의 밖에서 찾지 못한 새로운 '사랑'에 대한 갈망이었지 싶다.

어린 시절 받은 어머니의 사랑을 시작으로, 오랜 역사의 자취와 신비롭고 흥미로운 전설이 서려 있는 경주의 사랑 이야기에 흥미와 애착을 가졌던 것 같다. 그리고 이제는 위험한 사랑, 숨기고 싶은 사랑, 어쩌다 잘못된 사랑까지도 아름답게 생각할 수 있게 되었고, 사랑에 목말라 하는 어려운 이웃과 지구촌 모든 사람들에게도 따뜻한 눈빛 보낼 수 있게 되었다.

불빛이 바람을 타고 하나 둘 날아오른다.
온갖 빛깔 사랑이 풍등을 타고 서라벌 밤하늘로 점점이 날아오른다.
어머니가 태워 올린 소지(燒紙)처럼, 지구촌 모든 액운 흔적 없이 사라진다.

세계유산도시기구 아태지역 사무처 발행, 『사람, 순간 그리고 세계유산도시』(국·영문판), 재능기부작, 2018

고마 됐다

며칠 전 『고마 됐다』라는 시집을 읽었다. 제목만 보고도 그 안에 담겨 있을 내용을 미루어 짐작할 수 있었고, 단숨에 읽어 보니, 경주인의 삶과 정서가 친숙하고 훈훈한 경주말로 가득 녹아 있었다.

최근 경주문화원 향토연구소가 중심이 되고, 뜻있는 분들이 힘을 모아 경주말 살리기를 위하여 펼치는 일련의 문화 사업들을 보고 있다. 좀 더 관심을 가지고 살펴보면 문학인, 학자, 향토연구가, 언론사 등 많은 사람들과 단체가 오랜 세월 나름으로 꾸준히 경주말을 찾고 살리는 일들에 애정을 쏟아 왔음을 알 수 있다.

'신라 입말을 찾아서'라는 부제를 붙인 박진형 시인의 시집 『고마 됐다』 역시 그 중의 하나로, 시구 일부를 인용하고 내용을 풀어 독자님들께 전해 본다.

(전략) "형수님 잘 계셨든기요/왜관 아즈범 오시는기요." (중략) "형님 담배 사 자시소"/슬그머니 무릎팍 아래 천원 짜리 밀어 놓고 (중략) 기름 자르르 햇쌀 밥에/툭사발 추어탕 한 그릇 뚝딱/옹가지 남실남실 막걸리 부어놓고 (중략) 배추쟁이 문 서 다 찢어버리고/"올 농사 숭년 들었다 안 카나'/멱살잡고 한바탕 난리 벅구통 나면 "우사스럽게 집안끼리 와이카노/고마 됐다," 그 한 마디에/그렇게 그렇게 파장이 나고.//

인정 많은 집안사람끼리 문중회의를 하면서 의견 차이로 난리 벅구통이 난 일을 적고 있는데, 이 시를 읽으면서 몇 폭의 풍속도를 보는 것 같았고, 그 여운이 가슴 깊이 오래 갈 것 같은 생각이 들었는데, 이러한 마음은 단순히 잊혔던 옛 추억 때문만은 아닌 것 같다.

문중 회의 뿐 아니라 가정사 또한 그러하여 남녀가 만나 한 가정을 꾸려가면서 즐겁고 행복한 일도 많지만, 수많은 갈등과 위기를 넘기며 살아가는 것이 보편적 부부 관계가 아닐까 싶다. 그런데 나이가 들수록 말을 줄이는 것이 삶의 질을 높이는 지혜라는 생각이 문득문득 든다. 필자 부부의 경우에 비춰볼 때, 남자는 앞으로 닥칠 일에 대해 깊이 생각하며 대처하는 경향이 있고, 여자는 지나간 일에 집착하는 경우가 많아서 섭섭하고 안 좋았던 일들을 잊지 않고 차곡차곡 모아두었다가 공격의 무기로 삼는다.

이럴 때 경상도 남자들이 사용하는 투박한 방패는 '고마 됐다'이다. 그런데 젊은 시절 남편의 그 말은 오히려 아내의 화를 더 돋울 수 있다. 근본 문제 해결이 아닌 회피성 입막음의 말이기 때문이다. 그런데 나이가 들수록 상호간에 즐겨 쓰는 '고마 됐다'의 함축적 의미가 참 넓고도 깊다는 생각이 든다. 단호한 결단이면서 너그러운 관용의 마음과 화해나 인정(認定)의 메시지를 모두 담고 있으니 말이다.

크고 작은 직장이나 사회 조직에서도 구성원 끼리 다양한 갈등이 있게 마련인데, 갈등 원인을 제공한 사람, 대립하여 맞서는 사람, 부추기는 사람, 풀어가려는 사람, 회피하려는 사람, 무마하려는 사람 등 평소 성품과 성향에 따라 각자의 여러 모습이 드러난다. 사사건건 분란을 일으켜 구성원들을 힘들게 하고 조직 운영을 어렵게 하는 사람도 있지만, 전후 잘·잘못을 떠나 매번 '고마 됐다'면서 문제의 본질을 덮어버리려는 온정주의자들 또한 장기적으로 보면 조직 발전의 장애가 될 수 있다.

그래서 지극히 사소한 가정사, 직장이나 사회의 갈등, 나아가 나라의 큰 문제들이 생겼을 때, 개인이나 집단의 자유로운 의사 표현이 참 중요하지만, 문제에 대한 냉철한 통찰력에서 나온 정확한 판단과 균형감 있고 절제된 의사 표현이 모아질 때, 화목한 가정, 건강한 사회, 정의로운 국가가 실현될 수 있으리라.

몇 달째 나라가 혼란에 빠져 있다. 지도자를 향한 국민들의 실망과 분노가 커서 그 표현 또한 극에 달하여 있다. 촛불을 든 군중들의 함성, SNS를 통해 발산된 의사 표현들, 매스컴을 통해 시시각각 쏟아내는 논객들의 무수한 말, 말, 말들…. 거대한 태풍과 홍수, 거친 해일과 큰 지진에 흔들리는 듯 극도의 혼돈에 빠졌지만, 이쯤에서 국민들이 할 수 있는 모든 의사 표현들은 충분히 했다고 생각된다. 그러나 대한민국 4천 9백 11만여 명 중에는 아직도 못다 한 말이 있어 거리에 머물고 있는 사람들이 있어 안타깝지만, 지금은 헌법이 정한 법적 철차에 따라 진실과 허구가 밝혀져 새로운 질서가 창출되기를 차분하면서도 냉철한 마음으로 기다릴 때다.

마지막으로, 말끝마다 '국민의 뜻을 받들어…'라고 떠들면서 자기 계산에만 몰입되어 있는 정치인들과, 정선·정제되지 못한 막말들로 국가의 체면을 손상하고 건강한 국민 정서를 흐려 놓는 논객들에게 드릴 말씀이 있다.

'고마 됐다.' 〈2016. 12. 20〉

아내와 여자

최병섭 지음

발행처·도서출판 **청어**
발행인·이영철
영 업·이동호
홍 보·천성래
기 획·남기환
편 집·방세화
디자인·이수빈 | 김영은
제작이사·공병한
인 쇄·두리터

등 록·1999년 5월 3일
(제321-3210000251001999000063호.)

1판 1쇄 발행·2020년 11월 20일

주소·서울특별시 서초구 남부순환로364길 8-15 동일빌딩 2층
대표전화·02-586-0477
팩시밀리·0303-0942-0478
홈페이지·www.chungeobook.com
E-mail·ppi20@hanmail.net
ISBN·979-11-5860-905-4(03810)

이 도서의 국립중앙도서관 출판시도서목록(CIP)은 서지정보유통지원시스템 홈페이지
(http://seoji.nl.go.kr)와 국가자료공동목록시스템(http://www.nl.go.kr/kolisnet)에서 이용
하실 수 있습니다.(CIP제어번호: CIP2020043817)